KNAUR

GABRIELLA ENGELMANN

Der Winter zaubert Träume am Meer

ROMAN

KNAUR

Besuchen Sie uns im Internet:
www.droemer-knaur.de

MIX
Papier | Fördert gute Waldnutzung
FSC® C083411

Originalausgabe September 2024

Ein Imprint der Verlagsgruppe
Droemer Knaur GmbH & Co. KG, München

Redaktion: Birgit Förster
Covergestaltung: ZERO Werbeagentur GmbH, München
Coverabbildung: Collage unter Verwendung von Motiven von Shutterstock.com
Illustrationen im Innenteil von Shutterstock.com: Lisla und adehoidar
Satz und Layout: Daniela Schulz, Gilching
Druck und Bindung: CPI books GmbH, Leck
ISBN 978-3-426-21753-5

2 4 5 3 1

Prolog

Der Ausblick vom Kirchturm auf einen malerischen Ort irgendwo in der Nähe der Nordsee war der schönste, den Lina Hansen kannte. Als sie von der umlaufenden Galerie auf den Platz inmitten des Städtchens Lütteby hinabschaute, den alle den Marktplatz am Meer nannten, wurde ihr Herz für gewöhnlich warm vor Freude und Glück. Diesen Platz umsäumten hübsche, teils windschiefe Giebelhäuschen, einige von ihnen hellgelb getüncht, andere blassrosa, weiß oder hellblau. Im Winter, wenn der Schnee auf den Dächern lag wie Schlagsahne auf der Friesentorte, ähnelte die Szenerie einem Adventskalender.

Doch der Schnee war nicht immer willkommen und – wie zur Weihnachtszeit – herbeigesehnt.

Nordfriesland kannte Zeiten, in denen die weiße Pracht sich meterhoch türmte, Zufahrtstraßen unpassierbar machte, Autos und Häuser unter sich begrub, Menschenleben forderte und Dörfer von der Außenwelt abschnitt.

Und es kannte Zeiten, in denen heftige Orkane wüteten und schwere Sturmfluten das Land verwüsteten.

Eine ebenso große Katastrophe, so munkelten die Altvorderen, stand erneut bevor und würde den Ort Lütteby besonders hart treffen.

Wann dies genau geschehen würde, wusste keiner.

Doch wenn die Nymphen, Kobolde, die Unterirdischen und Puke sich in langen Winternächten auf dem spiegelblanken Eis des Sees auf der Waldanhöhe gemeinsam vergnügten … Wenn das fahle Mondlicht auf sie schien und der raue Wind ihr Kichern weit hinaus über die Nordsee trug und die Kirchenglocken nicht mehr läuteten, dann gab es kein Entrinnen …

- 1 -

Lina

Ein wenig müde blinzelte Lina Hansen an einem Morgen Anfang November in Richtung des Schlafzimmerfensters, durch dessen naturfarbene Leinengardinen Licht schimmerte. Laut Vorhersage würde es heute windig, aber sonnig werden. Dieses schöne Wetter wollte sie für einen ausgiebigen Spaziergang mit ihrem Ehemann Jonas nutzen, denn sie liebte es, Hand in Hand mit ihm umherzuflanieren, in Ruhe zu reden oder die Schönheit der Natur zu bestaunen.

Der Status *Ehefrau* fühlte sich für sie immer noch so aufregend an wie am Tag der Trauung. Aber waren wirklich schon mehrere Monate seit ihrer Traumhochzeit am Strand von Lütteby vergangen? In Linas Bauch tanzten die Schmetterlinge nach wie vor einen gefühlvollen Pas de deux, wenn sie Jonas anschaute, sein Duft sie wohlig umhüllte, er sie im Arm hielt oder küsste. Er war das Wunder, auf das sie schon immer gewartet hatte, seit sie den Traum von der großen Liebe träumte. Und so zählten die vergangenen Wochen zu den schönsten ihres Lebens. Alles, was noch fehlte, um das Glück zu krönen, waren Kinder, die sie sich beide von Herzen wünschten. Dennoch hatten sie gemeinsam vor der Hochzeit beschlossen, sich damit noch ein wenig Zeit zu lassen. Doch beim Anblick von Jonas wurde Lina von einer Welle der Zärtlichkeit erfasst, und sie hatte plötzlich das Gefühl, nicht mehr eine Sekunde länger warten zu wollen. Das Leben war zu kurz für irgendwann, und sie konnte sich ihn so gut als Vater vorstellen. Wäre da nur nicht das leidige Problem ihrer Fernbeziehung …

»Guten Morgen, meine Liebste«, murmelte Jonas, der in diesem Moment erwachte und mit halb geschlossenen Augenlidern nach ihrer Hand tastete. »Ich bin noch total müde. Wieso schläfst du nicht auch noch ein bisschen weiter? Heute ist Samstag, und wir haben nichts weiter vor, also kuschle dich einfach bei mir an. Wir verbringen ohnehin viel zu wenig Zeit gemeinsam in einem Bett.«

Auch wenn Lina eigentlich geplant hatte, Kaffee und Tee für sie beide zu kochen, ließ sie sich von Jonas' Worten verlocken und schmiegte sich an seinen bettwarmen Körper. »Wie lange wird das noch so gehen?«, murmelte sie, in Gedanken bei ihrem Kinderwunsch.

»Was genau meinst du?«, fragte Jonas und drehte sich mit dem Gesicht zu ihr. »Das mit uns im Allgemeinen? Keine schöne Frage so kurz nach der Hochzeit.« Sein Tonfall war neckend, umso schwerer fiel es Lina, zu sagen, was sie unbedingt loswerden wollte, seit Jonas in der vergangenen Woche mal wieder länger als geplant auf Geschäftsreise gewesen war.

»Ich meine unsere Fernbeziehung«, erwiderte sie seufzend. »Ich will mich nicht beschweren, aber ich denke schon seit einer Weile darüber nach, wie das alles laufen soll, wenn wir Kinder haben. Ich bin sechsunddreißig, also nicht mehr die Allerjüngste, was die Familienplanung betrifft.«

Jonas seufzte tief, schlug die Bettdecke beiseite und stand unvermittelt auf. »Ich hole uns was zu trinken, dann reden wir weiter«, erklärte er und ließ Lina ein wenig verdutzt zurück. Kurz darauf kam er mit einem Tablett in der Hand wieder. »Wollen wir uns ans Erkerfenster setzen?«

»Können wir gern machen«, erwiderte Lina, zog den flauschigen Bademantel an, der am Fußende des Bettes lag, und nahm Jonas gegenüber am runden Tischchen mit der Marmorplatte Platz. »Danke fürs Teekochen. Sag mal, habe ich dich irgendwie verärgert? Wir waren uns doch einig, dass wir uns eine Familie wünschen und dass diese große Villa förmlich dazu einlädt, mit Kinderlachen gefüllt zu werden, oder hat sich daran etwas geändert?«

Jonas schüttelte den Kopf, das Sonnenlicht tanzte auf seinen dunkelblonden Haaren. »Ich bin so ernst, weil mich dieses Thema genauso sehr beschäftigt wie dich, ich aber leider gerade keine Lösung parat habe. Die Reisebranche stürzt von einer Krise in die nächste, und ich weiß nicht, wie und wo ich so gut verdienen könnte wie in meinem jetzigen Job. Wir haben doch schon gemeinsam alle beruflichen Optionen in der Gegend ausgelotet, aber es gibt leider keine adäquaten.«

»Und es ist vermutlich nach wie vor keine Option, nahezu ausschließlich von Lütteby aus für deine Firma zu arbeiten?«

»Das war noch anders, als Glampingreisen heiß begehrt waren«, entgegnete Jonas kopfschüttelnd. »Doch zurzeit sitzt das Geld für Urlaub nicht mehr so locker. Deshalb muss ich leider nach wie vor weiter um die halbe Welt jetten, Werbepartner und Sponsoren finden und Kooperationen vereinbaren, was nun mal am besten funktioniert, wenn man persönlich vor Ort ist.«

»Lütteby könnte auch einen gut geführten Campingplatz gebrauchen«, murmelte Lina, die sich als Leiterin der Touristeninformation beruflich mit solchen Themen beschäftigte.

»Das stimmt«, erwiderte Jonas. »Aber ich wäre nicht der Typ, der einen Campingplatz führt. Nein, nein, ich muss mir etwas anderes ausdenken. Vielleicht fällt uns bei einem Spaziergang am Meer etwas ein. Nordseeluft pustet ja bekanntlich den Kopf frei und vertreibt gelegentlich auch Sorgenwolken.«

»Ist das nicht herrlich?«, sagte Lina, als sie später am Hafen von Lütteby standen, in dem zu dieser Jahreszeit nur wenige Boote festgemacht waren. Das grünliche Wasser kräuselte sich im Hafenbecken, die Stege waren verwaist, über allem lag eine himmlische Ruhe. Nur der Wind verfing sich in den Masten eines Fischkutters und sang seine harfenähnliche Melodie, die sich mit dem Gesang der Austernfischer und der Sandregenpfeifer mischte.

»Die Sonne tut so gut, ich spüre richtig, wie sich jede Zelle meines inneren Akkus auflädt, auch wenn es ganz schön eisig ist«, sagte Lina versonnen und träumte schon von einem sommerlichen Ausflug mit kleinen Kindern an Bord der *Florence*. Dieses Boot, das auch auf raueren Gewässern und bei Wellengang fahrtauglich war, gehörte ihr, seit ihre Großmutter Henrikje sich zu alt zum Rudern fühlte. Jonas legte den Arm um sie, und so standen beide eine Weile eng umschlungen da und hielten das Gesicht in die wohltuende Mittagssonne. Das sanfte Plätschern der Nordsee im Hafenbecken hatte etwas Beruhigendes, genau wie der Anblick der Seevögel am weiten Himmel. Doch irgendwann wurde es zu kalt, um unbeweglich an einem Fleck zu stehen, außerdem war Lina neugierig. »Lass uns zum Leuchtturm gehen und schauen, wie weit die Bauarbeiten fortgeschritten sind«, schlug sie vor und wackelte mit den Zehen, damit ihre Füße in den gefütterten Stiefeln nicht auskühlten.

»Gute Idee«, stimmte Jonas zu, der seit Beginn der Umbaumaßnahmen ebenso begeistert verfolgte, wie sich das Wahrzeichen Lüttebys – und der Ort, an dem sie sich zum ersten Mal geliebt hatten – nach und nach in ein schnuckeliges Romantikhotel verwandelte. »Wollen wir rein?«, fragte er, als sie vor dem Bau standen, und Lina bekam sofort Gänsehaut. An diesem Ort war ihr im vergangenen Jahr klar geworden, dass sie sich unsterblich in ihn verliebt hatte.

»Was für eine Frage«, erwiderte sie und zückte den Schlüssel, den ihr Vater Falk ihr gegeben hatte, damit sie die Arbeiten gelegentlich selbst in Augenschein nehmen konnte. Es dauerte einen Moment, bis sich ihre Augen an die diffusen Lichtverhältnisse gewöhnt hatten, doch schon bald erkannte sie, wie viel die Handwerker in den vergangenen drei Wochen geschafft hatten. Es gab insgesamt vier Ebenen, zwei zum Schlafen und Wohnen, eine zum Kochen und eine für das Badezimmer mit angrenzender Sauna. Wer sich nach dem Saunieren abkühlen wollte, sprang unter die Regenwalddusche oder in die Nordsee, die den Fuß des Leuchtturms bei Flut umspülte.

Ein Badesteg befand sich ebenfalls in Bau, genau wie ein kleiner Balkon auf der obersten Etage des Turms, von dem man künftig einen gigantischen Blick auf das Wattenmeer haben würde.

»Das wird großartig«, befand Jonas. »Wenn der Preis halbwegs stimmt, werdet ihr euch vor Buchungen kaum retten können.«

»Ich finde aber, dass hier ein Ort fehlt, an dem man etwas essen und trinken kann«, entgegnete Lina, die sich gerade ausmalte, dass sie morgens im Turm erwachte, jedoch keine Lust hatte, selbst ein Frühstück zuzubereiten, weil sie ja im Urlaub war oder sich nicht aus der Umarmung ihres geliebten Mannes lösen wollte. Bis zum Marktplatz waren es fast zwanzig Minuten Fußweg …

Jonas nickte und fuhr sich mit den Fingern über die Stoppeln seines Dreitagebarts. »Es wäre mega, wenn man am Steg einen alten Kutter festmachen könnte, in dem man ein schönes Bistro unterbringt«, fuhr Lina fort, während ihre Fantasie Purzelbäume schlug. »Restaurantschiffe sind gerade angesagt, besonders wenn sie charmant und urig sind. Aber man müsste jemanden finden, der mit Herzblut und Leidenschaft für so etwas brennt.«

»Hey, du bist ja heute richtig in Fahrt«, erwiderte Jonas lachend und gab Lina einen Kuss. »Erst die Idee mit dem Campingplatz und jetzt das. Kann es sein, dass du beruflich gerade nicht ganz ausgelastet bist?«

»Das nicht, denn wir müssen unbedingt noch Geld für die Reparatur des Glockenspiels zusammenbekommen. Aber ich kann einfach nicht anders, als mir neue attraktive Anziehungspunkte für Urlauber zu überlegen, wann immer sich die Gelegenheit dafür bietet.«

»Was hältst du davon, wenn wir trotz deiner tollen Ideen für den Hafen das Thema wechseln und bei einem Strandspaziergang weiter über die Familienplanung sprechen, denn ich möchte, ehrlich gesagt, auch nicht mehr lange warten. Schließlich haben wir ein mehr als großes Dach über dem Kopf, genug Liebe für eine halbe Fußballmannschaft, Familie und Freunde, die uns unterstützen, sollte mal Not am Mann sein, sowie Ersparnisse. Notfalls nehme ich eben einen Job an, der nicht so viel einbringt, die Hauptsache ist doch, dass wir uns lieben und zusammen sind, nicht wahr?«

»Das klingt großartig«, erwiderte Lina strahlend und ergriff Jonas' Hand. Die Aussicht auf die gemeinsame Zukunft mit ihrem Mann und Kindern erfüllte sie mit tiefer Freude.

Und sie war fest entschlossen, alle etwaigen Hindernisse aus dem Weg zu räumen, die sich womöglich zwischen sie und ihr Glück stellen würden.

- 2 -

Sinje

An diesem grauen Novembertag ließ sich die Sonne bedauerlicherweise nicht blicken, weshalb Pastorin Sinjes Laune auf dem Nullpunkt war.

»Hey, wir müssen bald los, sonst kommst du zu spät zum Gottesdienst«, sagte Lina, als die beiden vom Turm aus auf den kleinen Marktplatz schauten, wie sie es häufig vor dem Beginn des sonntäglichen Gottesdienstes taten. In den majestätischen Kastanienbäumen hingen glitzernde Lichterketten, die Schaufenster waren mit hübschen Geschenkkartons dekoriert, in den Fenstern der windschiefen Giebelhäuser standen Lichterpyramiden und erhellten mit ihrem Glanz jeden noch so dunklen Spätherbsttag. Die Adventszeit ließ Lütteby strahlen und funkeln, als wäre das Städtchen extra für die Weihnachtszeit erbaut worden. Selbst die größten Weihnachtsmuffel drückten sich die Nase am Schaufenster von Amelies Café platt, in dem Lebkuchenhäuser mit pinkfarbenen Streuseln und silbernen Kugeln auf einem Boden von Kunstschnee dekoriert und gläserne Bonbonnieren randvoll mit französischem Gebäck und selbst gemachten Pralinen waren. Nur bei Sinje wollte keine rechte Stimmung aufkommen, denn sie fühlte sich in diesen Tagen so einsam wie noch nie zuvor in ihrem Leben.

»Ich weiß«, erwiderte sie seufzend, und ihr Atem bildete kleine Wölkchen, während ein eisiger Wind um die Kirchturmspitze pfiff und mit dem Gesang der Krähen wetteiferte. »Aber was soll ich der Gemeinde sagen, wenn ich selbst gerade total down bin und knietief im Novemberblues stecke? Ganz ehrlich: Heute würde ich liebend gern schwänzen und mir die Decke über den Kopf ziehen, statt gute Laune und Optimismus zu heucheln.«

»Wie wär's, wenn du einfach die Wahrheit sagen und deine eigene Stimmung zum Thema machen würdest?« Lina dachte nicht im Traum daran, zuzulassen, dass ihre Freundin in Trübsinn verfiel, denn die stand auch ihr stets liebevoll zur Seite, wenn sie traurig oder ratlos war.

Sinje strich ihren schwarzen Talar glatt und zwirbelte die Strähnen ihres blonden Pferdeschwanzes zusammen. »Du meinst, ich sollte eine Art Workshop aus dem Gottesdienst machen?« Ein Hoffnungsschimmer blitzte in den großen himmelblauen Augen der Pastorin auf, und sie ähnelte endlich wieder der schönen und lebendigen Frau, als die alle Gemeindemitglieder sie kannten. Lina nickte zustimmend, Sinje lächelte zuversichtlich, und so betraten die Freundinnen schließlich die Kirche, die heute bis auf den letzten Platz gefüllt war – offensichtlich sehnten sich gerade alle nach menschlicher Nähe und seelischem Trost. Lina gesellte sich in die erste Reihe zu ihrer Großmutter Henrikje und deren Freundin Anka, dann begann Sinje von der Kanzel aus zu ihrer Gemeinde zu sprechen, und die Besucher aus Lütteby und Umgebung hingen – wie immer – gebannt an ihren Lippen.

Eine Stunde später war der Gottesdienst zu Ende und der Sturm ein wenig abgeflaut. Dichter Nebel hing wie ein Seidenschleier über dem Fluss Lillebek, der sich durch das malerische Städtchen schlängelte. Die silbergrauen Schwaden verhüllten die Sicht auf die Bäume, die das Ufer säumten und nur noch wenige Blätter trugen. Feuchte Kriechkälte ließ die Freundinnen frösteln, Sinje klapperte demonstrativ mit den Zähnen und summte die Melodie des Songs *Baby, It's Cold Outside.*

»Hoffe, du hast auch Lust auf einen Besuch bei Amelie, vielleicht hat sie ja schon Weihnachtsmacarons gemacht«, sagte Lina, zog die blaugraue Strickmütze tief ins Gesicht und hakte sich dann bei Sinje ein.

»Sie muss uns unbedingt noch das Rezept verraten. Waren die Macarons letztes Jahr nicht mit weißer Schokolade und Zimtsternteig gefüllt?« Sinje beschleunigte ihren Schritt.

»Nein, mit Spekulatius, du Nase«, korrigierte Lina sie schmunzelnd, und schon schlugen die beiden den Weg zu *Chez Amelie* ein. Dort ging immer die Sonne auf, egal wie grau und trüb der Tag auch sein mochte. Die Stammkunden der Französin kamen nicht nur ins Café, um Köstlichkeiten zu naschen und Chansons zu hören. Am allerliebsten wärmten sie sich an Amelies Herzensgüte und ihrem Charme und würden gern den ganzen Tag bleiben, gerade wenn draußen der Nordwind um die Häuser pfiff.

»Habt ihr Lust, etwas Neues zu probieren?« Ein schelmisches Lächeln lag auf den Lippen der elfengleichen Amelie. »Es gibt heute Dreckskuchen und Klöben.«

»Bitte was?«, fragte Lina verdutzt. »Hast du eben Dreckskuchen gesagt?«

»Oui, hat sie«, mischte sich Sommelier Pascal Durand ein und verdrehte die Augen. »Ich finde, es ist keine gute Idee, plötzlich Spezialitäten aus der Region anzubieten. Wir sind ein französisches Café und keine Backstube für … Fuddschess und Friesenkekse, mais non?«

»Du meinst Futjes«, korrigierte Sinje den gebürtigen Pariser, wohl wissend, dass der exzentrische Pascal nichts mehr hasste, als geduzt zu werden.

»Beruhigt euch bitte, ich mache nur Spaß«, erklärte Amelie schmunzelnd. »Dreckskuchen ist die umgangssprachliche

Bezeichnung für den berühmten Lüttebyer Früchtekuchen, der meiner Meinung nach hervorragend zum Advent passt.«

»Was haben die Leute nur immer mit dieser kitschigen Vorweihnachtszeit?«, fragte Pascal augenrollend, doch niemand antwortete ihm. Sinje sinnierte lautstark darüber, ob sie lieber einen Pharisäer oder einen Eiergrog trinken sollte, und Lina schielte verstohlen auf ihr Handy. Pascal schnaubte verächtlich und verzog sich dann in das winzige Büro neben der Küche, wo er eine neue Weinbestellung in Frankreich aufgab oder – viel wahrscheinlicher – Katzenvideos schaute.

»Hast du eine Nachricht von Jonas aus London?«, fragte Sinje.

»Ja«, erwiderte Lina strahlend. »Er hofft, dass wir bald gemeinsam zum Christmas-Shopping dort sind. Ist das nicht romantisch?« Kaum hatte sie dies gesagt, schlug sie sich erschrocken auf den Mund.

»Hey, es ist absolut okay, wenn du dich freust, Süße. Glaub mir, ich bin über Sven hinweg und glücklicher Single. Auch wenn ich es nie für möglich gehalten hätte, aber Liebeskummer vergeht wohl doch mit der Zeit. Außerdem bin ich nicht einsam, weil ich ja dich und unsere tolle WG habe.« Nun hielt Sinje einen Moment inne, weil sie plötzlich tief in ihrem Inneren ein unangenehmes Ziehen verspürte, das sie daran erinnerte, wie schmerzhaft der Moment gewesen war, als Sven und sie sich eingestehen mussten, dass ihre Liebe unter einem schlechten Stern stand. »Ich genieße jede Minute außer denen, in denen du zur strengen Schlossherrin mutierst und mir vorwirfst, unordentlich zu sein.«

»Aber du *bist* unordentlich«, protestierte Lina. Bevor ein spielerischer Streit entbrennen konnte, servierte Amelie die Teller mit dem Gebäck und die Heißgetränke. »Was du in deinen Zimmern machst, ist mir ja egal, aber in den Gemeinschaftsräumen …«

»Keinen Zank bitte«, kommentierte Amelie die Kabbelei mit einem Augenzwinkern und begrüßte dann ein offenbar schwer verliebtes Pärchen, das sich kaum voneinander lösen mochte, als es an einem der runden Holztische Platz nahm. Sinje starrte auf die beiden Turteltauben und wurde von nostalgischen Gedanken heimgesucht, die ihr schier das Herz zerrissen: der Moment, als sie den sympathischen und äußerst attraktiven Restaurator Sven Kroogmann zum ersten Mal gesehen und sich auf der Stelle in ihn verliebt hatte. Das erste Date mit ihm, bei dem es genauso knisterte wie von der ersten Sekunde an, als sie sich im Pastorat kennengelernt und kopfüber in diese Liebesgeschichte gestürzt hatten. Zarte Küsse, Nächte voller Erotik und Leidenschaft. Träume und Wünsche, von denen sie sich unter Schmerzen hatte verabschieden müssen.

»Willst du dich nicht doch bei Sven melden und ihn fragen, wie es ihm geht?«, schlug Lina vor, die mal wieder Sinjes Gedanken lesen konnte. »Eure Trennung ist schon eine Weile her und Carla ein wenig älter, vielleicht …«

»Auf gar keinen Fall!« Sinje schrie die vier Worte beinahe heraus. »Dieses Kapitel ist ein für alle Mal vorbei, und damit basta. Lass uns lieber mal überlegen, wie wir genug Geld für die Reparatur der Kirchturmglocken zusammenbekommen, damit sie an Heiligabend endlich wieder läuten können. Uns fehlen noch zehntausend Euro, und in fünf Wochen ist Weihnachten. Hast du eine Idee, wie wir diese Kuh vom Eis kriegen?«

»Wir müssten anlässlich des Winter-Grachtenzaubers ein Event veranstalten, dessen Einnahmen zu hundert Prozent der Reparatur des Lüttebyer Glockenspiels zugutekommen. Andernfalls könnte ich noch …«

»Nein, das ist keine Lösung«, protestierte Sinje, ohne Lina ausreden zu lassen. »Never ever nehme ich eine weitere Spende von deinem Vater an. Du kennst ihn, später verlangt er dafür eine Gegenleistung, die sich gewaschen hat. Falk van Hove bleibt der ehrgeizige Bürgermeister und Geschäftsmann, der er immer war, egal wie sehr dein Verhältnis zu ihm sich gebessert hat. Und ich habe nicht vor, mich in seine Abhängigkeit zu begeben.«

18. Jahrhundert

Viele, viele Jahre nach dem gewaltsamen Flammentod der jungen Algea Ketelsen glich die altehrwürdige Kapitänsvilla auf der Waldanhöhe Lüttebys immer noch einem Geisterschloss. Die Fenster waren blind geworden vom Leid, das über die Familie hereingebrochen war, und verschlossen nach wie vor die Augen vor dem Unglück, das wie ein Fluch seit jeher auf den Ketelsens zu lasten schien.

Nach dem Brand im Dachgeschoss wohnte keiner mehr dort außer den Käuzchen, die ihre wehklagenden Rufe in die Nacht sandten, und den Eichhörnchen, die von Sims zu Sims jagten und dann zu einem beherzten Sprung auf einen der vielen Bäume ansetzten, sobald die Walnüsse an ihren Ästen gereift waren.

Allmählich wurde es Winter in Nordfriesland, eine lange, kalte und dunkle Jahreszeit, in der man sich gerne die Zeit mit Geschichten vertrieb – ob sie nun wahr waren oder nicht. Döntjes wurden diese Erzählungen genannt oder auch Spökenkiekerei. Da war von der verheerenden Weihnachtsflut die Rede, welche 1717 über die Lüttebyer und Grotersumer gekommen war wie ein Fluch des Teufels. Nebelfeuchte Dämmerung hatte in der Nacht vor Heiligabend schwer und grau über dem Land gelegen, der Mond stand im letzten Viertel, und die Abendflut war bereits aufgelaufen, der tagsüber wütende Sturm abgeflaut.

Die Küstenbewohner, so erzählte man sich mit Schaudern, hatten nichts ahnend den Gottesdienst besucht und mit ihren Familien den Heiligen Abend gefeiert, während der Wind auf Nordwest gedreht und sich im Laufe der Nacht zu einem Orkan gesteigert hatte.

Nur die junge Maren Riewerts hatte schon weit vor Mitternacht lamentiert und war so voller Angst und Bange gewesen, dass es den Eltern kaum gelungen war, sie zu beruhigen. »Mutter, es weht und stürmt so stark, es wird großes Unglück über uns hereinbrechen. Wir ertrinken alle heute Nacht und werden das neue Jahr nicht mehr erleben«, hatte sie unter Tränen und lauten Schluchzern gesagt.

Vater und Mutter hatten Maren ersucht, endlich Ruhe zu geben, nur die alte Ibke, Marens Amme, hatte dem Mädchen geglaubt. Flugs hatte sie die Nachbarschaft informiert, und auch die Riewerts hatten irgendwann nachgegeben und sich samt allem, was ihnen lieb und teuer war, auf den Dachboden geflüchtet.

In jener Nacht war es an fast allen Küsten der Nordsee zu Deichbrüchen und Überschwemmungen gekommen – von Dänemark bis zu den Niederlanden blieb kein Landstrich verschont.

Auch Lütteby und Grotersum hatten zahllose Opfer zu beklagen, doch die Riewerts und diejenigen, die auf Ibke und Maren gehört hatten, waren am Leben geblieben.

Beim Gottesdienst viele Wochen später war vom göttlichen Strafgericht für all diejenigen die Rede gewesen, die ihr Leben ruchlos verbrachten. Habgier, Zwietracht, Neid, Missgunst, all dies waren frevelhafte Gefühle, denen zuweilen Taten folgten, die fortan keinen Platz mehr im Leben der Menschen haben sollten.

Doch es war nicht leicht, sich zu ändern, denn diese Verhaltensweisen waren tief im Wesen der Menschen verankert. Derart niedere Gedanken und daraus resultierende Taten künftig zu bekämpfen, das nahm sich ein jeder vor, der die Weihnachtsflut überlebt hatte und dem Schicksal zutiefst dankbar dafür war.

Ebenso erging es denjenigen, die sich am warmen Kachelofen auch heute noch die Geschichte aus einer scheinbar weit zurückliegenden Zeit erzählten, die jedoch gar nicht so alt war, wie man glaubte. Und auch heute immer noch von großer Bedeutung, denn Menschen waren immer noch Menschen und somit nicht unfehlbar …

- 3 -
Lina

Die neue Woche begrüßte Lütteby mit einem strahlend blauen Himmel und eisigem Wind, der die weißen Wattewolken so schnell über den Horizont trieb, als wollte er ein Wettrennen veranstalten. Weil Lina nach ihrem Gespräch mit Jonas so viel im Kopf herumging, beschloss sie, an diesem Montagmorgen einen Abstecher ans Meer zu machen, bevor sie in die Touristeninformation ging. Sie war froh über die dicken Fäustlinge mit Fleece-Innenfutter, die Oma Henrikje für sie gefertigt hatte, und überlegte, ob Jonas sich über ein ähnliches Geschenk freuen würde, wenn er zurück aus London war. Das Stricken ging relativ schnell, sie musste sich also nur ein wenig beeilen. Beim Gedanken an den Mann, den sie so sehr liebte, hüpfte ihr Herz freudig, denn seit gestern war klar: Sie wünschten sich beide sehnlichst ein Baby und würden die Erfüllung dieses Wunsches nicht mehr länger aufschieben, nur weil die Umstände nicht ganz optimal waren. Sie waren noch recht jung, liebten einander, und letztlich fand sich immer für alles eine Lösung, wenn man nur wollte.

Als Lina am Naturstrand von Lütteby angekommen war, lauschte sie dem Gesang der Seeschwalben, der sich mit den Lauten der Rotschenkel, Austernfischer und dem Raunen des Windes vermischte. Der Wind trieb ihr Tränen in die Augen, und ihre Nase lief, doch Lina genoss den Spaziergang in vollen

Zügen. Das Knacken von Muscheln unter ihren Schuhsohlen klang wunderschön, beinahe so traumhaft wie das Knirschen frisch gefallenen Schnees. Da gerade Ebbe war, lag Stille über dem Wattenmeer, doch wenn man die Ohren spitzte, konnte man das Tosen der Brandung in der Ferne hören, noch ehe die Flut auflief. Das Meer hatte Treibgut an Land gespült und trieb kleine und große Schaumwolken über die Rippelmarken aus Sand, die aussahen, als hätte jemand Seifenblasen über das Meer gepustet. Lina suchte den Ufersaum nach Bastel- und Dekomaterialien ab. Für diese Zwecke trug sie stets eine zusammenfaltbare Tasche bei sich, in die alles kam, was Lina verwendete: Muscheln, Hölzer, besondere Steine, Gehäuse von Wellhornschnecken, Austernschalen.

Vielleicht finde ich ja etwas, woraus ich später mal ein Mobile fürs Baby basteln kann, dachte sie und verspürte ein so großes Glücksgefühl, dass sie ihre Freude am liebsten laut herausgeschrien hätte.

»Moin, alles gut?«, begrüßte ihr Mitarbeiter Lars Baumann Lina, als diese nach dem erfrischenden Spaziergang die Tür zum Büro am Marktplatz öffnete. In Norddeutschland standen *Moin* und die Frage *Alles gut?* für so vieles, was keiner weiteren Worte bedurfte. Es bedeutete zugleich »Wie war dein Wochenende?«, »Bist du glücklich?«, aber auch »Hast du deinen Schmerz überwunden?«, wenn der- oder diejenige etwas Trauriges erlebt hatte.

Nun gesellte sich die zweite Mitarbeiterin, Brigitte, zu den beiden, und schon konnte das Morgenmeeting, in Kombination mit einem Frühstück, beginnen.

»Schmecken euch die Zimtschnecken? Ich habe sie gestern Abend extra für uns gebacken«, sagte Brigitte und spitzte ihre von zarten Fältchen umrahmten Lippen. Mit Mitte sechzig arbeitete sie voller Begeisterung als Teilzeitkraft im Gästeservice.

»Köstlich wie immer«, erwiderte Lars. Er hatte seinen Männerdutt im Laufe des Herbstes gegen einen kürzeren Haarschnitt getauscht, der ihm nicht mehr das Aussehen eines Surferboys verlieh. »Allerdings muss ich beim nächsten Mal passen, denn ich will mir nicht schon vor Weihnachten überflüssige Pfunde anfuttern.«

»Sag bloß, du kannst wirklich widerstehen, wenn ich am Mittwoch Schmalznüsse und Nusskugeln mitbringe?« In Brigittes Augen glitzerte eine diebische Freude darüber, Lars in Versuchung zu führen, der ihrer Ansicht nach ein Spargel auf Stelzen war und keinen harten Winter in Lütteby überleben würde, wenn er nicht ordentlich was auf die Rippen bekam.

»Ich glaube, ich habe am Mittwoch Urlaub«, konterte Lars schmunzelnd. »Also, was ist? Wollen wir mal loslegen?«

Binnen Sekunden waren die drei hoch konzentriert bei der Planung des weihnachtlichen Grachtenzaubers, der traditionell am ersten Adventswochenende stattfand und neben zahllosen Touristen auch die Bewohner aus der Umgebung anlockte.

»Die Uhrzeiten für den Auftritt der Trachtentanzgruppe stehen, auch die für den Chor. Alle Verkaufsstände sind vermietet, zudem bieten wir in diesem Jahr erstmalig weihnachtliche Rikschafahrten und zusätzliche Stadtführungen an. Sieht so aus, als sei alles bestens organisiert«, fasste Lina schließlich zufrieden zusammen, nachdem die drei zur Sicherheit nochmals alle Fakten gecheckt hatten. »Fehlt nur noch eine zündende Idee für die Spendensammlung für die Reparatur des Glockenspiels.«

»Wie wäre es mit einem Wettbewerb am dritten Adventswochenende?«, sagte Lars und strich sich mit der Hand über seinen rotblonden Bart. »Es müsste irgendetwas sein, woran alle

Spaß haben, was wir unabhängig von der Witterung machen können und was sich schnell organisieren lässt.«

»Vielleicht starten wir einen Backwettbewerb? Oder wir könnten das Musical wieder aufführen, das wir vor drei Jahren anlässlich des Stadtjubiläums von Lütteby einstudiert haben«, warf Brigitte ein, doch Lars wirkte genauso wenig überzeugt wie Lina. Nachdem keiner der darauffolgenden Vorschläge so richtig zündete, vertagte sie die Besprechung. Vielleicht hatten ja ihre Mutter oder Henrikje eine brauchbare Idee.

»Ihr habt es wirklich wunderschön hier«, lobte Linas Mutter Florence, als sie Lina am frühen Nachmittag in der Villa zu einem Spaziergang abholte. Im November wurde es schon früh dunkel, wie gut, dass Lina heute zeitig im Büro Schluss machen konnte. »Allein der Weg hier hinauf ist schon ein Genuss. Es duftet nach frischem Tannengrün, Moos und Winter.« Die Kälte hatte Florence rote Apfelbäckchen gezaubert, die ihr ausnehmend gut standen.

Nachdem die beiden in Richtung Waldsee losgegangen waren, lauschten sie verzückt den eifrigen Tick-ick-ick-Lauten der Rotkehlchen, dem melodischen Gesang des kleinen Zaunkönigs und den Balzgeräuschen der Kleibermännchen. Drosseln waren lautstark auf der Suche nach Erlen- und Birkensamen, andere Wintervögel pickten hungrig die Beerenfrüchte des Waldes, selbst wenn diese vereist waren.

»Der Wald lebt, auch im Spätherbst und Winter«, sagte Florence und stapfte energisch voran. »Ich mache nächste Woche Vogelfutter, möchtest du auch welches? Du könntest es im Garten der Villa verteilen oder an Stellen anbringen, wo die Vögel sich geschützt fühlen.«

»Wollen wir das nicht lieber gemeinsam tun?«, fragte Lina. Da beide erst Ende des vergangenen Jahres wieder zueinandergefunden hatten, gab es viel verlorene Mutter-Tochter-Zeit nachzuholen.

»Gute Idee, lass uns das machen, wenn wir die Weihnachtskekse backen«, stimmte Florence zu.

»Ich habe allerdings keine Ahnung, womit man die Körner vermengt, damit man sie zu Kugeln formen kann. Mit Talg?«

»Mein Favorit zum Binden ist Kokosfett. Im Übrigen kann man aus Erdnüssen wunderschöne Herzen basteln. Vögel lieben das, und es sieht zudem entzückend aus.« Florence bückte sich und las verschiedene Zapfensorten vom Waldboden auf, die sie anschließend in einen Leinenbeutel tat. In diesem Moment ähnelte sie Linas Großmutter Henrikje, die bei Spaziergängen auch immer etwas sammelte: frische Tannenwipfel für Hustentee, Bärlauch für aromatisches Pesto, Waldmeister für Maibowle oder Pilze, Walderdbeeren und Wildblumen.

»Vielleicht könnte man das dekorative Vogelfutter in größeren Mengen herstellen und auf einem Basar verkaufen«, sinnierte Lina. »Ich zerbreche mir seit Tagen den Kopf darüber, wie man schnellstmöglich Geld für das Glockenspiel zusammenbekommt, ohne Falk um eine Spende bitten zu müssen.« Bei der Erwähnung des Namens ihres Vaters versuchte Lina eine Reaktion im Gesicht ihrer Mutter abzulesen, doch es gelang ihr nicht. Florence war es seit der Kindheit gewohnt, mit ihren wahren Gefühlen hinter dem Berg zu halten und fast alles mit sich allein auszumachen, so auch die komplizierte Beziehung zu dem nicht minder komplizierten Bürgermeister der Städtchen Lütteby und Grotersum. Falk van Hove war ein geschätzter Geschäftsmann, aber nicht besonders beliebt.

Dass die schwangere Florence ihn als Achtzehnjährige einfach hatte sitzen lassen und daraufhin über dreißig Jahre spurlos verschwunden gewesen war, hatte er noch nicht verwunden, egal wie sehr er Lina gegenüber das Gegenteil beteuerte.

»Ich würde mich an deiner Stelle von deinem Vater unabhängig machen«, riet Florence und zog fröstelnd die Schultern hoch. »Allerdings befürchte ich, dass ihr diese hohe Summe nicht allein durch den Verkauf von Basteleien und Backwaren zusammenbekommt. Da brauchte es schon etwas Größeres, Attraktiveres. Wie wäre es mit der Versteigerung von Picknickkorb-Dates wie in deiner Lieblingsserie *Gilmore Girls*?«

»Hm«, erwiderte Lina, die den Vorschlag äußerst reizvoll fand, sich aber nicht vorstellen konnte, wie man ein solches Event in die Tat umsetzen sollte. Dennoch schossen ihr Bilder potenzieller Liebender in Lütteby durch den Kopf, die sie für ihr Leben gern verkuppelt hätte, damit auch sie so glücklich sein konnten wie Jonas und sie. Da waren vor allem ihre Mutter und ihr Vater, Großmutter Henrikje und deren Jugendliebe Thorsten, aber auch die Singles Lars Baumann aus der Touristeninformation, Sinje und Amelie. Je länger Lina über die Möglichkeit nachdachte, schüchternen Herzen ein wenig auf die Sprünge zu helfen, desto mehr verliebte sie sich in diesen Gedanken, doch das behielt sie erst einmal für sich. Stattdessen fragte sie: »Hast du schon konkrete Pläne für Weihnachten?«

Florence schüttelte den Kopf und legte den Arm um ihre Tochter. »Ich weiß, wie sehr du dir ein Fest im großen Kreis wünschst, aber ich fürchte, dass daraus nichts wird. Wenn dein Vater und ich es nicht schaffen, uns vernünftig zu unterhalten, wird es nicht das Fest, das du dir wünschst und mehr als verdient hast.«

»Könnt ihr es denn nicht noch mal versuchen?« Lina verstand nicht, wieso es ihren Eltern so schwerfiel, auch nur eine Minute gemeinsam in einem Raum zu verbringen. Sie konnte von Glück sagen, dass beide wenigstens anlässlich der Hochzeit über ihren Schatten gesprungen waren. Doch danach musste irgendetwas zwischen ihnen vorgefallen sein, worüber sich beide beharrlich ausschwiegen. *Ich habe diese ewigen Familiengeheimnisse und Animositäten satt,* dachte Lina und kämpfte mit den Tränen.

Auch Florence sah mit einem Mal tieftraurig aus …

- 4 -

Amelie

Am Dienstagnachmittag gönnte sich Amelie einen Abstecher in ihre Wohnung und ließ sich erschöpft auf das Bett fallen. *Nur ein paar Minuten schlafen, dieser trübe Tag macht mich fertig,* dachte sie gähnend und kuschelte sich unter die wärmenden Daunen. Sie war gerade sanft ins Reich der Träume hinübergeglitten, als sich ein großer, dunkler Schatten über das Bett beugte und ihr zuflüsterte: »Du wirst niemals glücklich werden, wenn du dich nicht endlich mit deiner Vergangenheit aussöhnst.« Verwirrt und noch reichlich verschlafen setzte sie sich auf, doch in diesem Moment klingelte zum Glück auch schon ihr Wecker und brachte sie endgültig in die Realität zurück.

Es fiel ihr nicht leicht, den Schlaf und die mysteriöse Ankündigung abzuschütteln, doch sie stand auf und wusch ihr Gesicht mit eiskaltem Wasser. Sie musste dringend los, denn es gab an diesem Sonntag noch einiges zu erledigen. Das Café machte zwar große Freude, aber auch reichlich Arbeit. Amelie ging im Geiste die To-do-Liste durch und begab sich auf den Weg zum Marktplatz. Sie freute sich wie ein kleines Kind auf die Vorweihnachtszeit, auch wenn es in diesen Wochen extrem viel zu tun gab. Doch Backen, Dekorieren, Geschenkeeinpacken und dafür zu sorgen, dass sich die Gäste in ihrem Café wohlfühlten, erfüllten sie mit tiefster Zufriedenheit und einem prickelnden Glücksgefühl.

Mittlerweile waren auch in den Straßen, die zum Herzstück Lüttebys führten, und an den Brückengeländern der Lillebek Lichterketten angebracht, die bis auf das Kopfsteinpflaster herabhingen und in der Dunkelheit zu einem wahren Glitzerteppich verschmolzen. Manche Lämpchen waren sternförmig, andere sahen aus wie Weihnachtskugeln, die nächsten wie blinkende Herzen. Als sie die Tür zu ihrem kleinen Reich öffnete, ertönte eine sanfte Melodie, die sie pünktlich zum ersten Advent durch die Klänge eines französischen Weihnachtslieds ersetzen würde.

Während Amelie in der Küche konzentriert Teig für Brioches zubereitete, hörte sie Pascal mit den Gästen kokettieren oder sie harsch zurechtweisen. »Cabernet Sauvignon und Merlot sind so was von passé, wieso probieren Sie nicht etwas Neues?«, war noch eine der harmloseren Fragen, die sich Besucher gefallen lassen mussten, wenn sich das Café abends in ein Bistro verwandelte. Dennoch respektierten die meisten Gäste ihn und kamen regelmäßig wieder. Als sie die Schüssel mit dem Teig in den Kühlschrank stellte, ahnte Amelie noch nicht, dass sich in dieser Sekunde ihr Leben verändern würde. Doch wie sollte sie auch? In Lütteby passierte nur selten etwas Überraschendes und Ungewöhnliches, genau deshalb lebte sie so gern hier. Lütteby war verlässlich. Und sie brauchte Verlässlichkeit wie die Luft zum Atmen.

»Amelie«, sagte plötzlich eine männliche Stimme, die der ihres Ex-Freunds Jules aus Frankreich ähnelte.

»Es ist so schön, dich nach all der Zeit endlich wiederzusehen«, ertönte die warme, vertraute Stimme erneut. »Drehst du dich bitte mal um, denn ich würde gern dein hübsches Gesicht anschauen und nicht nur deinen zauberhaften Rücken.«

Amelie bekam augenblicklich Gänsehaut, jede Nervenzelle ihres Körpers vibrierte, ihr Mund war staubtrocken.

Um sich zu vergewissern, dass sie nur träumte oder fantasierte, schloss sie die Kühlschranktür, atmete einmal tief durch und drehte eine kleine Pirouette in die Richtung, aus der die Stimme kam.

»Immer noch grazil wie eine Ballerina«, sagte der Mann, der ihr das Herz zerfetzt hatte wie ein wilder Tiger seine wehrlose Beute. War er tatsächlich real oder nur eine Fata Morgana, das Resultat ihres seltsamen Traums vorhin?

»Was machst du denn hier?«, hörte sie sich wie durch eine Nebelwand fragen.

»Ich wollte dich sehen«, erwiderte Jules so ungerührt, als hätte er ihr nicht vor drei Jahren den goldenen Ehering präsentiert, den er einer *anderen* Frau an den Finger gesteckt hatte, und als hätten sie sich gestern zuletzt gesehen. »Da du offenbar deiner französischen Heimat auf Dauer den Rücken gekehrt hast, komme ich nun eben zu dir. Wie geht es dir, Chérie? Es ist lange her. Viel zu lange …«

Amelie lehnte sich zuerst Halt suchend an die Wand und rutschte dann im Zeitlupentempo an ebendieser hinunter.

Jules setzte sich neben sie, und so starrten sie beide eine ganze Weile stumm auf die angelehnte Tür, die zum Bistro führte. Amelie vernahm Musik, Stimmengewirr, Lachen und immer wieder Pascals näselnde Stimme. Draußen steppte offenbar der Bär, in ihrer Seele herrschte hingegen dumpfe Leere, und ihr wurde übel. War das hier wirklich real?

Jules, der beste Freund ihres älteren Bruders Victor.

Jules, das Objekt der Sehnsucht aller Mädchen im Dorf.

Jules, der begabte Schüler und Spitzensportler, dem alles zuzufallen schien. Auch die Liebe.

»Soll ich dir ein Glas Wasser holen?«, fragte er mit sanfter Stimme und streichelte ihren Arm. Diese Berührung weckte Gefühle, die sie lange in sich verschlossen hatte wie eine Schatztruhe, randvoll gefüllt mit Kostbarkeiten.

Zum Glück öffnete sich in diesem Moment die Tür. »Was ist denn hier los?«, fragte Pascal mit Blick auf Amelie. »Bist du krank? Soll ich einen Arzt rufen?«

Nun kam wieder Leben in sie, und ihr Stolz erwachte. »Alles gut, Pascal, ich bin nur gestolpert. Darf ich übrigens vorstellen: Jules Fournier, der beste Freund meines Bruders. Pascal Durand, mein Partner im Bistro.«

Die Männer begrüßten sich mit einem Handschlag, Pascal musterte Jules von oben bis unten und stieß lediglich ein undefinierbares »Äöuß« aus. Dann holte er eine Flasche Weißwein aus dem Kühlschrank und schenkte sich ein halbes Glas ein. »Na, das ist ja eine Überraschung. Und was habt ihr beiden heute Abend noch Schönes vor?«, fragte er und machte keinerlei Anstalten, zu seiner Arbeit zurückzukehren.

»Ich gehe nach Hause, denn ich muss noch einiges erledigen, das keinen Aufschub duldet«, sprudelte es aus Amelie heraus, der gerade alles zu viel wurde. Sie wollte in diesem Moment nur eins: flüchten, um nicht komplett durchzudrehen.

Ohne Jules oder Pascal auch nur eines einzigen Blickes zu würdigen oder darüber nachzudenken, wie ihr plötzlicher Abgang wirkte, riss sie den Mantel von der Garderobe, schlang den Schal um den Hals und flüchtete aus der Küche. Kaum hatte sich die Tür des Cafés hinter ihr geschlossen, rannte sie so schnell los, als wäre der Teufel persönlich hinter ihr her.

Sie hatte in diesem Moment keinen wirklichen Plan und auch kein konkretes Ziel, doch wenig später fand sie sich auf dem Weg wieder, der zur Waldanhöhe Lüttebys und damit zu der alten Kapitänsvilla führte, in der Lina, Jonas und Sinje wohnten. Amelie war das Haus stets ein wenig unheimlich, weil es früher als »Spukschloss« und »Gespenstervilla« verschrien gewesen war. Doch heute erschien ihr der majestätische Bau wie eine schützende Festung, und sie betete inständig, dass eine ihrer beiden Freundinnen daheim war, um ihr Unterschlupf zu gewähren.

»Amelie, wie schön, dich zu sehen«, rief Lina, nachdem sie die Tür geöffnet hatte.

»Was machst du denn hier?«, fragte Sinje, die hinter Lina auftauchte. »Komm schnell rein, du zitterst ja wie Espenlaub.«

Keine Minute später saßen die drei vor einem gemütlich prasselnden Kaminfeuer und tranken wohlduftenden Tee.

»Magst du erzählen, was dich bedrückt, oder möchtest du lieber einfach hier sitzen und schweigen?«, fragte Sinje behutsam.

»Ich weiß nicht genau, wo ich anfangen soll«, stammelte Amelie, die sich plötzlich vorkam wie eine Dramaqueen.

»Mach dir darüber bitte keinen Kopf«, versuchte Lina Amelie zu beschwichtigen. »Wir können dir bestimmt folgen, egal wie verworren das alles sein mag. Du weißt selbst am besten, was Sinje und ich den lieben langen Tag so quatschen, wenn wir erst mal in Fahrt sind.«

»Das stimmt allerdings«, murmelte Amelie schmunzelnd und begann zu erzählen.

- 5 -

Lina

»Oha!«, war alles, was Lina zu dieser Enthüllung einfiel. »Und was wollte er? Haben er und seine Frau sich getrennt?«

Sinje und sie wechselten Blicke, die vermutlich Bände sprachen.

»Das kann ich nicht sagen, weil ich so unter Schock stand, dass ich ihm keine dieser Fragen gestellt habe«, hob Amelie zu einer Erklärung an. »Um die Situation kurz für euch zusammenzufassen: Jules lebt in dem Dorf, aus dem ich stamme. Er hat zusammen mit Cecile am Strand eine Surf- und Yogaschule aufgemacht, die anscheinend ausgezeichnet läuft.«

Allmählich konnte Lina sich einen besseren Reim auf Amelies Situation machen. »Dann hast du deine Heimat also nicht nur verlassen, weil du nicht die Bäckerei deiner Eltern übernehmen wolltest, sondern auch, weil du vor Jules geflohen bist?«

»Oui«, erwiderte Amelie beinahe tonlos, starrte gedankenverloren in die züngelnden Flammen des Kaminfeuers und umklammerte den Becher mit dem dampfenden Tee.

»Wirst du ihn wiedersehen oder ihm schreiben? Hast du überhaupt seine Handynummer?«

»Keine Ahnung, Sinje«, murmelte Amelie. »Wie gesagt: Ich wollte einfach nur weg. Jetzt finde ich meine Reaktion allerdings bescheuert, weil ich nun ständig befürchten muss, dass er mir hier irgendwo über den Weg läuft. Vielleicht sollte ich ihm eine Nachricht schreiben, dann weiß ich zumindest, ob die Kontaktdaten noch aktuell sind.«

»Das ist eine gute Idee«, erwiderte Lina, in deren Kopf sich die Gedanken überschlugen.

Dieser Jules hatte Amelie ganz offensichtlich das Herz gebrochen und sollte auf keinen Fall die Gelegenheit bekommen, dies ein weiteres Mal zu tun. Doch sich zu verstecken war nun mal leider auch keine Option. Besorgt sah sie dabei zu, wie Amelie mit zitternden Händen tippte.

»Die Nachricht ist durchgegangen, und er hat sie gelesen«, erklärte sie, und schlagartig war es mucksmäuschenstill im Raum. In den folgenden Minuten war nur das Knistern der brennenden Holzscheite zu hören und das energische Rütteln des Windes an den Fensterläden.

Daher erschrak Lina beinahe, als Amelie plötzlich sagte: »Er schreibt, dass er plant, so lange in der Pension *Nordseeglück* zu bleiben, bis ich bereit bin, mich mit ihm zu treffen.«

»Und was antwortest du ihm?« Sinje musterte Amelie prüfend.

»Was würdet ihr denn an meiner Stelle tun?« Amelie standen die Ratlosigkeit und die Überforderung förmlich ins Gesicht geschrieben. »Das wäre fast so, als würde sich Sven wieder bei dir melden, Sinje, und fragen, ob er dich treffen kann.«

»Was Gott verhüten möge«, entgegnete diese in einem derart harschen Tonfall, dass Lina innerlich zusammenzuckte. Sie hatte also immer noch Gefühle für den Mann, wegen dem sie sich von ihrem Verlobten Gunnar getrennt hatte.

»Ich persönlich bin ja der Typ Pack-den-Stier-bei-den-Hörnern, aber damit natürlich kein Maßstab«, fuhr Sinje fort. »Letztlich musst du dich mit deiner Entscheidung wohlfühlen. Lass dich nicht in die Enge treiben, das ist eigentlich der einzige Rat, den ich dir geben möchte. Im Übrigen kannst du gern eine

Weile hier wohnen, schließlich haben wir in der Villa extra für solche Fälle Zimmer und sogar Schlafsachen und Kosmetik für spontane Übernachtungsgäste.«

Lina glaubte, einen schwachen Hoffnungsschimmer in Amelies Augen aufglimmen zu sehen, und wünschte nicht zum ersten Mal, die scheue Französin würde sich ein wenig mehr öffnen und die angebotene Hilfe annehmen.

»Wisst ihr was? Ich bin todmüde und würde jetzt tatsächlich nichts lieber tun, als mich in ein gemütliches Bett zu kuscheln. Ich werde Jules auf keinen Fall heute antworten, denn ich möchte diese Entscheidung überschlafen. Zum Glück ist morgen Ruhetag im Café, also spricht nichts dagegen hierzubleiben«, entschied Amelie und gähnte hinter vorgehaltener Hand.

»Fein, dann wäre das ja geklärt.« Sinje klatschte begeistert in die Hände. »Dann musst du jetzt nichts weiter machen, als dir eines von drei Zimmern auszusuchen, und dann bekommst du von mir sowohl eine Wärmflasche als auch einen Snack.«

Doch Amelie lehnte die Einladung zum Essen ab und verschwand ins Gästezimmer. Lina schaute gedankenverloren zum Fenster, in dessen Scheibe sich der opulente Kronleuchter spiegelte, der dem Raum mit den hohen Decken seinen typischen Schlosscharakter verlieh. »Kann es sein, dass es schneit?«, fragte sie irgendwann und stand auf, um das Fenster zu öffnen. Auf der Waldanhöhe war es nach Sonnenuntergang stockdunkel, bis auf das Licht des Mondes und der Sterne, die hier ganz besonders hell funkelten. Sinje stellte sich neben sie, schon strömte die eiskalte Novemberluft in den Raum. Lina streckte ihre Hand in die Kälte hinaus. Samtweiche, dicke Flocken fielen nach und nach darauf und zerschmolzen sofort auf der Haut. Sie seufzte verzückt, schloss die Augen und atmete die frische Brise so tief ein, wie sie konnte.

»Der erste Schnee des Jahres ist immer etwas ganz Besonderes«, murmelte sie, steckte nun auch ihren Kopf aus dem Fenster und streckte ihre Zunge heraus. Die Flocken schmeckten wie kleine Eiskristalle in einem köstlichen Drink, prickelten am Gaumen und weckten Kindheitserinnerungen an Schneeballschlachten, Schlittenfahrten, Spaziergänge im verschneiten Gespensterwald und die Pirouetten, die sie mit den Schlittschuhen auf dem zugefrorenen Waldsee gedreht hatte.

»Du hast gerade große Ähnlichkeit mit Lorelai Gilmore«, stellte Sinje augenzwinkernd fest. »Nur mit dem Unterschied, dass du den Schnee nicht gerochen hast, bevor er gefallen ist.«

»Schnee Mitte November«, sinnierte Lina weiter vor sich hin und sehnte sich in diesem Moment mit jeder Faser ihres Herzens nach Jonas, weil er die weiße Pracht genauso sehr liebte wie sie. Als hätte er im fernen London ihre Gedanken gelesen, rief er im selben Moment an.

»Dass diese telepathische Verbindung zwischen uns immer noch funktioniert, verursacht mir richtig Gänsehaut«, sagte sie zur Begrüßung und ging in ihr Zimmer, das an den Wohnraum der Villa grenzte. »Wie geht es dir? Wie war der Afternoon-Tea bei Tante Maud?« Sie hielt das Handy so fest umschlungen, als könne sie dadurch Jonas über die vielen Kilometer Distanz hinweg liebkosen.

»Gemütlich und sehr nett«, erwiderte er. »Sie lässt dich grüßen und hofft, dass wir beide sie bald gemeinsam besuchen. Vielleicht sogar an Weihnachten.«

Weihnachten in London?! So verlockend dieser Gedanke auch war, konnte Lina sich beim besten Willen nicht vorstellen, das Fest der Liebe anders zu verbringen als im Kreis ihrer Familie. Im vergangenen Jahr waren die privaten Turbulenzen viel zu groß gewesen, um gemeinsam zu feiern, doch diesmal wollte Lina ihren Traum endlich wahr werden lassen und alle zusammen unterm Weihnachtsbaum versammeln.

»Du scheinst nicht besonders begeistert zu sein«, fuhr Jonas fort, und Lina konnte das feine Lächeln heraushören, das seine Lippen umspielte. »Keine Sorge, das war nur so eine spontane Idee, nichts, was dich stressen müsste. Ich dachte bloß, es könnte ganz romantisch sein, dich in London unter einem Mistelzweig zu küssen.«

»Das ist allerdings eine äußerst verlockende Vorstellung«, erwiderte Lina, der sofort warm ums Herz wurde. »Doch ich fürchte, wir müssen das auf ein andermal verschieben, denn ich habe hier noch unendlich viel zu tun. Aber wir werden uns unter einem Mistelzweig küssen, versprochen. Wann kommst du eigentlich wieder?«, fragte sie mit Blick auf die Schneeflocken, die vor dem Fenster herumwirbelten.

»Wahrscheinlich am Mittwoch, aber es stehen viele Meetings an, und zudem sind leider Warnstreiks des Flugpersonals angekündigt. Natürlich versuche ich mein Bestes, um so schnell wie möglich wieder bei dir zu sein. Du fehlst mir jetzt schon, obwohl ich dich heute Morgen noch gesehen habe.«

»Du mir auch«, flüsterte Lina sehnsuchtsvoll. Nachdem sie sich schweren Herzens von Jonas verabschiedet hatte, ging Lina zurück zu Sinje, die gerade Kaminholz nachlegte.

»Was sagst du zu der Geschichte mit Amelie und diesem Jules?«, fragte sie, während der Feuerschein ihr schönes Gesicht zum Glühen brachte.

»Kommt darauf an, wie sich die Sache entwickelt«, erwiderte Lina, und die beiden setzten sich wieder nebeneinander aufs Sofa. »Wenn er nach all den Jahren erkannt hat, dass Amelie seine wahre Liebe ist, und nun um sie kämpft, würde ich mich natürlich freuen.«

»Aber das Leben schreibt nicht nur Liebesgeschichten mit Happy End«, ergänzte Sinje. »Nimm nur mal deine Eltern als Beispiel, die es nach wie vor nicht schaffen, auch nur ein vernünftiges Wort miteinander zu wechseln, auch wenn wir alle mittlerweile wissen, wie sehr sie sich als Teenager geliebt haben.«

»Das stimmt allerdings«, murmelte Lina und stieß einen tiefen Seufzer aus. »Und ich habe keine Ahnung, was mit den beiden los ist, keiner von ihnen spricht mit mir darüber, genau wie in der Zeit, bevor ich erfahren habe, dass Falk mein Vater ist. Das macht die Planungen für Weihnachten leider extrem kompliziert.«

- 6 -
Amelie

Als Amelie am Montagmorgen aufwachte, rieb sie sich verwundert die Augen: Wo war sie? Träumte sie noch? Die Französin lag in einem wunderschönen Himmelbett und blickte von dort aus auf eine Chaiselongue. Amelie setzte sich auf und bestaunte das Zimmer, in dem sie die Nacht verbracht hatte. Der Baldachin des Betts mit den gedrechselten Beinen aus dunklem Mahagoniholz schimmerte cremefarben, und die edle Wäsche verströmte den zarten Duft von Lavendel, der sie an ihre Heimat erinnerte. Und damit auch an Jules …

Also nahm sie das Handy und las eine weitere Nachricht ihres Ex-Freundes, die er geschickt hatte, nachdem sie offline gegangen war. Er schlug vor, gemeinsam spazieren zu gehen.

Ein Klopfen unterbrach ihre Gedankenspirale, und Sinje streckte den Kopf durch den Türspalt.

»Bereit für einen Café au Lait und ein Croissant?«, fragte sie und stellte ein Tablett auf den Nachttisch. »Beides nicht so gut wie von dir, aber ich habe mir Mühe gegeben«, erklärte sie mit einem Schmunzeln und setzte sich an das Ende des ausladenden Bettes.

»Merci, du bist ein Schatz«, entgegnete Amelie, froh über den Beistand ihrer Freundin, trank einen Schluck aus der Porzellanschale mit Blumenornamenten und schloss dann verzückt die Augen. Wenn im Leben doch nur alles so angenehm und einfach wäre wie der Genuss dieses köstlichen Getränks.

»Erzähl mal, wie hast du geschlafen, und wie geht's dir heute? Ich hoffe, du hattest keinen Besuch vom Geist der verstorbenen Algea?«

»Es hat tatsächlich eine Weile gedauert, bis ich einschlafen konnte, denn es ertönten nachts einige Laute, die durchaus etwas Gespenstisches hatten«, erwiderte Amelie und dachte mit leisem Schaudern an das Knarren der Bodendielen, Geräusche, die einem Klopfen ähnelten, und ein klagendes Wispern.

»Das kenne ich«, erwiderte Sinje. »Aber ich kann dir versichern, dass du dich schnell an alles gewöhnst und dir hier nichts passieren wird. Wenn dir jemand mutmaßlich zusetzen könnte, dann dieser Jules. Hast du denn noch mal etwas von ihm gehört, und wirst du ihn treffen?«

Im Nu waren die beiden in ein Gespräch über das Pro und Kontra einer Verabredung vertieft, das Sinje irgendwann mit Blick auf die Uhr abrupt abbrach. »Tut mir leid, aber ich muss jetzt runter ins Pastoratszimmer, denn es wartet ein verirrtes Schäfchen auf mich. Mach es dir einfach gemütlich, oder komm runter, wenn dir danach ist. Und denk dran: Tu nur das, was du auch wirklich willst, und lass dich zu nichts drängen. Dieser Mann kann schließlich nicht einfach unangemeldet bei dir aufkreuzen und erwarten, dass sich von der Sekunde an alles um ihn dreht.«

Mit diesen Worten war Sinje auch schon wieder verschwunden und Amelie trotz des wohlgemeinten Zuspruchs genauso unsicher wie zuvor. Immerhin war Jules ihre große Liebe. Der Mann, den sie hatte heiraten und mit dem sie später irgendwann eine Familie hatte gründen wollen. Der Mann, dem zuliebe sie sogar über ihren Schatten gesprungen wäre und die Bäckerei ihrer Eltern übernommen hätte. Nach einer Stunde nervigen Grübelns und einem ausgiebigen Schaumbad in einer frei stehenden Badewanne mit Blick in den tiefblauen Himmel befand sie schließlich, dass es das Beste sei, Jules bei einem persönlichen Treffen dazu aufzufordern, Lütteby wieder zu verlassen.

Als Jules einige Stunden später am Strand auf sie zukam, kenterte ihr Vorsatz, cool zu bleiben. Sie konnte ihn schon fühlen und riechen, noch bevor sie ihn sah. Es war, als vermischten sich die Schatten der Vergangenheit mit den Sonnenstrahlen des heutigen Tages und verliehen den schlafenden Gefühlsschmetterlingen erneut Flügel.

»Da bist du ja, wie schön, dich zu sehen«, sagte Jules, und der Klang seiner Stimme berührte Amelie an einem Ort in ihrem Herzen, von dem sie geglaubt hatte, nichts und niemand könne ihn jemals wieder zum Leben erwecken. Diese Mischung aus der Erinnerung an die Rauheit der Insel im französischen Atlantik, der Geborgenheit einer glücklichen Kindheit und der unendlich großen Sehnsucht nach Liebe erfasste Amelie mit der Wucht einer Nordseewelle, die sich hoch auftürmte und alles umherwirbelte, bis Horizont und Himmel in der Unendlichkeit miteinander verschmolzen.

Jules begrüßte sie mit den üblichen *bisous,* Küsschen auf jede Wange, leicht wie ein Windhauch und gleichzeitig schwer von Bedeutung. Jules war extra nach Lütteby gekommen, um sie zu sehen, und er trug keinen Ehering mehr. Geschah nun das Wunder, auf das sie heimlich gehofft, jedoch irgendwann den Glauben daran verloren hatte?

»Es ist hier wirklich paradiesisch und erinnert sehr an unsere Heimat«, stellte Jules fest, nachdem beide mit dem Gesicht zum offenen Meer standen und auf das grünlich schimmernde Wasser in den Nordseeprielen blickten. »Ist dieser Ort der Grund dafür, dass du nicht mehr zurückkommst?«

Die ehrliche Antwort auf seine Frage wäre gewesen, dass Amelie niemals wieder solchen Schmerz erleiden wollte wie den

Liebeskummer, der ihr die Luft zum Atmen geraubt hatte. Lütteby war ihr Rettungsanker geworden, die Arbeit als Patissière und das Café ihr Lebenselixier, doch das ging Jules nichts an. »Wie geht es dir, was macht die Surfschule?«, fragte sie, um Näheres über den Grund seines Besuchs zu erfahren. Er war doch nicht einfach eines Morgens aufgewacht und hatte erkannt, dass er einen riesigen Fehler gemacht hatte, indem er mit Cecile den Bund fürs Leben eingegangen war?!

»Wollen wir ein Stück marschieren, während ich dir von den vergangenen Jahren erzähle?«, fragte Jules, und beide schlugen den Weg unterhalb der Kapitänsvilla in Richtung der Salzwiesen des Lüttebyer Vorlandes ein. Nebeneinanderher zu gehen fühlte sich so fremd an, als wäre das Treffen ein Blind Date, eingefädelt über eine Plattform, auf der man potenzielle Kandidaten einfach wegwischte, wenn sie einem nicht zusagten.

Genauso brutal hatte Jules sie aus seinem Leben radiert, und das würde Amelie ihm niemals verzeihen können.

Oder vielleicht doch?

Jules hatte es schon immer in die Ferne gezogen, und Amelie hatte ihm diesen Freiraum von Herzen gern gewährt. Während sie frühmorgens in der heißen Backstube schuftete und abends erschöpft ins Bett fiel, träumte sie von einer gemeinsamen Zukunft mit Jules, die beginnen würde, sobald dieser sich ausgetobt hatte. *Man muss freilassen, was man liebt,* davon war Amelie felsenfest überzeugt.

»Ich weiß, dass das damals ein Schock für dich war«, begann Jules. »Und ich schäme mich noch heute zutiefst dafür, dass ich dich vor vollendete Tatsachen gestellt habe, anstatt dich vorzuwarnen. Ich war wohl zu feige, um dir vorher zu beichten, dass ich mich in eine andere verliebt hatte.«

»Ich weiß nicht, ob das die Sache besser gemacht hätte«, murmelte Amelie. »Doch die Dinge sind nun mal, wie sie sind, und ich bin heute dankbar dafür, dass der Kummer mir geholfen hat, eine Entscheidung zu treffen.«

»Deine Eltern hoffen immer noch, dass du zurückkommst«, sagte Jules, ohne weiter auf Amelies Bemerkung einzugehen. Als bester Freund ihres älteren Bruders Victor war Jules fast ein Familienmitglied für sie gewesen. Bis zu dem Tag, an dem sich Amelies geschwisterliche Zuneigung in Liebe verwandelt und ihre kleine Welt größer und schöner gemacht hatte.

»Mein Platz ist hier und wird es auf absehbare Zeit auch bleiben.« Diesen Satz laut, klar und deutlich auszusprechen tat gut, denn es verschaffte ihr ein Gefühl von Selbstständigkeit und Freiheit, das sie innerhalb der lebhaften Großfamilie viel zu lange unterdrückt hatte.

Jules nickte, offenbar verständnisvoll. »Dass du mit deinem Job tief verbunden bist, spürt man bereits in der Sekunde, in der man dein Café betritt. Die Melodie der Türklingel spricht schon Bände. Ist es ein Zufall, dass sie aus dem Film *Jules und Jim* stammt?«

Bevor Amelie etwas dazu sagen konnte, wurde ihm offenbar bewusst, wie seine Frage gewirkt haben musste. »Bitte entschuldige, das klang jetzt unfassbar eitel. Doch das war gar nicht so gemeint, sondern bezog sich eher auf die großartigen Filmabende bei euch daheim, das Freiluftkino am Marktplatz und das Tanzen mit dir zu den Soundtracks. Was ich eigentlich sagen wollte, ist, dass das Café deine ganz persönliche Handschrift trägt. Wenn ich darf, würde ich gern etwas von deinen Backwaren kosten, die ich bislang nur in der Auslage bestaunen konnte.«

Amelie spürte, dass diese Frage auf weit mehr abzielte, nämlich auf ein erneutes Wiedersehen. Und obwohl ihr Verstand versuchte, sie davon abzuhalten, erwiderte sie: »Sehr gern.«

Und ihr Herz ließ zu, dass Jules ihre Hand ergriff, so wie er es früher getan hatte, als sie Liebende gewesen waren …

- 1 -

Sinje

Am Donnerstagabend standen Sinje und Lina gemeinsam vor der Tür des windschiefen Giebelhäuschens am Marktplatz, das seit Generationen der Familie von Linas Großmutter gehörte. Das gute Wetter des vergangenen Tages war umgeschlagen, ein stürmischer Wind heulte durch die Gassen und trieb selbst Hartgesottene in die wärmenden Häuser.

»Immer rein in die gute Stube, ihr Süßen«, sagte Henrikje Hansen, deren Augen funkelten wie die eines jungen Mädchens.

Sinje folgte Lina in den Flur. »Das duftet köstlich«, erwiderte sie, zog ihre Nase kraus und versuchte zu erraten, was es zum Abendessen gab.

Henrikje bat die Freundinnen in die gemütliche Stuuv, das Herzstück der Wohnung, dessen Mittelpunkt ein nach beiden Seiten offener Kamin war. »Anka hat die Suppe gemacht und ich die Fischfrikadellen mit Kapernsoße. Setzt euch, Kinners.«

Sinje freute sich darüber, dass Henrikjes Freundin mittlerweile wieder deutlich besser aussah als nach dem überraschenden Tod ihres Mannes im vergangenen Jahr. Das Zusammenleben mit Linas Großmutter und die gemeinsame Arbeit im Laden schienen ihr gutzutun.

Nachdem Henrikje die dampfend heiße Grünkohlsuppe in tiefe Teller gefüllt und auf den Tisch gestellt hatte, kam sie auch gleich zur Sache. »Ihr sucht also nach einer zündenden Idee zur

Finanzierung des Glockenspiels, das finde ich sehr löblich. Gibt's denn schon brauchbare Vorschläge?«

Lina erzählte von ihrem Plan, inspiriert von ihrer Lieblingsserie *Gilmore Girls*, in den sie eine gewisse Hoffnung setzte. »Alle, die unsere Aktion unterstützen, packen einen Picknickkorb randvoll mit weihnachtlichen Leckereien und lassen den Inhalt inklusive eines Rendezvous versteigern. Derjenige, der am meisten für das Picknick-Date bietet, gewinnt, und der Erlös kommt in die Spendenkasse. Vielleicht hilft das ja der einen oder anderen Liebelei in Lütteby auf die Sprünge, denn diese Auktion ist die ideale Chance, um an ein Rendezvous mit jemandem zu gelangen, in den man schon lange heimlich verschossen ist.«

»Lustige Idee! Klingt, als sei das die perfekte Gelegenheit, um endlich dein Verhältnis mit Thorsten zu klären, Henrikje«, platzte es aus Anka heraus, was ihr einen tadelnden Blick ihrer Freundin einbrachte. »Ja was denn, was denn?«, fuhr Anka ungerührt fort. »Es sieht doch ein Blinder mit Krückstock, dass ihr beide zusammengehört wie Topf und Deckel. Aber aus irgendeinem Grund seid ihr beide der Ansicht, dass es reichen muss, weiterhin befreundet zu sein. Doch Thorstens Frau ist ja nun mal tot und hätte ganz bestimmt nichts dagegen, wenn ihr zwei endlich ein Paar würdet.«

Sinje registrierte schmunzelnd die Röte, die plötzlich Henrikjes Wangen zierte, und freute sich, dass Anka so beherzt aussprach, was nahezu jeder in Lütteby dachte.

»Das lass mal alles besser meine Sorge sein«, hielt Henrikje energisch dagegen. »Aber grundsätzlich finde ich die Idee originell, dann kommt zum einen endlich mal Leben in die Bude und zum anderen hoffentlich viel Geld in die Kasse. Nur mit Waffeln, Selbstgebasteltem und sonstigem Schnickschnack brauchen wir noch hundert Jahre, bis das Glockenspiel repariert wird. Meinen Segen habt ihr also.«

»Uns ist wichtig, dass sich alle, die mitmachen, so richtig ins Zeug legen«, erklärte Lina mit leuchtenden Augen. »Jeder, der sich als Datingpartner versteigern lassen möchte, muss sich etwas Besonderes einfallen lassen, um Bieter anzulocken.«

»Damit man als Ladenhüter auch noch weggeht?«, fragte Anka grinsend. »Ich kenne einige in Lütteby, die ganz schön was draufpacken müssten, damit ich mich dazu aufraffen würde, einen ganzen Abend mit ihnen zu verbringen. Unter einer Kutschfahrt mit Champagner im Picknickkorb läuft da gar nichts.«

»Ich hoffe, dass Jonas, unser Herr Bürgermeister und vielleicht sogar Pascal ordentlich tief in die Tasche greifen, denn wenn wir die im Boot haben, wäre das sicher schon mal die halbe Miete«, mischte sich nun auch Sinje ins Gespräch.

»Für wen soll denn dieser arrogante Franzose bieten?«, fragte Anka mit hochgezogener Augenbraue.

Sinje wusste selbst nicht genau, ob der Sommelier an Männern oder Frauen interessiert war. Dass er offenbar recht vermögend war, wusste sie von Amelie, weshalb sich einige im Ort fragten, aus welchem Grund er wirklich in Lütteby war.

»Ich mag Pascal«, verkündete Henrikje und stand auf, um die geleerten Suppenteller einzusammeln. »Er sagt seine Meinung frisch von der Leber weg und hat einen exzellenten Geschmack, nicht nur in Bezug auf Weine. Ist doch gut, dass in Lütteby mal ein bisschen frischer Wind weht und wir nicht ständig in unserem eigenen Mustopf schwimmen.«

Lina räumte die Spülmaschine ein, während ihre Großmutter die vorbereiteten Fischfrikadellen anbriet und Anka die Kapernsoße nach dem Rezept der LandFrauen aus dem nahe gelegenen Stapelholm zubereitete. »Wo wir gerade bei frischem Wind sind, was ist das eigentlich für eine Geschichte mit diesem Franzosen, der bei Amelie aufgetaucht ist? Man munkelt, er sei ihr Verflossener.«

»Woher weißt du das denn, Anka?«, fragte Sinje, genervt davon, dass Neuigkeiten sich hier schneller herumsprachen, als es denjenigen, die im Zentrum von Klatsch und Tratsch standen, lieb sein konnte. Als ihre Affäre mit Sven begonnen hatte, war sie hauptsächlich damit beschäftigt gewesen, diese Liebe geheim zu halten, statt in vollen Zügen zu genießen, was zuletzt leider ein unglückliches Ende fand. Wie es Sven wohl ging? Dachte er noch an sie? Hatte er eine neue Freundin, oder war er am Ende wieder mit der Mutter seiner Tochter Carla zusammen? Der Gedanke an ihn schmerzte, und Sinje versuchte mit aller Kraft, sich abzulenken, indem sie sich wieder auf das Gespräch konzentrierte.

»Von der Wirtin der Pension *Nordseeglück*, da wohnt der Kerl nämlich. Er heißt übrigens Jules … na, klingelt da was bei euch?«, erwiderte Anka.

»Was soll denn da klingeln?«, fragte Henrikje, während sie begann, die dampfend heiße Kartoffel auf ihrem Teller zu pellen. »Willst du nicht lieber essen, solange noch alles heiß ist?«

Doch Anka war nicht mehr zu bremsen. »Die Melodie der Türklingel vom Café stammt, wie jeder weiß, aus dem Film *Jules und Jim*. Da braucht man doch nur eins und eins zusammenzuzählen. Er ist ungefähr im Alter unserer süßen Amelie und sieht laut Anna von der Pension unfassbar heiß und ultrasexy aus.«

»Das hat sie gesagt?« Sinje verschluckte sich vor Lachen an der Kapernsoße, ihre trübe Stimmung löste sich in einem wohltuenden Heiterkeitsanfall auf.

»Wortwörtlich«, bekräftigte Anka. »Nur weil Anna die achtzig überschritten hat, ist sie weder blind noch taub noch …«

»Ja, ja, wir haben es verstanden«, erwiderte Henrikje. »Aber können wir jetzt bitte über etwas anderes sprechen? Romantik schön und gut, aber irgendwann reicht es auch. Mich würde viel mehr interessieren, wann wir mit der Vorbereitung unserer

Versteigerung beginnen und wer welche Aufgaben übernimmt. Uns bleibt nicht mehr allzu viel Zeit, wenn an Heiligabend in Lütteby endlich wieder Normalität einkehren soll. Und ihr wisst ja, dass es der Sage nach Unglück bringt, wenn die Kirchenglocken die Menschen nicht ins Gotteshaus lotsen. Denkt nur an die verheerende Weihnachtsflut von 1717.«

Sinje erschauerte augenblicklich, denn auch sie kannte die Geschichte von Maren Hansen, einer Vorfahrin von Henrikje, die damals prophezeit hatte, dass ein großes Unglück über die Region kommen würde, weil das Glockenspiel von Lütteby damals nicht seinen Dienst getan hatte.

Bedauerlicherweise hatte sie recht behalten …

18. Jahrhundert

Im Februar 1718, kurz vor dem alljährlichen Biikebrennen, wurde Maren Riewerts erneut von Zeichen heimgesucht. Im Traum des siebzehnjährigen Mädchens schwammen Betten, Leinenzeug, Schränke, Hausgerät und Bücher auf den Meereswellen, sogar die Truhe, in der die Familie die Brautausstattung für Maren aufbewahrte.

»Uns wird erneut fürchterliches Unglück widerfahren«, murmelte sie und warf sich im Bett wild hin und her.

Amme Ibke schlief seit der Weihnachtsflut jede Nacht bei der jungen Herrin, die sie liebte, als sei sie ihr eigen Fleisch und Blut, und sprang auf, als sie Marens düstere Worte vernahm. »Euch wird nichts geschehen, ich wache über Euer Schicksal«, flüsterte die Amme und strich Maren eine feuchte Haarsträhne aus dem Gesicht. Obwohl es in der Kammer bitterkalt war, glühte die junge Riewerts, als hätte sie hohes Fieber. »Kommt, steht auf, und Ihr werdet sehen, dass hier in Lütteby alles in Ordnung ist. Heute ist Markttag, hättet Ihr Freude daran, mich zu begleiten?«

Als hätte sie nur auf diesen Hinweis gewartet, sprang Maren aus dem Bett und reinigte Gesicht und Seele mit dem frischen Wasser aus der Waschschüssel, die auf ihrem Nachttisch stand.

Wenig später verließen die Frauen das Giebelhaus am Rande Lüttebys, und Maren schaute dabei zu, wie Ibke sich mit den Händlern auf dem Marktplatz unterhielt, den Maren über alles liebte. Doch so wohl sich Maren auch am Mittelpunkt des Städtchens fühlte, so sehr zog es sie an den Strand.

Sie liebte den Blick auf die schäumende Nordsee, obwohl sie sich ihrer Macht und ihrer Gewalt sehr wohl bewusst war.
Daher verabschiedete sie sich von der Amme und ging den Weg in Richtung des wilden Naturstrandes nahe der Waldanhöhe, auf der die verlassene Villa der Kapitänsfamilie Ketelsen thronte.
Ein eisiger Wind fegte über den grobkörnigen Sand, nur wenige Seevögel waren am Himmel auf der Suche nach Beute.
Doch Maren störte sich weder an der Kälte noch an den dunklen Wolken, die über dem Meer zu tanzen schienen und sich in rasender Geschwindigkeit am Horizont entlangschoben. Sie summte ein Lied, zog die wärmende Pelerine aus grobem Wollstoff enger um sich und beobachtete, wie ihr Atem kleine Wolken bildete. »Die See nimmt, und die See gibt«, murmelte sie und bückte sich, um einen seltenen Bernstein aufzuheben. Er glänzte und schimmerte goldgelb, als Maren ihn gegen das Sonnenlicht hielt, das nun jäh die graue Himmelsdecke durchbrach. Während sie überlegte, ob man aus dem Bernstein einen Kettenanhänger fertigen konnte, entdeckte sie in der Ferne hinter einem großen Ast einen Körper, der wie tot auf dem Strand lag und immer wieder von Wellen überspült wurde.
Maren raffte die Röcke und lief los, so schnell sie konnte. Schwer atmend erreichte sie schließlich ihr Ziel und erstarrte.
War der junge Mann tot?
Sie beugte sich zu ihm herab und legte das Ohr an den Brustkorb des Gestrandeten. Er atmete flach und schwer, also war wenigstens noch ein Fünkchen Leben in ihm. Doch was tun? Wie sollte sie Hilfe holen? Marens Herz pochte, während sie fieberhaft überlegte, was nun geboten war.
Als hätte er ihre stumme Verzweiflung gespürt, setzte sich ein schneeweißer Rabe neben sie und den Unbekannten und betrachtete beide aus klugen Augen.
»Flieg und hol Hilfe, lieber Vogel«, bat Maren flehentlich und versuchte mit aller Kraft, den leblosen Fremden so weit vom Flutsaum

wegzuziehen, dass die Nordsee ihn nicht mehr packen und in die Tiefe reißen konnte. »Ich bleibe solange hier und bete zu Gott, dass er dieser armen Seele gnädig ist.«

Als hätte der Rabe Maren verstanden, schwang er sich in die Lüfte und flog in Richtung des Marktplatzes von Lütteby. In diesem Moment schlug der Gestrandete die Augen auf – sie hatten die Farbe von Bernstein …

\- 8 -

Amelie

Am selben Abend, an dem Anka sich Gedanken über Amelies mysteriösen Besuch aus Frankreich machte, stellte diese sich selbst wieder und wieder die Frage: Wieso um Himmels willen hatte sie Jules zu sich nach Hause zum Essen eingeladen? Die winzige Wohnung, etwas abgelegen vom Zentrum Lüttebys, blitzte vor Sauberkeit, doch plötzlich kamen Amelie Zweifel. Natürlich war ihr kleines Heim gemütlich eingerichtet, aber alles andere als repräsentabel. Das geklinkerte Hochhaus hatte keinen Charme, das Treppenhaus roch muffig.

»Mir doch egal, wie Jules die Wohnung findet, ich lebe nun mal sparsam«, murmelte sie schließlich und warf erneut einen Blick in den Badezimmerspiegel. So häufig wie heute hatte sie im ganzen letzten Jahr nicht hineingeschaut, und sie wusste auch, warum. Es gab wohl kaum etwas, das einen mehr verunsichern konnte als der Anblick des eigenen Gesichts, der wortwörtlich spiegelte, was in einem vorging und in welcher Verfassung man gerade war. Das Läuten der Türglocke riss Amelie aus ihren Gedanken, erschrocken stellte sie fest, dass ihr jegliches Zeitgefühl abhandengekommen war. Nachdem sie den Summer gedrückt und die Wohnungstür einen Spalt weit geöffnet hatte, hörte sie schon die federnden Schritte von Jules, der offenbar mehrere Stufen auf einmal nahm. Er begrüßte sie mit einem lässigen »Bonjour«, einem Kuss auf die Wange und einem

Blumenstrauß, der augenscheinlich aus Violettas Laden am Marktplatz stammte.

»Die sind ja traumhaft, vielen Dank«, erwiderte sie und bat ihren Besuch herein.

Sie hörte Jules sagen: »Gemütlich hast du es hier«, während sie einen bauchigen Krug aus dem Küchenschrank nahm und Wasser hineinlaufen ließ. »Klein, aber fein«, fuhr Jules fort, und Amelie versuchte herauszuhören, ob er das Kompliment wirklich ernst meinte oder nur nett sein wollte.

Es fühlte sich ziemlich seltsam an, ihn, nach allem, was zwischen ihnen geschehen war, zu Gast zu haben.

»Man muss nicht unter Reet wohnen oder in einem historischen Treppengiebelhaus, um zufrieden zu sein«, erklärte sie und stellte den Krug auf ein Büfett mit farbigen Schubladen.

»Diese bescheidene Haltung habe ich immer an dir geliebt«, erwiderte Jules. Seine Stimme war nun weich wie Samt, und er sprach ein wenig leiser als zuvor. Es klang, als schämte er sich für das, was er ihr angetan hatte.

»Lass uns bitte einen Haken an das *früher* machen«, bat Amelie, die sich nicht wohlfühlte damit, sich fortwährend in den Fäden zu verstricken, welche die Vergangenheit gewoben hatte. »Es interessiert mich aber trotzdem, wie du es geschafft hast, dir diese Existenz fernab unserer Insel aufzubauen«, sagte Jules und schenkte ihr einen tiefen Blick aus grüngrauen Augen, die von dunklen Wimpern umkränzt waren.

Amelie überlegte, inwieweit sie ihm Einblick in die bisher schwerste Zeit ihres Lebens gewähren wollte. Sie hatte seit der fluchtartigen Abreise aus Frankreich gelernt, im Hier und Jetzt zu leben, andernfalls wäre sie verrückt geworden. *Du musst einen Schritt nach dem anderen machen, selbst kleine Schritte reichen, Hauptsache, du bleibst nicht am Boden liegen,* hatte sie sich immer wieder gesagt, um nicht den Halt zu verlieren.

»In Hamburg hat nur gezählt, dass ich die Ausbildung zur Patissière machen konnte. Dass ich die Sprache lernte, von der ich zuvor nur einige Brocken gekonnt habe. Dass es mir nach längerem Suchen gelungen ist, in einer netten WG unterzukommen, und ich die Hansestadt und das dortige Leben erkundet habe, genau wie die deutsche Lebensweise, den Humor, diese seltsame Beziehung zwischen den Deutschen und den Franzosen«, erwiderte sie.

»Das klingt alles sehr tapfer und mutig«, sagte Jules, nickte anerkennend und trank ein Glas Wasser, nachdem sich beide an den kleinen Esstisch am Fenster gesetzt hatten. »Kein Vergleich zu den Reisen, die größtenteils meine Eltern finanziert haben. Respekt, Amelie, und Kompliment für das leckere Essen.«

Sie aßen beide schweigend, und Amelie lag die Frage nach dem wahren Grund seines Besuchs auf der Zunge. Doch sie wagte nicht, sie zu stellen, weil sie nicht wusste, wie sie reagieren würde, sollte Jules andeuten, dass er mittlerweile erkannt hatte, dass allein sie die wahre Liebe seines Lebens war.

»Könntest du dir vorstellen, mir noch eine Chance zu geben?«

Jules' Frage, die zugleich unvermittelt kam und doch erwartet, hing zwischen ihnen, und Amelie hatte das Gefühl, als stünde die Welt still. Dieses Gefühl erinnerte sie an die Zeit zwischen Weihnachten und Silvester, den Übergang vom alten zum neuen Jahr, wo Anfang und Ende zu einem Hoffnungsschimmer verschmolzen, der die Menschen ein neues Lebensjahr fröhlich begrüßen ließ, sie aber auch mit bangen Gedanken erfüllte.

»Wie meinst du das?« Sie hörte sich diese Worte sagen, war aber zugleich gar nicht wirklich anwesend.

Ihr Körper schon, doch ihre Seele schwebte irgendwo in einer Zwischenwelt, seit Jules in Lütteby aufgetaucht war.

Zwischen den Jahren …

Zwischen den Zeiten …

»Ich bin hierhergekommen, um dich zu fragen, ob du mir verzeihen kannst«, flüsterte Jules. »Die Ehe mit Cecile war ein Riesenfehler, und ich wünschte, ich könnte das alles ungeschehen machen. Ich weiß von Victor, dass du immer noch Single bist, andernfalls wäre ich nie auf die Idee gekommen, mich bei dir zu melden, schließlich möchte ich dein Leben auf gar keinen Fall ein zweites Mal durcheinanderbringen. Darf ich wiedergutmachen, was ich dir angetan habe? Vielleicht gibt es ja eine gemeinsame Zukunft für uns beide – ich wünsche mir nichts sehnlicher als das.«

»Ich werde keinesfalls von hier weggehen«, erwiderte Amelie beinahe tonlos, während sie befürchtete, gleich in Ohnmacht zu fallen.

Wie oft hatte sie von diesem Moment geträumt? Sich ihn in durchwachten Nächten ausgemalt, ihn mit jeder Faser ihres Herzens herbeigesehnt? Und nun war dieser Augenblick gekommen, und alles, was sie denken konnte, war: Ich will hierbleiben.

Lütteby ist meine Herzensheimat. Wer mich will, muss auch Lütteby wollen. Und die wichtigste aller Fragen: Kann ich ihm trauen?

Doch Jules ging gar nicht auf ihre Aussage ein, sondern war entschlossen, um sie zu kämpfen. »Wie wäre es, wenn ich mir hier eine Ferienwohnung suche und wir dann schauen würden, wie sich die Dinge entwickeln? Ich verspreche hoch und heilig, dir nicht mehr wehzutun, und hoffe sehr, dass du mir eines Tages verzeihen, aber vor allem vertrauen kannst«, sagte er und schaute sie dabei so voller Sehnsucht und Zärtlichkeit an, dass es Amelie schwerfiel, cool zu bleiben. Nun erkannte sie seine Liebe wieder, die sie gewärmt und mit tiefer Zuversicht auf das Leben erfüllt hatte. Sie sah diese Liebe in seinen Augen und spürte sie durch die Wärme seiner Hand, die sich auf ihre legte. Doch würde das genügen?

»Was ist mit deiner Wassersportschule?«, fragte Amelie und versuchte durch betonte Sachlichkeit die Kontrolle über ihre widerstreitenden Gefühle wiederzuerlangen. »Und, noch viel wichtiger: Was ist mit Cecile?«

»Cecile ist wieder zurück in die Normandie gegangen, nachdem ich sie um die Scheidung gebeten hatte. Ich hatte mich wohl vor allem in die Tatsache verliebt, dass sie scheinbar besser zu meinem Lebensstil passte und freier war als du. Doch was nützt es, wenn man jemanden an seiner Seite hat, der zwar surfen und die Nächte durchfeiern kann, einem aber nicht den einen Seelenmenschen ersetzt, der einem schon sehr früh das Herz gestohlen hat und für den man bestimmt ist.«

Amelie wurde heiß und kalt, als sie Jules' Worte hörte.

Es stimmte schon: Sie beide hatten von jeher eine ganz besondere Verbindung zueinander gehabt, schon bevor sie ein Liebespaar geworden waren. Sie kannten sich nahezu in- und auswendig, hatten einen gemeinsamen Freundeskreis, stammten aus demselben Ort und waren in vielerlei Hinsicht aus demselben Holz geschnitzt.

»Zurzeit werde ich von einigen fähigen und engagierten Lehrern vertreten«, fuhr Jules fort, und Amelie sah an seinem unsicheren Blick, dass er sich nichts mehr wünschte, als ihr Inneres zu erreichen. »Ich bin also frei, zu tun und zu lassen, was ich möchte. Und das ist, bei dir zu sein und die verlorene Zeit nachzuholen, vorausgesetzt, du möchtest das auch. Ich will dich aber zu nichts drängen und weiß sehr wohl, was für eine Zumutung es für dich war, dass ich unangemeldet in dein Leben geplatzt bin.«

»Tja, das ist nun mal deine Art«, erwiderte Amelie. »Du hast mich ja auch in Bezug auf Cecile vor vollendete Tatsachen gestellt. Du gehst die Dinge immer direkt an und meinst das auch nicht böse, aber du musst deinem Gegenüber die Möglichkeit geben, Luft zu holen, sich auf dich einzustellen oder dich gegebenenfalls abzuweisen. Wenn du in Lütteby bleiben und die Gegend kennenlernen möchtest, dann tu das. Aber ich kann dir nicht versprechen, dass wir wieder ein Paar werden.«

»Das verlange ich auch gar nicht«, erwiderte Jules mit leicht gesenktem Blick. »Ich wünsche mir nur, dass du uns … dass du mir noch eine Chance gibst.«

- 9 -

Lina

Enttäuscht las Lina die Nachricht von Jonas. Er konnte tatsächlich erst am Wochenende nach Lütteby kommen. Mittlerweile vermisste sie ihn so sehr, dass es wehtat.

»Alles okay?«, fragte Lars, der ihr gegenübersaß und sie besorgt musterte.

»Jonas hängt noch in London fest, und ich hatte mich so gefreut, ihn heute Abend wiederzusehen«, erklärte sie ihm. »Allmählich nervt es gewaltig, dass er beruflich so viel unterwegs sein muss und kaum noch im Homeoffice arbeiten kann.«

»Dann komm doch mit zum Essen ins *Dal Trullo*«, schlug Lars vor, während er zeitgleich etwas in den Computer tippte. »Wir sind ein nettes kleines Trüppchen, es gibt etwas Gutes zu essen und Ablenkung von deiner Sehnsucht nach Jonas. Na, wie klingt das?«

Lina blickte aus dem gekippten Fenster, über dem Marktplatz lag mal wieder ein zarter Nebelschleier. Sie hörte die aufgeregten Laute der Krähen, die in den Ästen der Kastanienbäume saßen und auch nachts dort schliefen. In den Schaufenstern ging nach und nach die Beleuchtung an, einige Urlauber standen davor und unterhielten sich miteinander. Wahrscheinlich beratschlagten sie über Mitbringsel aus den Ferien an der Nordsee oder hielten nach Weihnachtsgeschenken Ausschau. Auch Lina machte sich bereits Gedanken, doch ihr war noch keine passende Idee für Jonas gekommen. Die selbst gestrickten Handschuhe waren nämlich als Nikolausgeschenk gedacht.

Plötzlich setzte sich ein weißer Rabe aufs Fensterbrett und schaute Lina so direkt und intensiv an, als gäbe es die trennende Glasscheibe nicht.

»Was dagegen, wenn ich Abraxas reinlasse? Er hat bestimmt Hunger«, sagte Lina und öffnete die Tür der Touristeninformation, ohne die Antwort von Lars abzuwarten.

Doch das musste sie auch gar nicht, denn jeder in Lütteby liebte diesen schönen, klugen Vogel, dem nachgesagt wurde, er sei ein mystisches Tier und ein prophetischer Vorbote.

»Moin, Abraxas«, begrüßte Lina den Raben, und schon hüpfte dieser hinter ihr her in die kleine Büroküche, in der sie Futter für ihn aufbewahrte. »Heute gibt's zur Feier des Tages Cashewkerne und Macadamianüsse«, erklärte sie, zerkleinerte die Mischung mit dem Messer und häufelte anschließend alles in den Futternapf. Abraxas gab ein fröhliches *Kraraaa* von sich und pickte genussvoll einen Leckerbissen nach dem anderen auf. »Freut mich, dass es dir schmeckt«, sagte Lina und betrachtete den Vogel. »Wie geht's eigentlich Thorsten?«

Thorsten Näler war der ehemalige Leiter der Touristeninformation und derjenige, zu dem der weiße Rabe sich am meisten hingezogen fühlte. Manchmal thronte er sogar auf der Schulter des alten Herrn, wenn dieser, gestützt auf einen Stock, durch Lütteby spazierte. Abraxas hielt inne und drehte sein Köpfchen zu Lina. Irrte sie sich, oder wollte er ihr mit seinem Besuch etwas mitteilen, das mit Thorsten zusammenhing?

In diesem Moment wurde ihr bewusst, dass sie ihren großväterlichen Freund und Mentor schon länger nicht mehr gesehen hatte, und sie bekam einen Schreck. Seit dem Tod seiner Frau Irmel lebte er zurückgezogen, hoffentlich war alles in Ordnung mit ihm. Da Abraxas sie weiter unverwandt anstarrte, beschloss Lina, Thorsten zu besuchen, statt den Abend mit Lars beim Italiener zu verbringen.

Und so marschierte sie nach Büroschluss los, begleitet von Abraxas, der um sie herumflatterte, bis beide die Reetdachkate von Thorsten erreicht hatten. Ein bitterkalter Wind verfing sich in den Gassen Lüttebys, dann begann es zu nieseln. Lina stand verfroren vor der Tür und musste viermal klingeln, bis der alte Mann endlich öffnete.

»Moin, Lina, lange nicht gesehen.« Thorsten wirkte, als hätte er gerade geschlafen, die rechte Seite seines wettergegerbten Gesichts trug die Spur eines Knopfabdrucks vom Kissen. »Kommt rein, bevor es anfängt, aus Eimern zu schütten.«

Abraxas flog sofort auf Thorstens Schulter und rieb dann zärtlich seinen Schnabel an dessen Wange. Obwohl Lina diesen Anblick gewohnt war, erfüllte er sie doch jedes Mal aufs Neue mit Faszination und dem Glauben daran, dass es weit mehr zwischen Himmel und Erde gab, als viele vermuteten.

»Hast du Lust auf einen Kakao-Orangen-Punsch?«, fragte Thorsten, der wusste, wie sehr Lina Schokogetränke liebte.

»Klingt köstlich«, erwiderte sie und schaute sich in seinem Wohnzimmer um, von dem aus man durch ein großes Fenster einen Blick auf den verwilderten Garten hatte, in dem sie als Kind häufig und gern gespielt hatte. Die meisten Pflanzen waren während des Herbsts verdorrt oder erfroren, die Natur bereitete sich auf ihren erholsamen Winterschlaf vor. Die einzigen Farbtupfer waren feuerrote Ilex-Beeren, die sich um einen dicken Baumstamm wanden, als wollten sie ihn liebevoll umarmen. Zwischen den leuchtenden Früchten und dem immergrünen Blattwerk erkannte Lina ein Vogelhäuschen, von denen Thorsten mehrere im Garten verteilt hatte.

Die Vögel sind seine Kinder, schoss es Lina durch den Kopf, als sie beobachtete, wie aufmerksam Abraxas Thorsten bei der Zubereitung des Heißgetränks zusah.

»Die Basis des Ganzen ist der Kräutertee Kakao-Orange aus dem Lädchen deiner Großmutter«, erklärte Thorsten, während das Wasser im Kessel zu kochen begann. »Ich lasse die Mischung zehn Minuten ziehen und schneide währenddessen eine halbe Orange in Würfel. Du könntest inzwischen Sahne steif schlagen, wenn du magst.«

»Diesmal keine Sprühsahne?«, neckte Lina ihn.

»Die kommt mir seit Irmels Tod nicht mehr ins Haus«, erwiderte Thorsten augenzwinkernd. »Wir wollen doch nicht, dass sie sich im Grab umdreht, nur weil wir etwas benutzen, was sie niemals gutheißen würde.«

»Darf ich das für den Instagram-Account von Lütteby fotografieren?«, fragte Lina, der das Wasser im Munde zusammenlief, weil der Punsch so himmlisch duftete und ausgesprochen verlockend aussah. »Außerdem schicke ich ein Foto und das Rezept an Amelie, wenn das für dich okay ist, denn das wäre bestimmt was fürs Café.«

»Gute Idee, mach das«, stimmte Thorsten zu, stellte die Gläser und einen Teller mit Orangenplätzchen auf ein Tablett und trug dieses ins Wohnzimmer. »Deine Großmutter hat dieses Jahr tolle Wintermischungen im Sortiment, auf deren Basis man leckere Punschsorten zaubern kann.«

Obwohl er vordergründig fröhlich klang, schwang in Thorstens Stimme etwas mit, das Lina aufhorchen ließ. Henrikje hatte in der Tat länger nicht mehr von ihm gesprochen und zudem versucht, jedes Gespräch über ihn abzuwehren. Lina entschloss sich, Thorsten von der geplanten Picknickkorb-Date-Versteigerung zu erzählen, immerhin hatte sie derartige Pläne früher gemeinsam mit ihm geschmiedet.

»Deine Idee in Ehren, aber das ist doch schon wieder so ein amerikanischer Unsinn, genau wie der Valentinstag«, blaffte er sie unvermittelt an und verzog den Mund. »Du weißt, wie ich über diesen Mist denke. Und bevor du protestierst: Das hat nichts mit mangelnder Fortschrittlichkeit oder meinem Alter zu tun. Sondern mit meiner Auffassung, dass die Leute erst einmal lernen sollten, wieso eigentlich das Osterfest oder Pfingsten gefeiert werden, bevor sie sich kurz vor Allerheiligen in gruselige Kostüme werfen oder die Hauswände von Lütteby mit diesem eklig klebenden Spinnenschaum verwüsten. Und überhaupt: Wie viel Geld soll man denn bitte schön lockermachen, wenn man eine Verabredung mit jemandem ersteigern will? Bietet man nur zehn Euro, ist das doch peinlich. Bietet man fünfhundert, weiß gleich die ganze Stadt, auf wen man ein Auge geworfen hat.«

Lina schmunzelte, denn sie kannte Thorstens Tiraden, und natürlich würde es auffallen, wenn er einen hohen Betrag für ein Winterpicknick mit Henrikje bieten würde. »Dann sei bitte so lieb und hilf mir entweder, die Auktion zu organisieren, oder lasse dir gern selbst etwas Tolles für die Instandsetzung des Glockenspiels einfallen. Es sei denn, du hast zu viel zu tun …«

»Zu viel zu tun? Das Gegenteil ist der Fall«, erwiderte Thorsten derart barsch, dass Lina sich vor Schreck die Zunge am Punsch verbrannte. »Ich ersticke hier noch an Langeweile, das kann ich dir sagen. Weißt du, wie öde so ein Tag ist, wenn du nichts anderes zu tun hast, als die Vögel zu versorgen, eine Runde ums Dorf zu drehen und die Zeitung zu lesen?«

»Was ist denn mit Henrikje?«, fragte Lina, erschrocken über Thorstens Gefühlsausbruch.

»Ach, die.« Seine wegwerfende Handbewegung sprach Bände. Abraxas erschrak genau wie Lina und flatterte so lange wild umher, bis Thorsten ihn ins Freie fliegen ließ, wo er einige Runden über der Krone des alten Kirschbaums drehte und schließlich aus Linas Blickfeld verschwand. »Deine Großmutter gluckt doch in jeder freien Minute mit Anka zusammen. Ich sage dir, zwischen die beiden passt kein Blatt mehr. Man sollte glauben, die zwei müssten sich gegenseitig auf die Nerven gehen, doch das Gegenteil scheint der Fall zu sein. Aber vielleicht drückt sie sich auch ganz bewusst davor, mich zu sehen.«

»Na, da hat sich ja offenbar ganz schön was angestaut«, erwiderte Lina, ein wenig überfordert mit der Situation.

Thorsten drehte das Glas zwischen den Händen hin und her, seine Stirn lag in tiefen Falten, und er wirkte, als sei er gedanklich meilenweit weg. Also schlug Lina ihm das vor, was ihre Großmutter in Situationen wie diesen empfahl: nämlich Unstimmigkeiten zu klären, bevor sich Mutmaßungen und negative Gedanken tief in der Seele verwurzelten.

»Aber was soll ich ihr denn sagen?«, grummelte Thorsten.

»Ich würde sie entweder fragen, wieso sie keine Zeit mehr mit dir verbringt, oder ihr einen konkreten Vorschlag machen. Ihr könntet gemeinsam ins Kino gehen oder einen kleinen Ausflug machen, so wie früher. Anka schafft die Arbeit im Laden auch allein, schließlich ist hier in der Nebensaison nicht so viel los.«

»Meinst du?« Thorsten wirkte nicht besonders überzeugt, doch Lina wusste, dass er immer eine Weile brauchte, bis er alles durchdacht hatte und zu einer Entscheidung gelangt war.

Sie selbst konnte jetzt nicht mehr tun, als ihm einen kleinen Schubs zu geben, alles andere musste er allein bewerkstelligen. Doch dann fiel ihr noch etwas anderes ein, das Thorsten bestimmt gefiel. »Im Übrigen könnten die Stadtführer von Lütteby Unterstützung gebrauchen, vor allem bei den nächtlichen Touren.«

Thorstens Gesicht erhellte sich merklich, und er lächelte sogar, als er sagte: »Dieser Vorschlag klingt ganz nach meinem Geschmack. Danke, mien Seuten.«

- 10 -

Sinje

Seit ihrer Kindheit liebte Sinje Donnerstage. Mittlerweile wurde dieser Wochentag von vielen *der kleine Freitag* genannt, doch sie war nicht der Ansicht, dass dieser Tag sich kleinmachen und hinter dem nachfolgenden verstecken musste. Donnerstage hatten ihre eigene Kraft, immerhin steckte das Wort Donner darin, und Sinje mochte alles, was kraftvoll war. Nur heute haderte sie mit dem Tagesbeginn, denn Bürgermeister Falk van Hove hatte durch seine Sekretärin einen Besuch im Pastorat ankündigen lassen, ohne einen konkreten Grund zu nennen.

»Hast du eine Ahnung, was dein Vater von mir will?«, fragte sie Lina, als beide sich in der Küche der Kapitänsvilla trafen, gleichermaßen verschlafen, die Haare verstrubbelt und jede in einen warmen Flanellpyjama mit Rentiermuster gekleidet. Lina hatte sich zum Schutz gegen die Kälte, die durch einige Mauerritzen kroch, sogar einen Schal umgebunden, der im Licht der Korblampe, die dicht über dem ausladenden Esstisch baumelte, bunt leuchtete. Auf dem Kopf trug sie eine Weihnachtsmütze mit weißem Kunstpelzbesatz.

»Mein Vater?«, fragte Lina, gähnte ein paarmal und setzte das Wasser auf, mit dem sie für Sinje Kaffee und für sich Tee zubereiten würde. Sinje liebte dieses Morgenritual, denn sie wurde umsorgt, ohne reden zu müssen, wenn ihr gerade nicht der Sinn danach stand. »Hm, keine Ahnung. Mir hat er nichts davon gesagt, aber wir haben auch schon länger nichts mehr voneinander gehört. Grüß ihn bitte, sollte ich ihn verpassen.«

Um zehn vor zehn saß Sinje in ihrem neuen Pastoratszimmer, in das sie sich bereits in der ersten Sekunde verliebt hatte: Es war hell, freundlich und durch die hohen Stuckdecken dennoch Ehrfurcht einflößend. Ihrer Ansicht nach der perfekte Rahmen, um Probleme, Sorgen und Nöte zu besprechen, Traureden vorzubereiten oder auch Ansprachen anlässlich einer Bestattung. Der friesische Kachelofen war nicht nur äußerst dekorativ, sondern eines der vielen Symbole in der Villa, die vom Reichtum der ehemaligen Besitzerfamilie Ketelsen zeugten, die im 17. Jahrhundert ein Vermögen mit Walfang verdient hatte. Jeder, der zur See fuhr, wusste, dass sein Schicksal nicht nur in den Händen einer starken Mannschaft und eines klugen Kapitäns lag, sondern ein Stück weit auch in der Hand Gottes. Oder des *Schicksals*, wenn man nicht an Gott glaubte.

Sinje sah sich in der Rolle der Kapitänin der Gemeinde, die stets darum bemüht war, ihre Schäfchen durch die teils kabbelige See des Lebens zu navigieren und nach Möglichkeit wieder sicher an Land zu bringen. Das war nicht immer einfach, erforderte häufig eine gewisse Langmut – und gelegentlich kleine Gefechte mit dem Mann, der in der Region das Sagen hatte.

»Guten Morgen, Sinje«, begrüßte Bürgermeister Falk van Hove sie mit fester Stimme und ebenso festem Händedruck.

Obwohl er der Vater von Lina war und man sich gelegentlich im privaten Rahmen traf, waren beide immer noch per Sie, was Sinje nur recht war. Diese Distanz war wichtig, um sich dem Mann entgegenzustellen, der häufig konträre Ansichten vertrat, aber auch indirekt dazu beigetragen hatte, dass sie als Pastorin seit dem Umzug in die Villa hier arbeiten konnte.

Auch wenn er Lina das Haus zur Hochzeit geschenkt hatte, fühlte sich Sinje immer noch, als sei er ihr Vermieter, was ihr überhaupt nicht behagte. Deshalb straffte sie die Schultern, hob das Kinn und deutete Falk mit einem Kopfnicken an, sich ihr gegenüberzusetzen. In diesem Moment wünschte sie sich, sie hätte eine Mitarbeiterin, die ihm etwas zu trinken bringen könnte, doch die fehlte ihr leider.

»Was kann ich für Sie tun?«, fragte sie. Solange sie den Grund für Falks Besuch nicht kannte, würde sie ihm weder einen Tee anbieten noch ihr breites, warmes Lächeln schenken.

»Um es kurz zusammenzufassen, ich brauche Ihren Segen«, erwiderte Falk, der, wenn man genau hinsah, tatsächlich eine gewisse Ähnlichkeit mit Lina hatte. Das wellige Haar, die Mundpartie, die Nase, außerdem vereinte beide die Tatsache, dass Kaffee sie müde machte statt munter. »Ich plane kommendes Jahr den Abriss des Hochhauses abseits des Marktplatzes, denn ich will diesen Schandfleck loswerden und ihn durch etwas Neues ersetzen. Allerdings wohnen in diesem Haus viele Lüttebyer, die finanziell nicht so gut gestellt sind und sich keine Wohnung in der Gegend leisten können. Wie zum Beispiel Amelie Bernard.«

Sinjes Gedanken flogen zu der kleinen, aber urgemütlichen Wohnung ihrer Freundin in besagtem Hochhaus.

»Und wo sollen die Mieter dann hin?«, fragte Sinje, deren Herz vor Aufregung und Wut bis zum Hals schlug. Dass die Immobiliensituation in Lütteby und Umgebung genauso problematisch war wie in der gesamten Region Nordfrieslands, war kein Geheimnis.

»Genau das wollte ich mit Ihnen besprechen«, erwiderte van Hove, und Sinje konnte seinen Gesichtsausdruck diesmal nicht deuten. »Momentan habe ich ein Neubaugebiet in Norderende im Visier, das weit mehr Mietern günstigen Wohnraum bieten würde als das Hochhaus. Doch ich fürchte, dass ich ohne Ihre Unterstützung keinem einen solchen Umzug schmackhaft machen kann.«

»Norderende?!« Sinje war ehrlich bestürzt. Der Ort, dessen Eingemeindung der Bürgermeister vehement vorantrieb, war noch weniger attraktiv als Grotersum am gegenüberliegenden Ende der Brücke, die am Rande des Marktplatzes über die Lillebek führte. Im Gegensatz zu Grotersum gab es dort, bis auf wenige alte Höfe, ausschließlich Neubausiedlungen, in denen größtenteils junge Familien wohnten, bei denen das Geld knapp war. Natürlich pflegten diese ihre Vorgärten liebevoll, es gab Sandkisten für die Kinder und sogar einen Spielplatz, aber es fehlte der Charme und das Gewachsene, das Lütteby auszeichnete. Zudem war Norderende fast dreißig Kilometer entfernt und nur wenige Male am Tag mit dem Bus erreichbar. »Wie sollen denn die gebrechlichen Senioren oder Mieter ohne eigenes Auto nach dem Umzug zu ihren Freunden kommen oder zu den Ärzten?«, stellte sie nur eine von vielen Fragen, die in ihrem Kopf umherschwirrten wie der Schnee in einer Glaskugel, nachdem man diese ordentlich geschüttelt hatte. »Einkaufsmöglichkeiten gibt es dort zum Glück, aber weder ein Kino noch ein Café oder einen zentralen Ort, an dem man sich treffen kann, um mal ein bisschen zu schnacken. Das ist keine gute Idee, wenn Sie mich fragen.«

»Sie stimmen mir aber zu, dass das Hochhaus das Bild von Lütteby verschandelt und baulich ganz schön in die Jahre gekommen ist? Bei der Verwaltung häufen sich die Beschwerden über Feuchtigkeit und Schimmelbefall. Zudem ist der Fahrstuhl ständig kaputt.«

»Kann man das Haus denn nicht sanieren?«

»Und wo sollen die Bewohner während dieser Sanierung hin?«, konterte der Bürgermeister.

Irrte Sinje sich, oder umspielte tatsächlich ein etwas höhnisches Lächeln seine Lippen?

»In die Ferienwohnungen und Pensionszimmer, die in der Nebensaison leer stehen«, erwiderte sie wie aus der Pistole geschossen und quartierte Amelie im Geiste bereits in der Kapitänsvilla ein.

Der Bürgermeister räusperte sich und schaute sich dann aufmerksam in Sinjes Arbeitszimmer um, ganz so, als wolle er sagen: Sie wissen schon, dass ich am längeren Hebel sitze? Ohne mich würden Sie immer noch in Ihrem dunklen Pastorat frieren, weil die Fenster und Türen nicht abgedichtet sind und es eiskalt vom Keller heraufzieht.

»Finden Sie nicht, dass das Hochhaus die Atmosphäre von Lütteby empfindlich stört? Haben Sie keine der abschätzigen Bewertungen der Urlauber im Netz zu diesem Thema gelesen? Das Schöne an Lütteby ist doch, dass wir wunderbare, denkmalgeschützte Bauten haben, die jährlich Heerscharen von Tagestouristen anlocken. Viele dieser Urlauber lassen durchblicken, dass sie gern bleiben würden, wenn es dieses hässliche Hochhaus nicht gäbe.«

»Das ist doch alles Ansichtssache«, hielt Sinje dagegen. »Sie kennen doch sicher die drei IFA-Hoteltürme in Burgtiefe auf Fehmarn? Die sind auch alles andere als eine Augenweide, aber ein Kulturdenkmal und Wahrzeichen der Ostseeinsel. Immerhin kann nicht jeder Ort von sich behaupten, dass dortige Gebäude von einem berühmten Designer entworfen wurden. Die Fehmaraner feiern diese Bauten selbstbewusst, und genau das sollten wir auch tun.«

»Das ist mir bekannt, aber der Vergleich hinkt, liebe Sinje. Das Hochhaus von Lütteby hat weder Nordseeblick von allen Wohnungen aus, noch wurde es von einem Stardesigner oder -architekten entworfen beziehungsweise erbaut.«

In Sinje rumorte es, es fiel ihr schwer, den Anblick ihres Widersachers zu ertragen. Konnte er sich nicht einfach in Luft auflösen und ihr geliebtes Heimatstädtchen in Ruhe lassen? Sie musste Falk loswerden, und zwar so schnell wie möglich.

»Lassen Sie mich über all dies nachdenken, ich melde mich dann wieder bei Ihnen, ja?« Mit diesen Worten stand Sinje auf, und Falk van Hove tat es ihr nach.

Kaum war der Bürgermeister gegangen, keimte plötzlich ein Gedanke in ihr auf, der sie zugleich erschreckte und amüsierte. *Diese Idee könnte tatsächlich die Lösung sein!*

Im Grunde war die geplante Sanierung ein Thema ganz nach dem Geschmack von Sven. Der Bauingenieur und Restaurator hätte seine helle Freude an so einem Projekt, genau wie er sich im vergangenen Jahr mit großem Enthusiasmus und viel Fachkompetenz an die Sanierung der Kapitänsvilla gemacht hatte. Sein Steckenpferd war der Erhalt nordfriesischer Kulturdenkmäler, und ein solches war das Hochhaus ja – nur eben ungeliebt und in die Jahre gekommen. Doch dies hatte auch auf die Villa zugetroffen, die von den Bewohnern Lüttebys gemieden worden war, weil dort angeblich der Geist der verstorbenen Algea Ketelsen umging und über viele, viele Jahre alle Mieter oder Käufer in die Flucht schlug.

Sinje spürte, dass ihr Herz in diesem Moment aus zwei Gründen heftig pochte: Zum einen hatte sie diebischen Spaß an ihrer Idee, zum anderen wäre dies tatsächlich ein guter Anlass, um sich doch wieder bei Sven zu melden.

Aber wollte sie das wirklich riskieren?

- 11 -

Lina

Ja, ich komme gern, bis gleich«, sagte Lina und steckte das Handy zurück in die Tasche ihres Daunenmantels.

Sie war gerade im Begriff, in der Touristeninformation Feierabend zu machen, als ihr Vater wissen wollte, ob sie an diesem Freitagnachmittag spontan Zeit für ein gemütliches Beisammensein hätte. Für gewöhnlich trafen sich Vater und Tochter zu einem Spaziergang, zu einem Abendessen mit seiner Mutter Lavea im Restaurant *Dal Trullo* oder in seiner Reetdachkate an der Marina, aber nur selten in seinem Haus in Grotersum.

Da es gerade in Strömen goss und Lina eh nichts weiter vorhatte, kam es ihr gut zupass, dass Falk ihr einen Aufenthalt in der Dampfsauna und ein Bad im Whirlpool in Aussicht stellte.

Fehlt nur noch ein persönlicher Masseur, dachte Lina, als sie nach einem Marsch in Richtung des Nachbarortes Grotersum den Klingelknopf drückte, auf dem wohlweislich kein Name stand, Falk van Hove wollte natürlich vermeiden, dass ungebetene Gäste einfach so vor seiner Tür auftauchten.

»Hallo, Töchterchen«, sagte Falk zur Begrüßung und umarmte sie.

Lina schlüpfte hinter ihm in den Flur, der ins imposante Giebelhaus aus dem 17. Jahrhundert führte, das aufwendig restauriert worden war und von innen einem Nobelhotel ähnelte.

Insofern passte sein persönlicher Spa-Bereich genauso ins luxuriöse Bild wie das große Esszimmer, in dem man ein Staatsbankett hätte ausrichten können.

»Wollen wir erst Tee trinken und plaudern, oder möchtest du dich gleich in der Sauna aufwärmen? Es ist ja heute wieder äußerst ungemütlich da draußen«, sagte er, wie stets darauf bedacht, Linas Bedürfnisse weit im Voraus zu erahnen und nach Möglichkeit zu erfüllen. Ihr selbst war diese besondere Form der Aufmerksamkeit zuweilen unangenehm, genau wie der pompöse Lebensstil des Bürgermeisters. Nur in seiner Kate am Meer war er einfach Falk, ihr Vater und der Mann, der etwas unbeholfen versuchte, sich seiner Tochter zu nähern, von deren Existenz er erst seit einem knappen Jahr wusste.

»Ich würde gern zuerst Tee trinken«, erwiderte Lina und setzte sich ihrem Vater gegenüber auf das mit dunkelrotem Samt bezogene Sofa, auf dem sie sich so winzig fühlte, als sei sie noch ein kleines Mädchen. Alles in diesem Haus war überdimensioniert und ungemütlich, auch wenn die Person, die für die Einrichtung zuständig gewesen war, Geschmack bewiesen und sicher eine Stange Geld für Bilder, Skulpturen, hochwertige Teppiche, schwere Vorhänge und kuschelige Tagesdecken ausgegeben hatte. Den Eindruck eines *Totenhauses* verstärkte das Ölgemälde über dem Kaminsims, das Falks vor einigen Jahren verstorbene Frau hoch zu Ross zeigte. Wieso hing es hier immer noch, und warum ließ ihr Vater nicht endlich frischen Wind durch diese Gemäuer wehen?

»Wie geht es dir?«, fragte sie, als beide die Teetassen zu ihren Lippen führten und sich mit einem Mal alles seltsam, fremd und irgendwie fehl am Platz anfühlte. Lina wünschte sich sehnlich in die urige Reetdachkate am Meer und bereute beinahe ihre Zusage, den Vater heute spontan zu besuchen.

»So weit ganz gut«, erwiderte Falk und lächelte schief. »Ich habe wie immer viel zu tun und, nun ja … aber sprechen wir nicht von mir. Was macht die Arbeit in der Touristeninformation? Und wie laufen die Vorbereitungen für den Grachtenzauber?«

»Sind wir bei einem Business-Meeting?«, fragte Lina schmunzelnd und schenkte sich Tee nach.

Falk erwiderte ihr Lächeln, dennoch war sie angespannt und fühlte sich, als säße sie einem Fremden gegenüber. Würde sich ihr Verhältnis denn nie normalisieren? Oder war sie einfach zu ungeduldig? »Bitte entschuldige, es ist keinesfalls meine Absicht, dich … nun ja, abzufragen. Aber wir sehen uns so selten, dass du mir immer noch ein bisschen fremd bist, wenn ich ehrlich sein soll. Manchmal habe ich das Gefühl, dass ich dich immer wieder neu erobern und davon überzeugen muss, dass ich weit mehr bin als der strenge und zielorientierte Bürgermeister. Ich bin dein Vater und möchte gern Teil deines Lebens sein, wenn du mich lässt.«

»Welche Pläne hast du denn für Weihnachten?«, fragte Lina, die in gewisser Weise froh war, dass er genauso empfand wie sie und bereit war, seine Unsicherheit zuzugeben. »Oder stehst du mit diesem Fest immer noch auf Kriegsfuß? Du hast noch gar nicht dekoriert.«

»Das mache ich traditionell erst am Freitag vor dem ersten Advent«, erwiderte Falk und spielte verlegen mit dem Teelöffel. »Ich liebe Weihnachten, auch wenn du mir das vielleicht nicht glaubst. Aber dieses Fest ist etwas für Familien, also versteh bitte, dass ich mich nicht so sehr auf die Feiertage freue wie du. Wahrscheinlich fahre ich mit Freunden auf eine Berghütte in der Schweiz, dort können wir Skiwandern und …«

»Was würde dagegensprechen, wenn wir alle gemeinsam bei uns oben in der Villa feiern?«, fragte Lina, der die Vorstellung, auch das kommende Weihnachtsfest ohne ihren Vater zu verbringen, gar nicht behagte.

Wie sollte es denn erst werden, wenn Jonas und sie ein Kind hatten? Würde dessen Großvater beim Fest der Liebe dann auch durch Abwesenheit glänzen, statt mit seinem Enkel zu spielen, die Geschenke zu bestaunen und Lieder zu singen?

»Hast du darüber schon mit deiner Mutter gesprochen?«

Lina schüttelte den Kopf und senkte den Blick, weil das nicht der Wahrheit entsprach und sie sich deshalb ausgesprochen unwohl fühlte. »Florence ist bestimmt offen für alles, denn sie liebt es, mit Henrikje und mir zusammen zu sein, außerdem mag sie Jonas und natürlich Sinje und Anka. Je mehr Menschen gemeinsam unterm Tannenbaum sitzen, desto schöner.«

Schon wieder eine Lüge!

Schließlich hatte ihre Mutter klar signalisiert, dass sie sich ein gemeinsames Fest mit Linas Vater nicht vorstellen konnte.

Falk stand auf, um den Teller mit den Keksen aufzufüllen, und Linas Herz klopfte bis zum Hals. Was, wenn Falk wirklich auf ihre Finte einging und ihre Mutter ausflippte, wenn er an Heiligabend plötzlich in der Villa auftauchte? Doch sie schob den Anflug von Furcht so schnell von sich, wie er gekommen war. Wenn sie wollte, dass ihr Herzenswunsch sich erfüllte, musste sie eben etwas dafür tun und notfalls auch ein Scheitern riskieren.

»Wir Mädels wollen den Baum am 23. Dezember im Wald schlagen und dann gemeinsam schmücken. Wir machen Feuerzangenbowle und schauen den Weihnachtsfilm *Drei Haselnüsse für Aschenbrödel*. Es wäre schön, dich dabeizuhaben, auch wenn du den Film sicher kitschig findest. Aber für mich gehört er ebenso zu Weihnachten wie die *Sissi*-Trilogie und *Liebe braucht keine Ferien*. Ich hoffe, es schneit rechtzeitig zum Fest und wird so romantisch wie im Märchen.«

»Na, dann wollen wir mal gemeinsam dafür sorgen, dass dein Märchen wahr wird. Das klingt alles toll, und ich wäre sehr gern mit von der Partie«, erwiderte Falk, doch Lina vermeinte einen Hauch von Skepsis aus seinen Worten zu hören. »Ich sage meinen Freunden ab, die werden sicher auch ohne mich eine gute Zeit in ihrem Chalet haben. Nachdem das nun geklärt ist: Was hältst du davon, wenn du dir jetzt einen Saunagang gönnst und danach eine Runde im Whirlpool? Ich muss noch ein paar Telefonate erledigen, während du es dir gut gehen lässt, und danach beginne ich mit den Vorbereitungen fürs Abendessen.«

Das ließ Lina sich nicht zweimal sagen, und sie ging in den Spa-Bereich im Souterrain, in dem es wunderbar nach Tannengrün und Bergamotte duftete. *Welch ein Luxus,* dachte sie, als sie im Umkleideraum ihre Kleidung abstreifte.

Als sie sich wenig später im Whirlpool aalte und von den Klängen klassischer Musik berieseln ließ, schloss sie die Augen und träumte davon, wie es wäre, gemeinsam mit Jonas hier zu sein. Der bloße Gedanke daran erfüllte sie mit kribbeliger Vorfreude. Am Samstag würde er endlich daheim sein, und sie konnte wieder in seinen Armen liegen …

Nachdem sie im Schwimmbecken mehrere Runden zur Abkühlung gedreht hatte, fühlte sie sich herrlich erfrischt und ausgeruht.

Die Aussicht auf ein gemeinsames Weihnachtsfest mit all ihren Lieben beflügelte sie zusätzlich, und sie hoffte inständig, dass ihre kleine List funktionieren würde. Während sie sich in der Umkleide die Haare föhnte, fiel ihr Blick auf etwas, das hinter den großen Wäschekorb aus Bast gefallen war, in den Besucher von Falks Spa benutzte Handtücher und Bademäntel warfen. Lina bückte sich und konnte es kaum glauben, als sie erkannte, dass es das Medaillon ihrer Mutter war, in dem sie als verliebte Jugendliche einen kleinen Zettel mit den Initialen von sich und Falk van Hove verschlossen hatte. Wie kam dieses Amulett hierher, das Florence für gewöhnlich ständig trug? Lina versuchte sich zu erinnern, ob ihre Mutter den Kettenanhänger neulich beim Waldspaziergang getragen hatte. Doch sie konnte es nicht mit Bestimmtheit sagen, denn Florence hatte an jenem Tag einen bunten Schal um ihren schmalen Hals geschlungen. Ihr wurde heiß und kalt, als sie über die einzige Erklärung nachdachte, die es für diesen mysteriösen Fund gab, und sie musste sich setzen, weil ihr auf einmal schwindelig wurde. Konnte es sein, dass nicht nur sie selbst gerade unehrlich war – sondern ebenso ihre Eltern?

- 12 -
Amelie

»Wie schön, dass du uns mal wieder besuchen kommst, Bellissima«, rief Chiara Lorusso erfreut, als Amelie am späten Samstagabend durch die Tür des apulischen Restaurants *Dal Trullo* trat. »Ich rufe Federico, damit wir gleich mit der Besprechung beginnen können. Möchtest du ein Glas Primitivo, oder hast du Hunger? Der Pizzaofen ist noch an.«

»Nein danke, ich habe vorhin schon gegessen«, erwiderte Amelie. »Aber ich freue mich über einen guten Roten.«

Chiara verschwand in den Räumlichkeiten, die an das gemütliche Restaurant angrenzten, und Amelie beobachtete amüsiert, wie die Schnüre aus bunten Holzperlen hin und her schwangen, nachdem Chiara in die Küche zu ihrem Mann gestürmt war. Das leise Klacken der Perlen ging beinahe in den Klängen der italienischen Musik unter, die jedes Mal lief, wenn Amelie hier war. Klassiker wie Dean Martins *That's Amore* reihten sich an Songs von Eros Ramazzotti, Gianna Nannini oder Tiziano Ferro, gefolgt von Liebesliedern in apulischem Dialekt, zu denen traditionell die Pizzica, eine Variante der Tarantella, getanzt wurde. Der mit Kunstschnee besprühte Tannenbaum aus Plastik mit roten und grünen Weihnachtskugeln war so kitschig, dass er fast schon wieder schön war.

»Ciao Bella«, begrüßte Federico Amelie und umarmte sie so fest, dass sie befürchtete, erdrückt zu werden. Sie erschnupperte den köstlichen Duft von frischem Knoblauch, Estragon und Tomaten, der sowohl in seiner Kochkleidung hing als auch in seinen Haaren, und bekam sofort wieder Appetit, denn sie liebte die italienische Küche beinahe mehr als die ihrer eigenen Heimat. »Tutto bene?«

Amelie nickte, obgleich sie gar nicht sagen konnte, ob es ihr wirklich gut ging oder ob sie die vergangenen Tage nur geträumt hatte. Ein wenig verlegen wischte sie sich kurz über den Mund, den Jules gestern Abend leidenschaftlich geküsst hatte, und hoffte, dass niemand ihr an der Nasenspitze ansah, dass sie gerade … ja, was eigentlich? … war. Verliebt wäre das falsche Wort gewesen. Aufgeregt und in einer emotionalen Ausnahmesituation traf es schon eher.

»Dann lass uns besprechen, was wir beim Grachtenzauber zu essen anbieten.« Federico holte geschäftsmäßig einen kleinen Notizblock aus der Tasche seiner Kochschürze, und Chiara reichte ihm einen Kugelschreiber, nachdem sie allen Rotwein in die bauchigen Gläser geschenkt und eine Karaffe Wasser auf die dunkelgrüne Tischdecke mit dem Muster aus rot-weiß geringelten Zuckerstangen gestellt hatte.

»Ich mache traditionellerweise Quiche, möchte in diesem Jahr aber auch mal Suppen anbieten. Ich dachte da zum Beispiel an eine Rote-Bete-Suppe mit Dill-Schmand-Eclairs, Vichyssoise oder eine klassische Zwiebelsuppe mit Croûtons.«

»Das ist eine wunderbare Idee«, rief Chiara begeistert. »Nichts gegen Klassiker, aber man sollte doch hin und wieder etwas Neues servieren. Wir überlegen auch noch, was wir außer Pizza kredenzen. Pasta ist leider ein bisschen problematisch, es sei denn als Nudelsalat. Immerhin steht das Catering für den Nachmittag, oder brauchen wir noch etwas anderes als Waffeln, Crêpes und Tiramisu?«

»Ich denke, das reicht völlig«, erwiderte Amelie. »Es sei denn, wir erweitern das Repertoire um Schmalzgebäck und gebrannte Mandeln. Aber wir sollten meiner Meinung nach auch Nicola Bartelsen fragen, ob sie nicht ebenfalls mitmachen will, schließlich sind wir drei die einzigen Gastronomen in Lütteby.«

Federico räusperte sich lautstark, und Amelie wusste, dass sie mit ihrer Frage schlafende Hunde geweckt hatte, schließlich war das Restaurant *Alles, was glücklich macht* eine starke Konkurrenz für das *Dal Trullo*. Doch mit solcher musste man lernen zu leben oder sich im Idealfall von ihr anspornen lassen. Bevor er den Satz »Nur über meine Lei…« zu Ende sagen konnte, fiel ihm seine Frau ins Wort. »Amelie hat recht. Die Bartelsen ist zwar nicht mein Fall, aber darum geht es nicht. Weihnachten ist schließlich das Fest der Liebe, und der Grachtenzauber läutet nun mal die Adventszeit ein. Also, fragst du sie, oder soll ich das machen?«

Federico seufzte so schwer, dass man meinen konnte, er trüge die gesamte Last der Welt auf seinen Schultern. Es dauerte eine gefühlte Ewigkeit, bis er einen Schluck Wein getrunken, nachgedacht und schließlich »Mach du das« geantwortet hatte. Chiara sprang wie von der Tarantel gestochen auf und fegte in Windeseile aus dem Restaurant. »Diese Frau muss immer alles und sofort erledigen«, kommentierte Federico kopfschüttelnd, als die Tür aufging und ein achtjähriger Junge hereinkam. »Wo kommst du denn um diese Zeit her, *figlio?*«, fragte Federico, und sein Sohn Nino lächelte mit einer Mischung aus Schuldbewusstsein und Triumph.

»Wir waren am Friedhof vom Gespensterwald«, entgegnete er, und Amelie hielt unwillkürlich die Luft an. Diese Mutproben war früher gruselige Tradition in Lütteby gewesen, wie sie von Lina und Sinje wusste, aber sie war davon ausgegangen, dass sich das erledigt hatte, seit es in der Kapitänsvilla nicht mehr spukte.

»Wer ist wir?«, fragte Federico mit funkelnden Augen. »Komm her und schau mich an. Weißt du nicht, wie gefährlich es ist, nachts allein herumzustrolchen?«

»Aber ich war nicht allein, sondern mit Laura und Matti«, erwiderte der Kleine, der an Laura, der Tochter des Apothekers, interessiert war, die ihn jedoch mit Nichtachtung strafte, sobald sie in Sichtweite Erwachsener war.

»Mathilda ist gerade mal zwölf und Laura nur ein Jahr älter als du«, schnaubte Federico. In diesem Moment kamen Chiara und Restaurantleiterin Nicola Bartelsen um die Ecke.

»Was machst du denn hier?«, fragte Ninos Mama erstaunt. »Es ist halb elf. Ich dachte, du schläfst längst.«

»Der Junge war zusammen mit Laura und Matti oben bei der Villa, ist das zu fassen?«, empörte sich Federico.

Nino stand mit hängenden Schultern vor ihm, und Amelie hätte ihn gern in den Arm genommen. »Es ist unvernünftig, nachts ohne Aufsichtsperson auf der Straße zu sein, und erst recht, in den Gespensterwald zu gehen. Nicht auszudenken, was alles hätte passieren können.« Federico klopfte mit dramatischer Geste gegen sein Herz, und Amelie musste sich zusammenreißen, um nicht loszuprusten. Lütteby war einer der sichersten Orte auf der Welt, allerdings konnte sie die Bedenken von Ninos Vater nachvollziehen, sie wäre sicher ähnlich besorgt um ihr Kind.

»Die drei waren nicht ohne Aufsicht unterwegs, denn ich war bei ihnen«, meldete sich Nicola Bartelsen zu Wort. Nino schaute sie verwundert an, genau wie die Lorussos. »Ich brauchte nach dem langen Arbeitstag frische Luft und habe den Kindern einen kleinen Spaziergang in Richtung Wald vorgeschlagen, nachdem sie sich je eine Tüte Pommes bei mir gekauft hatten.«

»Pommes?!« Die Frage aus Federicos Mund klang dermaßen entsetzt, als hätte sein Sohn Aal gegessen, den er zutiefst verabscheute. Plötzlich war nicht mehr der gefährliche Wald das Problem, sondern die Tatsache, dass sein Sohn sich bei der Konkurrenz etwas zu essen gekauft hatte.

Im Hintergrund schmetterte Eros Ramazzotti *Buon Natale*. Nino warf Nicola einen fragenden Blick zu, und Amelie kam der Verdacht, dass ihre Geschichte gar nicht stimmte, sondern dazu diente, dem wütenden Vater den Wind aus den Segeln zu nehmen.

»Die Pommes frites bei Ihnen sind wirklich köstlich«, ergriff sie nun selbst das Wort und hörte den Kleinen erleichtert aufatmen. »Und ich muss es wissen, schließlich haben wir Franzosen sie erfunden.«

»Unsinn, das waren die Belgier«, korrigierte Federico, und diesen Moment nutzte Nino, um durch den Vorhang aus Perlenschnüren zur Treppe zu huschen, die zur Wohnung der Lorussos führte. Vermutlich war er vorhin aus dem Fenster geklettert, wie es früher viele Teenager in Lütteby getan hatten, wenn sie nachts auf Abenteuersuche gingen.

»Wie auch immer«, ergriff nun wieder Nicola Bartelsen das Wort. »Ich freue mich über das nette Angebot, Sie beim Essen für den Grachtenzauber zu unterstützen. Was haben Sie bisher geplant, und wie kann ich helfen?«

Während Federico zunächst missmutig, nach einem zweiten Glas Wein aber deutlich netter antwortete und die drei im Nu in ein Gespräch vertieft waren, spazierten Amelies Gedanken zu Jules. Er hatte sie gestern Nachmittag vom Café abgeholt, und sie waren nach Husum gefahren. Amelie liebte die graue Stadt am Meer, die Texte des Dichters Theodor Storm und den Hafen, der tatsächlich noch ein solcher war und nicht nur eine Postkartenkulisse für Touristen. Ein rauer Wind hatte ihre Wangen gestreift, am Hafenbecken war es zugig, doch besonders stimmungsvoll. Einige Geschäfte und Lokale hatten

Lichterketten aufgehängt, die in der Dämmerung leuchtend schimmerten. Duft von Glühwein und gebrannten Mandeln lag in der Luft, Möwen saßen auf den Holzpollern und schwangen sich erst in die Lüfte, wenn man ihnen zu nahe kam. Die Kälte kroch durch Amelies dünne Fingerhandschuhe, und so ließ sie es geschehen, dass Jules ihre linke Hand in seine rechte Manteltasche steckte. Auf diese Weise spazierten sie dicht nebeneinander durch die Neustadt, ihre Lieblingsstraße in Husum. Ein Geschäft mit Delikatessen, Boutiquen, ein Blumenladen und sogar ein Künstlercafé mit französischem Ambiente ließen ihr Herz höherschlagen und bildeten eine angenehme Abwechslung zum Angebot in Lütteby. Hier würde sie bestimmt Weihnachtsgeschenke für Sinje und Lina finden … und vielleicht sogar für Jules, je nachdem, wie sich die Geschichte mit ihm entwickelte.

In diesen Stunden und beim anschließenden Essen im urigen Ratskeller hatte sich das Zusammensein mit Jules unerwartet gut angefühlt. Vergessen waren all der Schmerz, die Wut und die Enttäuschung, die ihre traurigen Wegbegleiter gewesen waren. Es war wie früher, als sie binnen Sekunden zueinandergefunden hatten, egal wie lange Jules unterwegs gewesen war. Seine letzte Reise hatte zwar über drei Jahre gedauert, aber auch diesmal hatte sein Weg zu ihr zurückgeführt.

Doch würden sie beide diesen Weg künftig gemeinsam gehen oder sich an einer Gabelung trennen?

»Amelie?« Chiaras Frage holte sie zurück an den Tisch der Lorussos, auf dem nun ein Korb mit dampfend heißem Pizzabrot und eine Karaffe mit goldgelbem Olivenöl sowie ein Keramikschälchen mit grobem Meersalz standen. »Greif zu, bevor alles kalt wird.«

Dies ließ Amelie sich nicht zweimal sagen, denn sie aß für ihr Leben gern. »Es braucht nur gute Teigwaren, Öl und Salz, dann hat man im Handumdrehen das beste Essen der Welt«, schwärmte sie.

»Guter Wein gehört definitiv auch dazu«, erwiderte Nicola Bartelsen, trank ihr Glas leer und schloss dabei genießerisch die Augen. »Ich weiß zwar nicht, ob es mir zusteht, diesen Vorschlag zu machen, aber was halten Sie davon, wenn wir uns endlich duzen?«

»Das ist eine gute Idee«, erwiderten Amelie, Chiara und Federico im Gleichklang und stießen allesamt miteinander an, nachdem Federico Nicola nachgeschenkt hatte. »Auf uns, auf Lütteby und auf eine gute Nachbarschaft. Schön, dass wir alle endlich ein Team sind.«

»Und danke nochmals, dass Sie versucht haben, Nino zu decken«, ergänzte Federico mit einem breiten Lächeln im Gesicht.

Es war weit nach Mitternacht, als Amelie und Nicola sich von ihren herzlichen Gastgebern verabschiedeten und in die kalte Nacht hinaustraten.

In Amelies Tasche vibrierte das Handy, und sie konnte es kaum erwarten, die Nachricht zu lesen, denn sie war ganz bestimmt von Jules …

- 13 -

Sinje

Nach dem Gottesdienst blieb Sinje noch eine Weile im Kirchlein am Marktplatz von Lütteby und dachte über die vergangene Stunde nach. Heute waren nur etwa die Hälfte der Gemeindemitglieder gekommen und weit weniger Kinder als sonst. Lag der Besucherschwund daran, dass die meisten in der Vorweihnachtszeit viel zu tun hatten, oder musste sie sich das Fehlen der Gläubigen bei der Messe selbst anlasten?

Gedankenverloren setzte sie sich auf eine der Holzbänke mit Blick auf den Altar, murmelte: »Über den Tellerrand schauen und die Perspektive wechseln ist wichtig«, und wurde mit einem Mal von einer Welle der Trauer erfasst. Seit der Trennung von ihrem Verlobten Gunnar im Frühjahr des vergangenen Jahres hatte sich vieles verändert, doch nicht alles zum Guten. Zu den schönen Seiten ihres Lebens gehörte zweifelsohne das Zusammenleben mit Lina in der Kapitänsvilla und das neue Pastorat, in dem sich auch ihre Schäfchen wohlfühlten, wenn sie Hilfe, Zuspruch oder einen Rat von der Pastorin brauchten. Dennoch dachte Sinje mit einer gewissen Wehmut an die Familien, die nach dem Gottesdienst einen Spaziergang machten und anschließend zusammen zu Mittag aßen. Die bei Freunden oder Verwandten zum Nachmittagskaffee eingeladen waren oder gemeinsam Dinge im Haushalt erledigten, Pläne für die vor ihnen liegende Woche schmiedeten. Dass ihr diese Anbindung und Zugehörigkeit fehlte, war ihr erst in den vergangenen Monaten wirklich klar geworden, am deutlichsten bei Linas Hochzeit. War es ein Fehler gewesen, die geplante Eheschließung mit Gunnar platzen zu lassen, nur weil beide sich unterschiedlich entwickelt hatten, sich eine gewisse Routine zwischen ihnen eingeschlichen hatte und sie sich nicht besonders gut mit seinen Eltern verstand? Wie hieß es doch so schön? Hochmut kommt vor dem Fall. Aber traf das wirklich auf sie zu, oder musste sie einfach akzeptieren, dass dieser Lebensabschnitt neben der gewonnenen Freiheit auch bedeutete, sich selbst zu hinterfragen, Wünsche neu zu definieren und ein Stück weit darauf zu vertrauen, dass sich alles so fügen würde, wie es sein sollte?

Gerade als sie aufstehen und ihre durch die innere Anspannung steif gewordenen Gliedmaßen strecken wollte, betrat Linas Großmutter das Gotteshaus.

»Ah, du bist noch da«, rief Henrikje erfreut. »Hast du einen Moment Zeit für mich?«

»Aber natürlich«, erwiderte Sinje, froh über die Ablenkung. »Wollen wir uns hier unterhalten, oder woran hast du gedacht?«

»Wir können gern bleiben, aber auch gemeinsam zu Amelies Wohnung spazieren. Mir ist in Zusammenhang mit dem Hochhaus etwas zu Ohren gekommen, das mich, ehrlich gesagt, beunruhigt.«

»Geht es um den Plan des Bürgermeisters, es abreißen zu lassen?«, fragte Sinje, und Henrikje nickte.

»Ich habe im Lädchen ein Telefonat mit angehört, das van Hoves Sekretärin mit jemandem von der Hausverwaltung geführt hat. Dann habe ich eins und eins zusammengezählt und einen Schreck bekommen, da so ein Abriss jede Menge Konsequenzen nach sich zieht, die Falk offenbar nicht bedacht hat.«

»Lass uns gern eine kleine Runde drehen, die Sonne scheint

gerade so schön«, erwiderte Sinje, und schon spazierten die beiden los.

Im Licht sah man natürlich, dass die Farbe an der Fassade des Hochhauses abgeblättert war, dass die wenigen Balkone ebenfalls einen neuen Anstrich benötigten und dass der Bau – früher einmal ein Symbol für Innovation – einen echten Fremdkörper in Lütteby darstellte. Sinje erzählte Linas Großmutter von ihrem Termin mit Falk van Hove und auch, dass sie natürlich deren Bedenken in Hinblick auf die künftige Unterbringung der Bewohner des Hauses teilte. »Wenn ich Geld hätte, würde ich den Bau sanieren und eine Dachterrasse daraufsetzen lassen, die begrünt wird, um Insekten anzuziehen. Man könnte zudem Solarmodule anbringen und damit Strom erzeugen.«

»Und ich würde die Fassade bemalen lassen, und zwar mit Motiven, die zu Lütteby passen«, ergänzte Henrikje und seufzte tief. »Aber das setzt natürlich voraus, dass wir Falk von seinem Plan abbringen. Vielleicht war es doch ein Fehler, nicht als Bürgermeisterin zu kandidieren. Die Einzige, die ihn vielleicht von seinem Kurs abbringen könnte, wäre Lina, aber ich verstehe auch, dass sie sich so wenig wie möglich mit Falk streiten möchte.«

Sinje trat einen Schritt zurück, kniff die Augen zusammen, um sie vor dem gleißenden Sonnenlicht zu schützen, und ließ bei der Betrachtung des *Schandflecks* ihrer Fantasie freien Lauf. Im Geiste sah sie sogar eine kleine Bar auf dem Dach des Hauses, perfekt, um in lauen Sommernächten einen Sundowner mit Blick auf die Nordsee zu genießen.

Ein Pool wäre natürlich auch toll, doch leider aus ökologischen Gründen undenkbar. »Ich könnte mich mit einem Freund beraten und ein Konzept von ihm erstellen lassen, das wir Falk vorlegen und ihn damit hoffentlich zum Umdenken bewegen. Allerdings weiß ich von Amelie, dass im Haus leider tatsächlich

Sanierungsarbeiten durchgeführt werden, was bedeuten würde, dass die Bewohner sich so oder so eine andere Bleibe suchen müssen, zumindest für einen bestimmten Zeitraum.« Kaum hatte Sinje diesen Satz ausgesprochen, wurde sie von einem Gefühl der Hilflosigkeit erfasst, auch wenn es ihre Aufgabe als Pastorin war, Zuversicht und Optimismus zu verbreiten und dafür zu sorgen, dass es den Gemeindemitgliedern gut ging. Viele der Hochhausbewohner waren alt, verwitwet oder durch einen Schicksalsschlag schlecht gestellt. Man durfte ihnen keinesfalls zumuten, künftig in einer seelenlosen Neubausiedlung zu leben, die zudem so weit von Lütteby entfernt war.

»Das ist in der Tat ein Problem«, erwiderte Henrikje seufzend und hakte sich bei Sinje ein. »Eines, das wir sicher besser mit etwas Leckerem im Magen lösen können, findest du nicht? Ich würde sagen: Auf zu Amelie, schließlich betrifft diese doofe Geschichte auch sie.«

Kurze Zeit später saßen die beiden im Separee des Cafés, vor ihnen standen dampfend heißer Tee für Henrikje und Apfelpunsch für Sinje. Amelie gesellte sich zu ihnen, da im Café gerade alle versorgt waren und die meisten ohnehin das schöne Wetter nutzten, um am Meer spazieren zu gehen.

»Wisst ihr, wann genau van Hove den Abriss im nächsten Jahr geplant hat?«, fragte sie mit weit geöffneten Augen.

Sinje schüttelte den Kopf und ärgerte sich, dass sie den Bürgermeister nicht danach gefragt hatte.

»Für solche Fälle gibt es Gesetze«, antwortete Henrikje an ihrer Stelle. »Man kann nicht einfach etwas beschließen, das so weitreichende Konsequenzen hat, und diese Pläne innerhalb kürzester Zeit in die Tat umsetzen. Also mach dir bitte keine Sorgen, wir finden schon eine Lösung.«

»Außerdem hast du jederzeit einen Platz bei uns in der Villa«, ergänzte Sinje und spielte mit ihrem Handy. Die Versuchung, Sven anzurufen, wuchs von Minute zu Minute. Er könnte Fragen wie die von Amelie sofort beantworten und wüsste auch sonst Rat, davon war Sinje felsenfest überzeugt. Doch wie würde er reagieren, wenn sie sich bei ihm meldete? Schließlich war sie diejenige gewesen, die ihre Beziehung beendet hatte, nachdem sie keine Chance gesehen hatte, Svens Tochter das Gefühl der Eifersucht zu nehmen. Carla hatte sich noch nicht einmal bereit erklärt, Sinje kennenzulernen und sich persönlich davon zu überzeugen, dass diese ihr keinesfalls den Vater wegnehmen wollte. Doch ging es momentan gar nicht um diese Themen, sondern einzig und allein um das Wohl der Bewohner des Hochhauses von Lütteby. Also sagte sie: »Bitte entschuldigt mich einen Moment, ich muss mal eben telefonieren«, und ging nach draußen, um Sven anzurufen.

Ihr Herz schlug bis zum Hals, als sie seine Kontaktdaten im Display aufrief und sein Foto sah. Bis vor wenigen Wochen hatte sie mehrmals am Tag geschaut, ob er sein Profilbild geändert hatte, aber dem war nicht so gewesen.

Bis zu diesem Zeitpunkt.

Sinje erschrak wegen des neuen Fotos, auf dem Vater und Tochter gemeinsam zu sehen waren – fröhlich lachend, die Köpfe dicht nebeneinander, ein Eis essend. Carla trug eine Sonnenbrille, die Aufnahme war bei Gegenlicht gemacht worden, weshalb man ihr Gesicht nicht gut erkennen konnte. Was man aber sah, war, dass es sich nicht um ein Selfie handelte und dass es an diesem Ort warm gewesen sein musste. Sinje zoomte das Bild heran und erblickte eine Palme im Hintergrund.

Ihre Fantasie ging sofort mit ihr durch, und sie sah Sven und seine Tochter im Geiste gemeinsam im Sommerurlaub oder in den Herbstferien, zusammen mit Carlas Mutter Yvonne, die wahrscheinlich das Foto geschossen hatte.

»Es ist keine gute Idee, anzurufen«, murmelte Sinje und ärgerte sich darüber, dass sie nicht über den Dingen stehen und Sven endgültig vergessen konnte. Ein Telefonat mit ihm würde bestimmt alte Wunden aufreißen und schmerzen wie am ersten Tag. In diesem Moment verließ Sinje der Mut, doch gleichzeitig stieg auch Wut in ihr auf. Sie war eine erwachsene, starke Frau, die alles Nötige unternehmen würde, damit es den Mitgliedern ihrer Gemeinde und natürlich Amelie gut ging. Selbstverständlich gab es auch andere Bauingenieure, Architekten und Stadtplaner, aber sie kannte keinen so gut wie Sven und konnte sich bei niemandem so sicher sein, dass er sich nicht von der Macht Falk van Hoves beeindrucken oder beeinflussen ließ, also war er eindeutig die beste Wahl. »Tu es für Lütteby«, sagte sie und wählte die Nummer, die früher ihre persönliche Nummer eins gewesen war.

Es dauerte eine Weile, bis Sven ans Telefon ging, um ein Haar hätte sie aufgegeben. »Sinje«, beim Klang seiner vertrauten, angenehmen Stimme bekam sie weiche Knie, »ich hätte nicht gedacht, dass du dich jemals wieder melden würdest.«

»Ich auch nicht«, erwiderte sie leise. »Mein Anruf betrifft eine Fachfrage in Zusammenhang mit dem Hochhaus von Lütteby und der Existenz vieler, die mir am Herzen liegen«, fuhr sie fort in der Hoffnung, dass Sven das Zittern in ihrer Stimme nicht bemerkte. Dann erzählte sie von Falk van Hoves Plänen. Es tat gut, sich dem Mann anzuvertrauen, von dem sie wusste, dass er ähnliche Werte hatte wie sie.

Deshalb stimmte sie auch, ohne zu zögern, zu, als Sven vorschlug, sich am Montagmorgen mit ihr zu treffen und sich gemeinsam das Haus anzuschauen.

- 14 -

Sinje

Sinje öffnete die Augen und fragte sich, ob sie in der Nacht von Sonntag auf Montag überhaupt geschlafen oder die vergangenen Stunden lediglich in einem träumerischen Dämmerschlaf verbracht hatte. Es war sechs Uhr morgens, wie sie mit Blick auf den Wecker feststellte, der Mond schimmerte durch die Ritzen der Jalousie, in der Villa war es nahezu gespenstisch still. Obwohl es kalt in ihrem Zimmer war, schlug Sinje die Daunendecke beiseite und beschloss, ins Badezimmer zu gehen und sich zurechtzumachen. Nachdem sie im Stehen einen Kaffee getrunken hatte, zog es sie nach draußen. Bald würde die Sonne aufgehen und ihre Leuchtstrahlen über die Waldanhöhe Lüttebys schicken, ein nahezu magisches Schauspiel, das sie über alles liebte und das sie anlässlich eines Morgenspaziergangs genießen würde.

Wie eine knallende Peitsche schlug ihr die Winterkälte entgegen, als Sinje aus der Villa trat und den Weg in Richtung Wald einschlug. Doch das eisige Piksen auf der Haut störte sie nicht. Ganz im Gegenteil: Die frische Luft gab ihr Kraft und Energie, und sie lauschte verzückt dem Gezwitscher der Vögel. In knapp einem Monat, kurz vor Heiligabend, war die Zeit der Wintersonnenwende, danach wurden die Tage allmählich wieder heller, und es dauerte nicht mehr lange, bis die Nordfriesen am

21. Februar das Biikefeuer entzündeten, um den nahenden Frühling willkommen zu heißen. Kurz vor Weihnachten begannen die Raunächte, über die Linas Großmutter Henrikje viel wusste und dieses mystische Wissen gern teilte.

Sinje nahm sich vor, Elemente des uralten Brauchtums in ihre Sonntagspredigt einzubauen, denn diese Rituale eigneten sich wunderbar, um Rückschau auf das vergangene Jahr zu halten und sich freudvoll dem neuen zu nähern. Gedankenverloren atmete sie ein und aus, während sie durch den Wald spazierte. In dessen erdigen Duft mischte sich nun der von verbranntem Holz, und sie fragte sich, woher dieser Geruch kam. Neugierig folgte sie der Duftspur und fand sich nach einem längeren Fußmarsch in der Nähe der Höhle wieder, in der Linas Eltern sich zunächst als Kinder und später als Jugendliche heimlich getroffen und ineinander verliebt hatten. Der Beginn einer Liebesgeschichte, die kein gutes Ende gefunden hatte, außer dass Lina aus ihr entstanden war.

Je näher Sinje der Höhle kam, desto beißender wurde der Geruch, und sie sah eine Rauchwolke, die vom Wind mal in die eine und dann in die andere Richtung geweht wurde. Irgendjemand schien ein Lagerfeuer entfacht zu haben.

Sie hielt unwillkürlich die Luft an, versuchte sich beim Weitergehen so gut wie möglich im Lichtschatten der Bäume zu halten und leise zu sein, um nicht entdeckt zu werden.

Als sie schließlich erkannte, wer an der Feuerstelle versonnen in die Flammen schaute, versteckte sie sich sofort hinter der nächsten Tanne. Falk van Hove saß zusammengekauert auf einem umgestürzten Baumstamm und stocherte mit einem Ast in der Glut herum. Sein Gesichtsausdruck war eine Mischung aus Trauer und Grimmigkeit, das konnte Sinje erkennen, als sie vorsichtig um die Ecke lugte. Ihn dort so einsam und allein sitzen zu sehen und dabei zuschauen zu müssen, wie er offensichtlich mit seinen inneren Dämonen rang, tat ihr in der Seele weh.

Doch obgleich alles in ihr danach drängte, ihm in diesem Moment beizustehen, wusste sie, dass sie ihn in Ruhe lassen musste. Also trat sie so geräuschlos wie möglich den Rückweg an und ging zurück in Richtung Friedwald, der auf ihre Initiative hin im vergangenen Jahr in diesem Areal nahe der Kapitänsvilla angelegt worden war. Schilder an Baumstämmen benannten die Namen der Toten, die hier ihre letzte Ruhestätte gefunden hatten, und derer, welche die Verstorbenen schmerzlich vermissten. Sinje las letzte Grüße von Ehefrauen, Kindern, Eltern oder auch Großeltern. Das Leben war mal lang, mal kurz, mal grausam, mal voller Licht und Wärme.

Für die einen floss es gleichmäßig dahin, für die anderen war es ein Auf und Ab, wie Treppenstufen, die zu einer anderen Ebene, in eine andere Welt führten.

Als sie den Blick von einem der Schilder abwandte, entdeckte sie ein Wildtier und erstarrte mitten in der Bewegung. War das etwa ein Wolf? Die goldbraun schimmernden Augen des Respekt einflößenden Lebewesens fixierten sie, doch erstaunlicherweise verspürte sie keine Angst. Sie hielt still, bemerkte, wie sich Gänsehaut auf ihrem ganzen Körper ausbreitete, und wartete mit angehaltenem Atem so lange, bis der Wolf sich umdrehte und irgendwann zwischen den Holzkreuzen verschwand. Auf ihnen standen die Namen der unbekannten Toten, die vormals auf dem Friedhof der Heimatlosen in den Salzwiesen begraben worden waren und nun auf Linas Initiative hin neben den anderen Verstorbenen Lüttebys in ewigem Frieden ruhen konnten.

Sinje wusste, dass der Wolf mythologisch betrachtet dunkle Mächte symbolisierte, und konnte nicht anders, als seinen unerwarteten Anblick gedanklich sofort mit Falk van Hove zu verknüpfen. Doch auch die Mythologie war vielfältig, Sinje war zudem bekannt, dass die Ägypter, Römer und Mongolen den Wolf als Gott des Totenreichs, des Krieges und der Ahnherren verehrten. Sie selbst hatte noch nie zuvor einen Wolf in freier Wildbahn gesehen und war immer noch aufgewühlt von dem Anblick dieses bildschönen Geschöpfes, dem sie sich innerlich erstaunlich nah gefühlt hatte. War das plötzliche Auftauchen ein Zeichen? Sinje schickte einen fragenden Blick in Richtung Himmel, sie hielt gern auf diese Weise Zwiesprache mit dem Schöpfer, der Wälder, Seen, Flüsse, Meere, Pflanzen, Menschen und Tiere erschaffen hatte.

Sie stand eine ganze Weile da und schaute zu, wie der aufkommende Wind Wolkenfetzen über den immer heller werdenden Horizont trieb. Von der Anhöhe aus hatte Sinje einen fantastischen Blick auf Lütteby und sein Umland, auf die Kirche und auf das Farbenspiel, das sich in der Ferne am Firmament abzeichnete. Wie Farbschlieren flossen Purpur, Orange, Violett und Hellrosa ineinander, verbanden sich und stoben dann wieder auseinander. Mit jeder Minute gewann die Sonne an Kraft, die Morgenfarben verblassten nach und nach, zogen sich zurück in den himmlischen Tuschkasten und überließen schließlich einem freundlichen, aber kühlen Hellblau die Himmelsbühne. Sinje war derart fasziniert, dass sie beinahe zu spät zu ihrer Verabredung mit Sven gekommen wäre und sich beeilen musste, um rechtzeitig von der Waldanhöhe hinunter nach Lütteby zu gelangen.

Doch Punkt acht Uhr stand sie, atemlos vor Nervosität, vor dem Hochhaus und stieß fast mit Sven zusammen, der dort bereits auf sie wartete.

Sein Lächeln wirkte ein wenig zögerlich, sogar verlegen, und auch Sinje wusste nicht, wie sie ihn begrüßen sollte.

Die Hand geben? Zu förmlich! Eine Umarmung? Zu persönlich!

Ein Kuss auf die Wange? Eindeutig zu riskant!

Also sagte sie: »Hallo«, und erwiderte sein Lächeln, das sie so sehr mochte. Tiefer Schmerz über den Verlust dieser Liebe erfasste sie und drohte sie in den Abgrund zu reißen.

Doch sie musste jetzt stark und tapfer sein, denn es ging um Lütteby!

»Da sind wir also«, sagte Sven und zückte seine Kamera.

Auch das schätzte Sinje so sehr an ihm: Er fotografierte stets mit Ruhe und Bedacht, justierte den Sucher des Apparats sehr genau und drückte erst auf den Auslöser, wenn er das Motiv mit dem Kopf und seinem Herzen erfasst hatte. In diesem Moment fühlte sie es so stark, dass es kein Zurück mehr gab, egal wie sehr sie persönlich unter Kummer leiden würde, wenn sie Kontakt mit Sven hatte. Es brauchte einen Menschen wie ihn für die Umsetzung einer Vision, die sich immer deutlicher in ihrem Geiste abbildete und damit Gestalt annahm: Dieses Haus würde vorübergehend eine Metamorphose durchlaufen und dann zu frischem, neuem Leben erwachen – sinnbildlich für den Wandel in Lütteby. Als Svens Kamera »klick« machte, lächelte sie trotz der Wehmut innerlich, denn nun war auch er im Bilde, und sie konnte nur hoffen, dass seine inneren Bilder ihren ähnelten.

»Ihr wollt also das Dach bepflanzen, Fotovoltaik installieren und die Fassade mit Lütteby-Motiven bemalen lassen?«, fragte Sven, dem eine Locke seines dunklen Haares in die Stirn fiel. Sinje hätte sie ihm am liebsten aus dem Gesicht gestrichen und seine Haut berührt, die so frisch aussah wie ein neuer Wintertag. »Das ist eine tolle Idee, aber ich würde sogar noch einen Schritt weiter gehen. Was haltet ihr von einer Begrünung der Fassade?«

»Der … Fassade?« Sinje war irritiert, denn sie hatte keine Ahnung, was Sven meinte.

»Kennst du nicht die begrünten Hochhausfassaden in Singapur? Oder – weitaus näher – in Paris, Düsseldorf und München. Die Methoden zur Gestaltung dieser vertikalen Wälder sind zurzeit zwar noch umstritten, aber ich kenne einen Baubiologen, der sich mit Freude an ein Konzept für dieses Haus machen und ausschließlich streng ökologisch handeln würde.«

»Ist so etwas nicht furchtbar teuer?«, fragte sie, denn sie wusste haargenau, dass viele innovative und nachhaltige Projekte daran scheiterten, dass sie nur schwer finanzierbar waren. Allerdings schwamm Falk van Hove geradezu in Geld …

»Billig wird das nicht, aber ich kann euch eine Kosten-Nutzen-Analyse erstellen, die auch Fördergelder beinhaltet. Man darf bei Projekten dieser Art nicht außer Acht lassen, dass sich die Investitionen im wahrsten Sinne des Wortes auszahlen: Durch die Begrünung werden Insekten angezogen, die Luftfeuchte erhöht sich, die Pflanzen halten die Luft rein, binden gesundheitsschädlichen Feinstaub und regulieren sommers wie winters extreme Temperaturen. Diese Liste ist nahezu unendlich fortsetzbar, ich kann euch gern alle Argumente, die dafürsprechen, Punkt für Punkt aufschreiben, damit ihr sie an Falk van Hove weiterleiten könnt.«

Sinje war fasziniert, aber gleichzeitig auch irritiert darüber, dass Sven sie nicht direkt ansprach, sondern Vokabeln wie »ihr« und »euch« verwendete. War das seine Methode, um die notwendige Distanz zu ihr zu wahren?

»Wenn es das also war, würde ich sagen: Ich maile dir alles und drücke die Daumen, dass es gelingt, den Abbruch des Hauses zu verhindern und den Bewohnern für die Zeit der Sanierung ein schönes Heim zu verschaffen.«

Sinje hätte am liebsten die Zeiger der Uhr angehalten oder zu dem Moment zurückgedreht, als sie einander begegnet waren und beide das Gefühl gehabt hatten, vom Schicksal füreinander bestimmt zu sein. Hatte sie zu früh aufgegeben, als sich die ersten Konflikte angebahnt hatten? War sie damals überfordert von der Wucht ihrer Gefühle gewesen?

Sven warf einen Blick auf sein Handy und schaute sie kaum an, als er sagte: »Dann mach's mal gut, Sinje«, und sie hatte Mühe, die Tränen wegzublinzeln, die ihr in die Augen schossen, als sie sah, wie er ging, ohne sich noch einmal nach ihr umzudrehen.

18. Jahrhundert

Der junge Mann mit den Bernsteinaugen war zu Maren Riewerts' großer Freude am Leben geblieben.
Es ging ihm von Tag zu Tag besser, und er erfreute sich während der Rekonvaleszenz der fürsorglichen Obhut seiner Familie, der Hansens vom Marktplatz. Und allmählich stabiler Gesundheit.
Wie es zu jenem Unglück gekommen war, das Reimer Hansen beinahe das Leben gekostet hätte, blieb unklar.
Die Lüttebyer munkelten, dass ihn ein schwerer Ast unglücklich am Hinterkopf getroffen hatte oder er gestolpert war und im Fallen das Bewusstsein verloren hatte.
Die Bewohner von Grotersum hingegen, missgünstig gegen die Nachbarn, behaupteten, der junge Reimer sei vom Teufel verflucht und würde ohnehin nicht lange leben.
Da Maren um den Neid derer wusste, die den Hansens ihren Wohlstand und das schöne Giebelhaus am Marktplatz nicht gönnten, gab sie nichts auf die üble Nachrede. Sie selbst wusste nur, dass Reimer Tag und Nacht in ihren Gedanken und Träumen war, dass sie sein ebenmäßiges Antlitz am liebsten jeden Tag geschaut und ebenso jeden Tag dem Klang seiner Stimme und seinen klugen Worten gelauscht hätte.
Ihrer Tatkraft und Beharrlichkeit war es zu verdanken gewesen, dass Reimer am Flutsaum nicht gestorben war und nach und nach wieder ins Leben zurückkehrte. Maren empfand es als Geschenk Gottes, zur rechten Zeit am rechten Ort gewesen zu sein.

Nachdem sie den weißen Raben ins Dorf geschickt hatte, hatte sie selbst so lange und so laut nach Hilfe gerufen, bis schließlich ein Fischer sie gehört und den Bewusstlosen zu einem Arzt getragen hatte. Maren war nicht eine Sekunde von der Seite des Verunglückten gewichen, hatte seine Hand gehalten und fortwährend gesagt, dass alles wieder gut werden würde.

Reimers Eltern waren außer sich vor Freude und Dankbarkeit und hatten Maren zu sich nach Hause eingeladen, als Reimer endlich wieder aufrecht sitzen und an den häuslichen Mahlzeiten hatte teilnehmen können. Die Hansens waren eine ausgesprochen warmherzige, wohlsituierte Familie, in deren Leben Literatur, Kunst, Musik und Mode eine große Rolle spielten. Reimers Vater handelte mit Tuchwaren, und die Mutter war eine begabte, leidenschaftliche Näherin, die große Freude am Entwerfen von Kleidern hatte.

Maren genoss von nun an häufig die Gastfreundschaft der alten Hansens, lauschte ehrfürchtig einem Kammerkonzert am prasselnden Kamin, stand der Mutter Modell für eine Abendrobe und las hin und wieder aus Büchern vor, welche alle so liebten.

»Du hast eine wunderschöne Stimme«, sagte Reimer eines Abends, als beide für einen kurzen Zeitraum allein in der Stuuv waren. »Und das sage ich nicht nur, weil ich dieser Stimme mein Leben zu verdanken habe. Liebste Maren, dürfte ich mir Hoffnungen auf die Ehe machen, wenn ich dir sage, dass ich mein Herz unrettbar an dich verloren habe?«

- 15 -
Amelie

Als Amelie am Samstag vor dem ersten Advent aufwachte, wusste sie zunächst nicht, woher die sanften Atemgeräusche kamen, die das Halbdunkel ihres Schlafzimmers erfüllten. Es dauerte einen Moment, bis sie sich aus dem Dunst eines wirren Traums in die Wirklichkeit gekämpft hatte und realisierte, dass Jules mit der gestrigen Nacht unweigerlich wieder ein Teil ihres Lebens geworden war. Erschrocken setzte sie sich auf und schüttelte den Kopf, beinahe so, als könnte sie durch bloße Willenskraft die vergangenen Stunden ungeschehen machen. Dass die Zeit mit Jules wunderschön, über die Maßen intensiv und leidenschaftlich gewesen war, konnte und wollte sie nicht leugnen. Doch nun, im Licht des neuen Tages und unter dem Eindruck des nächtlichen Albtraums, kamen ihr Zweifel, ob es richtig gewesen war, derart kopflos zu handeln.

Als spürte er ihre innere Unruhe, tastete Jules nach ihr und streichelte zärtlich ihre nackte Haut. »Alles in Ordnung, Chérie?«, wollte Jules wissen und rieb sich verschlafen die Augen.

Amelie antwortete mechanisch: »Oui«, obwohl das Gegenteil der Fall war. Sie musste dringend ins Café, um die beiden Suppen für den Stand auf dem Weihnachtsmarkt zu kochen und zudem Unmengen von Teig für Waffeln und Crêpes anzurühren. »Möchtest du auch einen Espresso?« Während sie mechanisch diese Frage stellte, überlegte sie, wieso sie ausgerechnet gestern Nacht Jules' Avancen nachgegeben hatte. Alkohol war nicht im Spiel gewesen, als er sie nach einem schönen Abendessen auf einen Kaffee in ihre Wohnung begleitet hatte. Aufgestaute Emotionen, Sehnsüchte und der magische Zauber der Vorweihnachtszeit, der seine Wirkung auch bei Amelie nicht verfehlte, taten ihr Übriges. Zudem hatten sie gestern wieder viel über ihre Familien, die Heimat auf der Insel im Atlantik und französische Weihnachtsbräuche gesprochen. Fröhlich hatten beide *Les anges dans nos campagnes* gesungen, anschließend französische Chansons gehört – und zu guter Letzt eng aneinandergeschmiegt getanzt. Dabei hatte Jules Amelies äußerst empfindliche Halsbeuge geküsst, und so war irgendwann eins zum anderen gekommen: Zunächst hatte sich für Amelie alles fremd angefühlt, doch diese Fremdheit schmolz mit jedem Kuss, mit jeder zarten Berührung dahin und verwandelte sich schließlich in die wunderschöne Routine, mit der sie sich in ihrer Zeit als Paar stets geliebt hatten. Ihre Körper kannten einander, fanden sich wieder und verschmolzen irgendwann zu der Einheit, von der Amelie einst geglaubt hatte, sie wäre für die Ewigkeit bestimmt.

»Den Espresso kann ich auch gern machen«, erwiderte Jules und sprang förmlich aus dem Bett in Richtung Küche.

Sie stand ebenfalls auf, versuchte das Bild auf sich wirken zu lassen, welches der Anblick von Jules in ihrer Wohnung bot, und horchte tief in sich hinein. Doch es ertönte nur das Echo der Verwirrung, und sie beschloss, jegliche Bewertung und mögliche Entscheidung auf die Zeit nach dem Wochenende zu vertagen, denn sie musste jetzt unbedingt ihre Priorität auf den Job setzen. Der weihnachtliche Grachtenzauber in Lütteby war schließlich der Höhepunkt des Jahres, und sie wollte alles dafür tun, dass die Besucher des Festes Freude am Feiern hatten und köstlich speisen konnten.

Während sie sich im Badezimmer mit wohltuender Seife, die von Linas Oma Henrikje aus Schafsmilch gesiedet worden war, wusch, versuchte sie den inneren Gefühlsorkan unter Kontrolle zu bekommen. Die vergangene Nacht hatte all ihre Sinne wieder geweckt und ihr gezeigt, dass sie eine junge, begehrenswerte Frau war, die nicht nur für die Arbeit leben sollte, sondern auch für tiefe Gefühle und körperliche Leidenschaft.

Jules' Nähe zu spüren, seine Haut auf ihrer, seinen Atem dicht an ihren Lippen, während sie sich liebten, hatte sie auf den Geschmack gebracht, das musste sie sich eingestehen.

Als sie wenig später angezogen und startklar war, gab Jules ihr einen Kuss und bot an, bei den Vorbereitungen des Essens zu helfen. »Seit wann kannst du denn kochen?«, fragte Amelie verdutzt.

»Kochen nicht, aber assistieren«, erwiderte er mit einem verschmitzten Lächeln. »Ich springe nur schnell unter die Dusche und komme dann nach. Du wirst sehen, ich bin flink wie ein Wiesel und, wie du weißt, ziemlich hell im Kopf. Zu zweit werden wir es doch wohl locker schaffen, die Suppen und den Teig in den Griff zu kriegen, von denen du gestern Abend gesprochen hast.« Bevor Amelie protestieren konnte, war Jules schon verschwunden, kurz darauf hörte sie das Rauschen des Wassers und fröhliches Pfeifen.

Gefangen in ihren Gedanken spazierte sie vom Hochhaus aus durch die Straßen des Städtchens in Richtung *Chez Amelie,* vorbei an den Handwerkern, die letzte Handgriffe an den Buden vornahmen, beäugt von den Betreibern der Verkaufsstände. Ein Elektriker stand auf einer hohen Leiter und befestigte gerade die dekorative Weihnachtsbaumspitze, von irgendwoher ertönte der Song *Last Christmas* von Wham!, den Amelie erstaunlicherweise in diesem Jahr noch gar nicht gehört hatte. Die

Textzeile erinnerte sie sofort wieder an den unerträglichen Schmerz, den Jules ihr zugefügt hatte, als er Cecile sein Herz geschenkt hatte, statt Amelie zu heiraten. So etwas durfte nie, nie wieder passieren, denn das würde sie kein zweites Mal überstehen.

Als sie die Tür des Cafés aufschloss und ihr warme, nach Vanille und Zimt duftende Luft entgegenschlug, wusste sie, dass sie an keinem Ort der Welt jemals so glücklich sein würde wie hier. Wenn Jules sie wirklich so sehr liebte, wie er es ihr vergangene Nacht ins Ohr geflüstert hatte, dann würde er mit ihr in Lütteby leben müssen.

Doch war sie überhaupt bereit dazu, ihn wieder in ihr Leben und damit in ihr Herz zu lassen?

Die Worte »Bonjour, Amelie« ließen sie kurz zusammenzucken, sie hatte völlig vergessen, dass Pascal an diesem Tag schon früher kommen wollte, um Glühwein nach einer höchst geheimen Rezeptur zu kochen. »Sie scheinen ein wenig müde zu sein, ist alles in Ordnung?«

Sie antwortete: »Alles bestens«, und erklärte, dass sie später Hilfe von Jules bekommen würde. »Wenn Sie ihn brauchen, geht er Ihnen bestimmt ebenfalls gern zur Hand.«

Pascal reagierte mit dem üblichen Schnauben. »Wie lange wird Monsieur Fournier bleiben?«, wollte er stattdessen wissen und musterte sie mit dem Blick eines strengen Lehrers.

»Das müssen Sie ihn selbst fragen«, erwiderte Amelie und ging in die Küche.

Dort begann sie systematisch, alle Zutaten für den Teig und die beiden Suppen zusammenzustellen. Wenn sie sich nicht ablenken ließ, konnte sie es noch pünktlich schaffen.

In diesem Moment kam Lina in die Küche, fragte, ob alles nach Plan lief, und war offenbar bestens gelaunt. »Ich freue mich schon so auf das Fest und hoffe, dass Florence und ich viel

Geld mit dem selbst gemachten Vogelfutter, Henrikjes Tees und Ankas Marmeladen verdienen. Hach, das wird wundervoll.«

Mit den Worten »Bonjour, die Damen« betrat nun auch Jules die Küche, begrüßte die beiden, umschlang Amelies Hüfte und küsste sie zärtlich. Ihr entging Linas fragender Blick nicht, und sie wünschte, sie hätte die Chance gehabt, der Freundin vor diesem zufälligen Aufeinandertreffen von der vergangenen Nacht zu erzählen. Lina gab Jules die Hand, stellte sich vor und wünschte den beiden viel Spaß beim Kochen, bevor sie wieder ging.

»Also dann, legen wir los, was soll ich als Erstes machen?«

Während Amelie Jules das Schälen der Kartoffeln für die Vichyssoise übertrug und Seite an Seite mit ihm an der Arbeitsplatte stand, fragte sie sich, was Lina wohl von ihm hielt.

- 16 -

Lina

Guten Morgen, meine Liebste. Freust du dich schon auf das Fest heute Abend?«, fragte Jonas und weckte Lina mit einem zärtlichen Kuss aus dem Tiefschlaf.

Anstelle einer Antwort murmelte sie schlaftrunken: »Mhm«, und suchte mit den Füßen die von Jonas, um sich daran zu wärmen. Doch dann fiel ihr ein, dass sie etwas geplant hatte, womit sie ihn überraschen wollte. Also setzte sie sich auf, rieb sich die Augen und schaute aus dem Fenster.

Dieses Winterlicht ist etwas ganz Besonderes, so milchig und neblig, als wäre man im Himmel, dachte sie bei sich und freute sich jetzt schon darauf, dass Jonas sah, was sie vorbereitet hatte. »Noch mehr als auf die Grachtenweihnacht freue ich mich darauf, dich nach dem Frühstück kurz zu entführen«, ließ sie schließlich verlauten, ein vorfreudiges Lächeln umspielte ihre Lippen, und sie amüsierte sich über Jonas' verdutzten Gesichtsausdruck.

»Du planst, mich zu kidnappen? Das klingt spannend«, erwiderte er und schaute sie fragend an. »Du bist auf alle Fälle die schönste, warmherzigste und wunderbarste Entführerin, die man sich vorstellen kann. Brauche ich denn irgendetwas für meinen Aufenthalt in deiner Gefangenschaft?«

»Nichts außer warmer Kleidung und guten Nerven«, erwiderte Lina augenzwinkernd und stand kurz entschlossen auf. Sie hoffte, dass am Strand noch alles genauso war, wie sie es gestern Abend bei Mondschein verlassen hatte.

Eine Stunde später gingen sie Hand in Hand auf den Steg am Leuchtturm zu, der mittlerweile fertiggestellt war. Auf den Nordseewellen tanzten kleine Schaumkronen, Sanderlinge tippelten aufgeregt am Ufer umher und boten einen bezaubernden Anblick. Jonas begutachtete den Holzsteg, unter dem das Meerwasser fröhlich gluckste, und sah erst dann, woran Lina in den vergangenen Tagen heimlich gewerkelt hatte: einen hohen Bogen aus Reisig, den sie an beiden Enden des Geländers befestigt hatte und in dessen Mitte etwas an einer roten Schleife hing.

»Das ist ja ein Mistelzweig«, rief Jonas freudig und drückte Linas Hand. »Wie kommt es, dass er hier hängt? In Lütteby hat man es doch nicht so mit amerikanischen Traditionen?! Bekommst du gar keinen Ärger?«

»Tut mir leid, dich korrigieren zu müssen, aber der Ursprung dieses Brauchtums liegt in der nordischen Mythologie«, erklärte Lina und strahlte über das ganze Gesicht, weil sie sah, wie sehr Jonas sich freute. Nur in Momenten wie diesen bildeten sich kleine, kaum merkliche Grübchen, und seine grünen Augen begannen zu leuchten, als hätte man einen Weihnachtsstern angeknipst.

»Also los, worauf warten wir?«, fragte Jonas, beide stellten sich unter den Bogen und küssten sich so verliebt wie beim ersten Mal, als sich ihre Lippen berührt und ihre Herzen sich miteinander verbunden hatten. Jonas streichelte zärtlich Linas Wange, die trotz der Kälte heiß vor Aufregung und einem tief empfundenen Glücksgefühl war. »Das Symbol für ewige Liebe«, murmelte er mit geschlossenen Augen.

»Ganz genau«, erwiderte Lina, die in diesem Moment am liebsten gar nichts gesagt hätte. Denn Worte konnten nicht beschreiben, wie himmlisch schön es war, mit diesem Mann verheiratet zu sein.

Nach Einbruch der Dunkelheit standen die beiden Arm in Arm auf dem Marktplatz und bewunderten den Lichterglanz, die riesige Tanne und die hübsch geschmückten Buden, deren Kopfstücke diesmal in Form von Treppengiebeln gefertigt waren, sodass sie im Lampenschein wie Miniatur-Giebelhäuschen wirkten.

Um die Bühne herum hatten fleißige Helferlein Strohballen als Sitzgelegenheit verteilt, auf denen Kuscheldecken und Kunstfelle lagen, welche besonders die Kinder liebten.

»Ist das nicht wunderschön und genauso, wie es sein sollte?«, sagte Jonas, und Lina nickte wohlig seufzend, weil sie sich unendlich darauf freute, gemeinsam mit ihm, ihrer Familie sowie Freunden und Bekannten die traditionelle Grachtenweihnacht zu begehen. Nach dem viel beklatschten Auftritt der Trachtentanzgruppe stimmte der Lüttebyer Chor die Klänge von *Wiehnachten is nich wiet* von Knut Kiesewetter an. Alle Besucher des Fests lauschten andächtig der klangvollen Melodie.

Trotz aller Harmonie und des schönen Starts in den Tag ist leider nicht alles perfekt, dachte Lina, deren Blick auf Florence und Falk ruhte, die abseits voneinander standen, denn sie war nach wie vor verstört vom Fund des Medaillons ihrer Mutter. Aber wie sollte sie die Wahrheit herausfinden, ohne Unruhe in ihre familiären Verhältnisse zu bringen und den Zauber der Vorweihnachtszeit zu stören?

Allerdings hatte sie die unerwartete Entdeckung nun schon einige Tage mit sich herumgetragen, ohne ihre Eltern darauf anzusprechen, da kam es auf einen Tag mehr oder weniger nicht an. Dies hatte ihr auch Sinje geraten, als sie ihr von der Vermutung erzählt hatte, Florence und Falk hätten eine heimliche Affäre und würden nur so tun, als seien sie sich immer noch spinnefeind.

Die hellen Stimmen der Sängerinnen mischten sich nun mit den dunklen der Sänger, die sich vor dem Brunnen auf dem Marktplatz aufgereiht hatten, dirigiert von Fiete Ingwersen. Der alte Herr hatte diese Aufgabe vor einem halben Jahr übernommen, als nach einer Schwangerschaftsvertretung für die Chorleiterin gesucht worden war. Er trug einen schicken Anzug und eine ergriffene Miene zur Schau und leitete den Chor an, als hätte der pensionierte Landwirt sein Leben lang nichts anderes getan.

»Fiete ist in den letzten Wochen regelrecht aufgeblüht«, flüsterte Florence, die mittlerweile auf der anderen Seite neben Lina stand, ihrer Tochter ins Ohr. »Man sollte wirklich mehr darauf achten, die Senioren Lüttebys und auch die Alleinstehenden in die Gemeindeaktivitäten einzubeziehen.«

Lina dachte an Thorsten und hoffte, dass er zum heutigen Fest erscheinen und bei dieser Gelegenheit endlich mal mit Henrikje reden würde. Diese stand unweit von ihr entfernt, Seite an Seite mit Anka. Wie hatte Thorsten es formuliert?

»Da passt kein Blatt dazwischen«, und dem konnte Lina nur beipflichten. Nachdem der Chor weitere plattdeutsche Lieder angestimmt hatte, erfolgte mit dem Lied *Lüttje, lüttje Dannboom* die Überleitung zum feierlichen Einschalten des Leuchtsterns auf der Spitze des Weihnachtsbaums. Er stand am Ufer der Lillebek und neigte sich ein klein wenig in Richtung der Kastanien, als wollte er ihnen eine fröhliche Vorweihnachtszeit wünschen. Wie jedes Jahr hielt Bürgermeister Falk van Hove eine Rede, bevor das Fest offiziell durch ihn eröffnet wurde. Lina hatte ihren Vater kurz zuvor begrüßt, doch keine Chance gehabt, mehr als zwei Worte mit ihm zu wechseln. Der Tratsch über den geplanten Hochhaus-Abriss hatte sich in Windeseile verbreitet, und so wurde Falk binnen weniger Minuten von denjenigen umringt, die entweder selbst dort wohnten oder sich um die künftige Unterbringung ihrer Angehörigen sorgten. Lina hätte ihm gern beigestanden, doch hatte sie die beunruhigenden Neuigkeiten gar nicht von ihm selbst, sondern von Sinje und ihrer Großmutter gehört, daher wusste sie, dass er diesen Punkt nicht mit ihr hatte diskutieren wollen.

Hätte er doch bloß mit mir gesprochen, bevor sich aus seinen Plänen ein Tumult entwickelte, der nicht nötig gewesen wäre und vielen zudem die besinnliche Vorweihnachtszeit verdirbt, dachte Lina und hielt gebannt den Atem an, als ihr Vater auf der Bühne ans Mikrofon trat.

»Liebe Lüttebyerinnen und Lüttebyer«, begann Falk mit seiner Ansprache, nachdem es ihm mithilfe von Lars Baumann gelungen war, die aufgebrachten Bürger dazu zu bringen, erst einmal zuzuhören, statt ihn mit Fragen zu löchern. »Ich freue mich, auch in diesem Jahr wieder den wunderbaren Grachtenzauber zu eröffnen. Weihnachten ist das Fest der Liebe, wir besinnen uns in diesen Tagen ganz besonders auf das Miteinander, auf Frieden und Menschlichkeit.«

»Wo ist denn deine Menschlichkeit, wenn du arme Rentner aus der Wohnung verjagst?«, schrie ein sichtlich wütender junger Mann, den Lina nicht kannte.

»Wieso schwingst du so verlogene Reden, handelst aber nach dem Gegenteil deiner ach so toll klingenden Parolen?«, schloss sich eine ältere Dame kampflustig ihrem Vorredner an. »Du willst doch nur die neu gebauten Wohnanlagen in Norderende vermietet kriegen, in die keiner aus Lütteby freiwillig ziehen würde, weil selbst das Hochhaus mehr Seele hat als diese Einheitsklinkerbauten mit den gekiesten Vorgärten.«

Lina suchte den Blick ihrer Großmutter und hörte Florence neben sich schwer atmen. Auch Jonas trat unruhig von einem Bein aufs andere. Als sich ein alter Mann zu Wort meldete,

Falk ebenfalls aufs Übelste beschimpfte und ihm mit dem Gehstock drohte, konnte Lina nicht anders: Sie stieg zu ihrem Vater auf das Rednerpult. Nervös blickte sie in die Runde und erkannte zahllose Gesichter von Menschen, die ihr viel bedeuteten. Sie spürte die erwartungsvollen Blicke aller auf sich und wusste, dass sie in diesem Moment unbedingt die richtigen Worte finden musste, wenn sie einen Tumult vermeiden wollte. Wenn nur ihre Knie nicht so zittern und ihr Herz nicht so rasen würde …

Doch in diesem Moment verdrängte sie entschlossen sowohl die Aufregung als auch die Frage, wie Falk es wohl fand, dass sie an seiner Stelle antwortete, denn sie wusste genau: Es musste ihr gelingen, das Vertrauen der Bewohner wiederzugewinnen, andernfalls würde der Grachtenzauber als eines der traurigsten Feste Lüttebys in die Geschichte eingehen.

Der Anblick von Jonas gab ihr Kraft, ebenso die Anwesenheit von ihrer Mutter und Henrikje. »Ihr Lieben«, begann sie mit zaghafter Stimme, denn sie war kein Fan davon, im Mittelpunkt zu stehen oder zu Menschen zu sprechen so wie Sinje.

»Büschen lauter, Lina, sonst versteht dich keiner«, rief der alte Mann mit dem Stock, einige Lüttebyer begannen zu klatschen.

Lina räusperte sich und ergriff dann das Mikrofon, welches Falk ihr reichte. Sie wertete diese Geste als stummes Einverständnis, und dies verlieh ihr den nötigen Mut, um nun – deutlich lauter – zu den Menschen zu sprechen, die sie seit ihrer Kindheit kannte und mochte.

»Viele von euch haben offenbar das Gerücht über den geplanten Abriss des Hochhauses gehört«, sagte sie und suchte beim Reden den Blick von Jonas, der ihr aufmunternd zulächelte. »Doch ein Gerücht ist ein Gerücht, und ihr wisst alle, wie das Stille-Post-Prinzip läuft. Euer Bürgermeister ist sich dessen bewusst, dass es nicht einfach sein wird, die Bedürfnisse der Hausbewohner mit den Gegebenheiten in Einklang zu bringen. Dass der Bau saniert werden muss, steht außer Frage. Es gibt schon länger Beschwerden über unzeitgemäße Isolierung und Schimmelbildung, und zudem ist der Fahrstuhl ständig kaputt, gerade für diejenigen, die in den oberen Stockwerken wohnen, ein echtes Problem. So eine Sanierung dauert natürlich, erst recht, wenn man die Gelegenheit nutzt, um womöglich das Dach und eventuell sogar die Fassade zu begrünen und Solarmodule für die Gewinnung von Strom zu installieren.«

»Wird das Hochhaus saniert oder abgerissen?«, fragte Michaela aus dem *Modestübchen,* die beste Freundin von Linas Mutter, die neben Florence stand. »Für mich sind das nämlich zwei Paar Schuhe.«

In diesem Moment wurde Lina klar, dass sie, um ihrem Vater beizustehen, gerade den Plan ausgeplaudert hatte, den Sinje seit einer Weile im Geheimen schmiedete und der noch nicht ganz ausgereift war. Hilfe suchend blickte sie zu ihrer Freundin, die den Mund verzog und alles andere als begeistert aussah. Doch nun gab es kein Zurück mehr.

»Es wird nach ökologischen Gesichtspunkten umgestaltet und auch nach den neuesten Standards saniert, was die Vorgaben für Brandschutz und regelmäßige Wartung betrifft«, ergriff nun der Bürgermeister wieder das Wort. Er brauchte kein Mikrofon, um sich Gehör zu verschaffen, denn seine Stimme war selbstbewusst und kräftig. »Für diesen Zeitraum suchen wir nach einer Bleibe für die Bewohner des Hauses, was nicht so leicht sein dürfte, denn es handelt sich um immerhin siebenundvierzig Personen, die in den vierundzwanzig Wohnungen leben. Wenn die Häuser in Norderende Ihrer aller Meinung nach so unattraktiv sind, bitte ich um Vorschläge, wie wir das Problem der Unterbringung gemeinsam lösen können. Übrigens haben auch Josef und Maria zu Weihnachten ein Dach über dem Kopf gesucht, daran könnten wir uns jetzt ein Beispiel nehmen.«

Sinje begann zu strahlen. Ein Raunen ging durch die Menge, und Lina atmete erleichtert auf. Ohne dies jemals beabsichtigt zu haben, hatte sie ihren Vater indirekt gezwungen, von seiner Idee abzulassen und das Vorhaben in etwas umzuwandeln, was auf den Zuspruch der Kleinstadtbewohner stieß. »In der Villa warten drei freie Zimmer auf Gäste«, rief sie fröhlich.

»Und ich stelle gern mein Haus zur Verfügung, statt es an Urlauber zu vermieten«, meldete sich Anka zu Wort. »Vielleicht kann mir die Stadt ja einen kleinen Obolus für entgangene Mieteinnahmen zahlen«, fügte sie augenzwinkernd hinzu, und schon boten einige andere ebenfalls ihre Unterkünfte an, die sonst ausschließlich Touristen vorbehalten waren.

»In meinem Haubarg ist genug Platz für viele von euch«, ergänzte Fiete Ingwersen, und Lina bekam vor Rührung einen Kloß im Hals. Was zunächst als kleine Katastrophe begonnen hatte, entpuppte sich nun als glückliche Fügung. Das war der Geist der Weihnacht, so wie Lina ihn verstand.

»Wenn das so ist, würde ich vorschlagen, dass wir nun zum feierlichen Teil des Tages übergehen, damit endlich alle, die hungrig sind, etwas essen können. Aber vorher wird natürlich erst mal getanzt«, ergriff nun wieder Falk van Hove das Wort und betätigte den Schalter, der den Stern auf dem Weihnachtsbaum zum Leuchten und auch die Lichterketten mit den kleinen Sternen zum Glitzern brachte. Der Chor stimmte erneut das plattdeutsche Tannenbaumlied an, und Falk reichte Lina formvollendet den Arm.

»Darf ich bitten?«, fragte er, schritt Seite an Seite mit ihr die Stufen des Podests hinunter und eröffnete mit ihr den Tanz um den liebevoll geschmückten Weihnachtsbaum.

»Bist du sauer, dass ich deine Pläne durchkreuzt habe?«, fragte Lina mit einem erneuten Anflug schlechten Gewissens.

»Sauer nicht, denn ich weiß, dass du mir beispringen wolltest, doch das macht die Sache nicht unbedingt einfacher. Aber lass uns heute nicht mehr darüber reden, sondern uns amüsieren.«

Trotz der charmant verpackten Kritik wollte sich Lina diesen besonderen Abend nicht verderben lassen.

Ob Falk später auch mit Florence tanzen würde?

Die beiden hatten bislang kein Wort miteinander gewechselt und tunlichst jeden Augenkontakt vermieden.

Lina war erstaunt, wie viel Spaß es machte, endlich mal wieder mit Falk das Tanzbein zu schwingen, ihr Vater hatte eindeutig Rhythmus im Blut. Den beiden folgte die Kindertanzgruppe, die schon aufgeregt kichernd darauf gewartet hatte, dass es endlich losging. Mathilda hatte sich heute besonders fein gemacht und schielte immer wieder verstohlen zu Jonas, der zurücklächelte und sich Lina anschloss.

Ich hoffe, du findest später auch so einen tollen Mann wie Jonas, kleine Matti, dachte Lina, während Jonas ihre Hand hielt, sich ebenfalls im Takt der Musik wiegte und dann alle Tänzer gemeinsam einen Kreis bildeten. Sie dachte in diesem Augenblick daran, wie schön es wäre, wenn sie selbst ein Kind hätten. Idealerweise würde es sich in der Gemeinschaft von Lütteby genauso geliebt und geborgen fühlen wie sie selbst.

Später reihten sich alle, die hungrig oder durstig waren, in die Schlangen vor den Foodtrucks und Holzbuden ein, die ebenfalls weihnachtlich geschmückt waren. Auf dem Marktplatz standen einige Feuerschalen, Federicos Sohn Nino hatte die Aufgabe, gemeinsam mit einem Freund unter Aufsicht von Fiete Ingwersen Feuerholz nachzulegen und zwischendurch seinen Eltern beim Verkauf der italienischen Spezialitäten zu helfen. Chiara Lorusso hatte sich einen Haarreif mit Rentieren aus Filz aufgesetzt,

Federico trug – sicher nicht ganz freiwillig – eine Weihnachtsmannmütze.

Amelie kam kaum hinterher, Suppen in tiefe Schalen zu füllen, von überallher hörte man zufriedene »Mmh«-Laute, hie und da ein Schmatzen und die Frage nach dem Rezept für die französischen Seelenwärmer. Doch nicht nur die Vichyssoise und die Suppe mit den Schmand-Dill-Eclairs kamen gut an, sondern auch der Weihnachtspunsch, den Pascal zubereitet hatte. »Grandios«, befand Jonas.

»Darin könnte ich mich glatt wälzen«, schwärmte auch Michaela, die am Gemeinschaftsstand von Henrikje, Lina und Florence Selbstgenähtes verkaufte und gerade ihren ersten Becher Punsch trank. »Mika«, wie sie als Teenager in Lütteby genannt worden war, entwarf seit einer Weile Halstücher, Shirts, Kosmetiktäschchen und Strandtaschen für das von ihr gegründete Label *Lüttebyliebe*.

»Ich suche mal eben deinen Vater«, ließ Jonas, der beim Verpacken der Plätzchen, Marmeladen und Basteleien geholfen hatte, Lina wissen. Während diese eine Waffel aß, beobachtete sie ihre Mutter, deren Blick Jonas – oder Falk?! – folgte.

»Hast du heute eigentlich schon mit Falk gesprochen?«, fragte sie Florence, aufmerksam beäugt von Henrikje, die an diesem Tag ungewöhnlich still und zurückhaltend war.

Florence schüttelte lediglich den Kopf, und Linas Blick heftete sich auf den Hals ihrer Mutter, der allerdings wieder von einem Schal verdeckt war, sodass sie keine Chance hatte zu sehen, ob sie heute das Medaillon trug.

Bevor Lina sich weitere Gedanken über die Irrungen und Wirrungen ihrer familiären Situation machen konnte, ertönten die zarten Stimmchen des Lüttebyer Kinderchors, der das Lied *Eine kleine Kerze* sang. Dies war der Auftakt zu einem ganz besonderen Ereignis: der Lichter-Bootsfahrt auf der Lillebek.

Nach und nach starteten Ruderboote, Stand-up-Paddler, Kanus und Tretboote, geschmückt mit weihnachtlichen Lichtern, und glitten wie Sternschnuppen mit ihrem hellen Schweif über das malerische Flüsschen, begleitet von Zuschauern, die sich am Ufer versammelten, um das Schauspiel zu bestaunen.

»Guck mal, da ist der Weihnachtsmann«, rief ein kleiner Junge, der auf den Schultern seines Vaters saß, aufgeregt.

»Und noch einer.« Seine etwas ältere Schwester stand an der Hand ihrer Mama und deutete auf die beleuchteten Boards auf dem dunklen Wasser. Lina schmunzelte, denn sie wusste, dass Lars Baumann und einige andere sich als Weihnachtmann verkleidet auf ihre SUPs gestellt hatten, weil sie Spaß an diesem Brauchtum und sich ihr kindliches Gemüt bewahrt hatten.

Wie schön, dass es auch in heutigen Zeiten noch kleine und große Kinder gab, die an Magie und den Weihnachtsmann glaubten.

So sollte es sein und auch immer bleiben, wenn es nach Lina ging.

- 17 -

Sinje

Der Montag nach dem ersten Advent erstrahlte hell, die Vögel zwitscherten, als wollten sie den Frühling begrüßen. Mit zehn Grad plus war es ungewöhnlich mild.

»Bist du auch so k. o. vom Grachtenzauber?«, fragte Sinje, die sich am frühen Nachmittag erschöpft auf die Sofalandschaft im Wohnzimmer gelegt hatte, durch die Fensterscheibe nach draußen schaute und dabei von der Sonne geblendet wurde.

»Allerdings«, stimmte Lina zu und ließ sich neben ihre Freundin fallen. Dann hangelte sie nach einer großen Flauschdecke und breitete diese über sich und Sinje aus. »Ich bin echt froh, dass ich heute nur ein paar Stunden im Büro sein musste, und selbst das fiel mir schwer. Und was ist mit dir? Keine Gemeindeschäfchen, die deine Hilfe brauchen?«

Sinje schüttelte den Kopf und wünschte, sie könnte ewig so liegen bleiben. Sie hatte das Gefühl, dass ihr das gesamte Jahr bleischwer in den Knochen steckte, und hätte am liebsten ein kleines Nickerchen oder – noch besser! – einen langen Winterschlaf gehalten. »Zum Glück scheinen, bis auf die Aufregung um das Hochhaus, gerade alle einigermaßen zufrieden zu sein, zudem stehen keine Trauungen oder Taufen an. Wie lange bleibt Jonas eigentlich diesmal weg?«

»Zwei bis drei Tage«, erwiderte Lina, der der Abschied diesmal besonders schwergefallen war, und sie begann so ansteckend zu gähnen, dass Sinje sich mitreißen ließ. »Ich weiß gar nicht, ob ich ihn um seine Reisen beneiden oder froh sein soll, dass ich nicht ständig unterwegs sein muss. Gerade im Winter hätte ich echt keine Lust, morgens um fünf aufzustehen, um meinen Flug zu erwischen.«

»Morgens um fünf ist grundsätzlich eine Katastrophe, egal, ob im Sommer oder Winter«, murmelte Sinje, rutschte tiefer von der Armlehne des Sofas in die Waagerechte und zog sich die Decke über die Nasenspitze.

»In den warmen Monaten finde ich es eigentlich ganz schön, so zeitig aufzuwachen«, erwiderte Lina versonnen. »Die Vögel zwitschern, es liegt ein himmlischer Duft in der Luft, und die Bienen summen. Von hier drin wirkt es übrigens so, als hätten wir Sommer, doch wir beiden Trantüten lümmeln auf der Couch, statt einen schönen Spaziergang am Meer zu machen.«

»Mich kannst du heute höchstens nach draußen locken, wenn du das Thermostat um weitere zehn Grad höher drehst und ein Strandpicknick organisierst«, murmelte Sinje, der bereits die Augen zufielen. Doch trotz der Müdigkeit spürte sie die Wärme der Sonnenstrahlen, die das Wohnzimmer der Villa aufheizten.

Sven könnte ihr jetzt einen Vortrag darüber halten, wie sich die Sache mit der Wärme und dem Glas verhielt …

Es versetzte Sinje einen Stich, an ihn zu denken, denn seit ihrem Treffen am Hochhaus kommunizierten sie ausschließlich per Mail miteinander. Wie konnte sie ihn endlich wieder aus ihrem Kopf und aus ihrem Herzen kriegen?

»Ein Picknick?! Das ist die Idee!« Plötzlich kam wieder Leben in Lina, und sie sprang voller Elan vom Sofa, wobei sie versehentlich das Plaid aus Merinowolle mit sich riss.

»Hey, du Stresserin, leg mir sofort wieder die Decke über, sonst gibt's Ärger«, maulte Sinje und spürte, wie Melancholie und schlechte Laune immer tiefer in sie hineinkrochen und sich in ihrer Seele breitmachten.

»Ach komm, gib dir einen Ruck. Wer weiß, wann wir wieder so gutes Wetter haben und beide am selben Nachmittag frei. Was hältst du davon, wenn ich Amelie anrufe und wir am Naturstrand ein Lagerfeuer machen? Vorausgesetzt, sie kann sich von ihrem Jules trennen. Er scheint nett zu sein und ist zudem unglaublich attraktiv, es würde mich freuen, wenn die beiden wieder zusammenfänden.«

»Das klingt ja theoretisch alles gut, und ich würde sie auch gern über ihren aktuellen Beziehungsstatus ausquetschen, aber praktisch möchte ich jetzt lieber einen Serien-Marathon hinlegen, Chips futtern und erst dann von der Couch aufstehen, wenn es an der Zeit ist, ins Bett zu gehen.«

»Komm schon, das wird lustig«, beharrte Lina und zog Sinje die Decke endgültig weg. »Amelie hat bestimmt noch Reste von gestern, ich bereite Heißgetränke zu, und du wirst sehen, wie gut es tut, an der frischen Luft zu sein und aufs Meer zu schauen. Du weißt doch, welch ein Balsam die Nordsee für die Seele ist.« Bevor Sinje die Chance hatte zu protestieren, rief Lina auch schon bei Amelie an, und drei Minuten später war klar: Sie musste wohl oder übel das gemütliche Nest verlassen und hinaus in die Welt, die ihr gerade alles andere als verlockend erschien.

»Bonjour, ihr Lieben«, grüßte die Französin gut gelaunt, als die Freundinnen wenig später beim Café ankamen, dessen Tür sperrangelweit offen stand. Amelie goss gerade einen roten Weihnachtsstern, der so majestätisch in einem Tontopf im Eingang thronte, als sei er von royaler Herkunft.

»Gib der Pflanze nicht zu viel Wasser, das mögen diese Dinger nämlich nicht. Die sind kleine, empfindliche Diven«, hörte Sinje sich sagen, obwohl sie wahrlich keine Gartenfee war und es sogar Kakteen schwer bei ihr hatten. »Oder willst du diese Scheußlichkeiten womöglich gerade ertränken, weil du sie genauso wenig leiden kannst wie ich?«

Statt einer Antwort stellte Amelie die Gießkanne auf den Boden und streichelte die tiefroten Hochblätter des Weihnachtssterns, als wollte sie sich bei ihm für Sinjes harsche Worte entschuldigen.

»Sorry, sie meint es nicht so«, versuchte Lina, die Situation zu entschärfen, und packte die Boxen in einen großen Leinenbeutel, der über der Stuhllehne hing. »Hast du zufällig Streichhölzer oder ein Feuerzeug?«

Ohne Linas Bemerkung zu kommentieren, nahm Amelie eine Packung extralange Streichhölzer aus der Schublade des Kassentresens und zog dann ihren Wintermantel an. Das Cape mit Kapuze war korallenrot und mit schwarzem Kunstpelz verbrämt. Ein altmodischer Muff anstelle von Handschuhen vervollständigte das Bild einer Gestalt aus dem Märchenbuch. »Voilà, wir können los«, verkündete sie und schloss ordnungsgemäß die Tür ab, an der ein Schild mit der Aufschrift *Ruhetag* hing.

Dann atmete sie einmal tief durch und zog ihr hübsches Näschen kraus. »Es duftet irgendwie nach Frühling, findet ihr nicht?«, fragte sie und schulterte dann den Leinenbeutel mit den Snacks für das Picknick.

»Das liegt daran, dass du frisch verliebt bist«, erwiderte Sinje knurrig. Sie fand, dass es heute in Lütteby nach einer Mischung aus Kuhmist, Algen und vermodertem Herbstlaub stank.

Amelie legte den Arm um sie, und Sinje bereute ihre kleine Gehässigkeit sofort. »Tut mir leid, dass ich heute so unleidlich und übellaunig bin, wahrscheinlich wäre ich wirklich besser auf dem Sofa aufgehoben gewesen«, murmelte sie und war kurz versucht, zur Kapitänsvilla zurückzugehen. Mit einem Mal konnte sie sich nicht vorstellen, die nächsten Stunden mit zwei

Frauen zu verbringen, die gerade genauso glücklich waren, wie Sinje es sich sehnlichst für sich selbst wünschte.

»Alles gut. Vielleicht magst du uns später erzählen, wo dich der Fuß drückt.«

»Der Fuß?« Sinje kicherte, auch wenn ihr gar nicht zum Lachen zumute war. »Du meinst, der Schuh?« Obwohl Amelie fantastisch Deutsch sprach, kam es immer mal wieder zu kleinen Verwechslungen, die äußerst niedlich waren und manchmal sogar zum feststehenden Begriff im Vokabular des Dreiergespanns wurden.

»Fuß, Schuh, egal«, erwiderte Amelie und beschleunigte ihren federleichten Gang, da sie ganz offensichtlich fröstelte. Der Wollstoff ihres Capes hielt den frischen Wind wahrscheinlich nicht so gut ab wie die Daunenmäntel, die Sinje und Lina gefühlt von Ende Oktober bis Mitte April trugen, weil es an der Nordsee später Frühling wurde und meist eine recht frische Brise wehte. Gerade trieb der Wind Seiten der Lüttebyer Tageszeitung vor sich her, deren Aufmacher das Fest am Wochenende war.

Wohnungsnot bedroht Grachtenzauber, titelte das Blatt, das Sinje heute noch gar nicht gelesen hatte. Deshalb hob sie die zerfledderte Seite auf und blieb stehen, um den Artikel zu überfliegen.

»Gibt's was Spannendes?«, fragte Lina.

»Grob zusammengefasst steht hier, dass keiner so richtig daran glaubt, dass unser Bürgermeister das Hochhaus wirklich sanieren will«, erklärte sie und warf den Zeitungsrest in den nächstbesten Mülleimer. »Man geht davon aus, dass Falks Reaktion auf deine Ansprache lediglich dazu gedient hat, die Proteste einzudämmen, und stellt die Behauptung auf, dass er gemeinsame Sache mit der Baufirma macht, die für die Neubausiedlung in Norderende beauftragt wurde. Es scheint, als würden sie ihm sogar Bestechlichkeit unterstellen.«

»Wie bitte?« Aus Linas Augen sprühten Funken, und in ihrem hübschen Gesicht war keine Spur der guten Laune mehr, die sie bis eben noch gehabt hatte. »Auf wessen Mist ist dieser Artikel denn gewachsen?«

»Ich kenne den Namen nicht, es klang aber so, als hätte irgendein Volontär sich ausgetobt, also kein Grund, dem Ganzen allzu große Bedeutung beizumessen. Dein Vater hat ein dickes Fell, was Vorwürfe dieser Art betrifft. Er weiß sich bestimmt zu wehren.«

»Wie weit ist Sven eigentlich mit der Berechnung seiner Kosten-Nutzen-Analyse?«, fragte Lina, und diese Frage traf Sinje erneut. Hätte sie sich bloß nicht mit ihrem Anliegen an Sven gewandt, dann wäre sie jetzt nicht so unglücklich.

»Er wollte sie mir schicken, sobald es so weit ist«, erwiderte sie und hoffte, dass man ihr den Liebeskummer nicht an der Nasenspitze ansah.

Lina ließ lediglich ein nicht näher definiertes »Hm« ertönen, und Amelie schwieg, während die drei mit strammen Schritten in Richtung Naturstrand gingen.

Die Sonne strahlte mittlerweile nicht mehr ganz so hell, Wolkenbänder durchzogen immer wieder das Himmelsblau, schwarze Krähen suchten am Wegesrand nach Futter.

Das wird schon das zweite Weihnachten, das ich allein verbringe, dachte Sinje betrübt, denn ihre Eltern hatten nach der Pensionierung beschlossen, den langen Wintern in Norddeutschland zu entfliehen, indem sie gemeinsam mit Freunden auf Fuerteventura ein Haus mieteten und dort vier Monate blieben. Sinje war selbstverständlich eingeladen, doch als Pastorin musste sie den Weihnachts- und den Neujahrsgottesdienst halten und mochte es zudem, mit den Jahreszeiten zu leben. So hatte sie die letzten fünf Jahre gemeinsam mit Lina und Henrikje gefeiert, was zwar schön, aber kein Ersatz für die eigene Familie und die wahre Liebe war …

- 18 -

Lina

Gelernt ist gelernt«, kommentierte Sinje anerkennend die geschickten Handbewegungen, mit denen Lina das Feuer am Strand entfachte. Ihr selbst hatte es großen Spaß gemacht, gemeinsam mit den Freundinnen eine geeignete Feuerstelle auszuwählen, nach Holz zu suchen, das trocken genug war, und es so aufzuschichten, dass es richtig schön brannte und wärmte. Sie liebte es, mit den Händen zu arbeiten und direkte Ergebnisse zu erzielen, statt nur darauf zu hoffen, dass sich der Einsatz irgendwann lohnte. Zudem hatte die körperliche Arbeit bei Kälte sie von dem Zeitungsartikel abgelenkt, in dem ihr Vater mal wieder sein Fett wegbekam. Für gewöhnlich konnte sie nachvollziehen, weshalb dem Bürgermeister heftiger Gegenwind entgegenblies, doch diesmal war sie felsenfest davon überzeugt, dass man Falk van Hove unrecht tat, indem man ihm unterstellte, er würde lügen. Wenn Sven Kroogmann doch nur endlich mit der Analyse fertig werden würde!

Und wenn es Sinje nur nicht so schmerzen würde, wieder Kontakt mit ihm zu haben!

»Pharisäer, Eiergrog oder Apfelpunsch?«, fragte Amelie und stellte drei Becher mit Weihnachtsmotiven auf eine halbe Holzpalette, die sie nach dem Fund am Strand zum Tisch umfunktioniert hatte. Unfassbar, was sich alles am Flutsaum ansammelte, besonders in der Jahreszeit, in der heftige Stürme über die

Nordsee fegten und neben Treibholz leider auch Unmengen an Unrat an Land spülten.

»Ich hätte gern einen Apfelpunsch«, erwiderte Lina.

»Und ich den Eiergrog«, sagte Sinje, der die Kälte einen Hauch von frischer Röte aufs Gesicht gezaubert hatte. Lina umfasste den Emaillebecher, den ein Mistelzweig und ein Rehkitz zierten, und malte sich aus, wie Jonas und sie sich erneut unter dem symbolträchtigen Wintergrün küssten.

»Ich wünschte, Pascal würde mir verraten, was in diesem Glühwein drin ist, der schmeckt einfach göttlich«, hörte Lina Amelie wie durch eine Nebelwand sagen, so sehr war sie in ihrer Gedankenwelt versunken, die sich um ihre Sehnsucht nach Jonas rankte. Wie gern würde sie sich jetzt an ihn schmiegen, Hand in Hand mit ihm spazieren gehen oder über mögliche Babynamen sprechen.

»Lenk nicht vom eigentlichen Thema ab, liebste Amelie, denn jetzt bist du fällig. Wie läuft's mit deinem heißen Franzosen? Du siehst aus wie das blühende Leben, also scheint er dir gutzutun.«

Lina bemerkte, wie Amelies Gesichtsfarbe der ihres Capes zu ähneln begann, und wünschte, Sinje wäre nicht immer so direkt.

Doch Amelie schien förmlich auf diese Frage gewartet zu haben. »Kennt ihr das auch?«, wollte sie wissen und riss ihre bläulich violett schimmernden Augen weit auf. »Ihr wünscht euch etwas, und wenn ihr es bekommt, seid ihr plötzlich nicht mehr sicher und zweifelt an eurem Urteilsvermögen. Jules ist supersüß, aufmerksam, liest mir jeden Wunsch von den Augen ab und gibt sich riesige Mühe, mir zu beweisen, dass ich seine wahre Liebe bin. An sich müsste ich auf Wolke sieben schweben, aber stattdessen frage ich mich, ob ich ihm wirklich vertrauen und wie ich ihn in meinen Alltag integrieren kann, denn ich fürchte, ich habe gar nicht genug Zeit für eine Partnerschaft. Schließlich bin ich seit Jahren in einer festen Beziehung mit mir selbst und war bisher ganz glücklich mit diesem Modell.«

»Hast du Angst vor einer weiteren Enttäuschung, oder bist du tatsächlich lieber Single?«, wollte Sinje wissen.

Amelie zuckte hilflos mit den Schultern und starrte abwechselnd auf das behaglich knisternde Feuer und dann wieder aufs Wasser, während sich die Dämmerung über den Tag senkte. Alles war in ein nahezu unwirkliches Licht getaucht, beinahe so, als hätte man Seidenpapier über die Szenerie gelegt.

In der Ferne brachen sich hohe Wellen, beutehungrige Seevögel überflogen die Nordsee auf der Suche nach Nahrung, am Ufer lagen glänzende Muschelschalen und sogar Seesterne. Lina liebte diese Stimmung und nahm sich fest vor, noch mehr Zeit am Wasser zu verbringen, als sie es üblicherweise tat.

»Ich wünschte, ich wüsste die Antwort und würde mich selbst ein bisschen besser kennen«, erwiderte Amelie leise und wirkte im Widerschein des Lagerfeuers plötzlich alles andere als glücklich. »Woher weiß man, wo die Angst anfängt und wann man sich selbst belügt, statt sich dieser Angst zu stellen?«

»Das kann man wahrscheinlich nur ausprobieren, aber das erfordert natürlich Mut«, entgegnete Sinje.

Lina tat es in der Seele weh zu sehen, wie sich ihre liebenswerten und klugen Freundinnen mit Fragen quälten. »So banal es auch klingen mag, probieren geht über studieren«, ergriff nun auch sie das Wort. »Das Leben ist nun mal voller Risiken, und emotionale Wunden heilen oftmals langsamer als körperliche, im schlimmsten Fall vielleicht sogar nie. Es fällt mir auch schwer, mich auf das Ungewisse einzulassen, aber die Erfahrung zeigt mir immer wieder, wie gut das tut. Vertrau einfach darauf, dass sich alles zum Besten entwickelt. Und sollte es doch mal anders laufen, weißt du, dass du auf uns zählen kannst.«

»Merci, das bedeutet mir sehr viel«, erwiderte Amelie und lächelte dankbar.

Lina drückte kurz ihre Hand und wandte sich dann an Sinje. »Apropos ausprobieren: Mein Vater sagte mir, dass die Gemeinde von Norderende dringend jemanden sucht, der an zwei bis drei Nachmittagen Jugendlichen, die mit ihrem Glauben hadern, ein wenig auf die Sprünge hilft und diese Zweifel mit ihnen diskutiert, weil der Pastor sozusagen mit seinem Latein am Ende ist und jemanden braucht, der ihm unter die Arme greift. Eine Person, deren Ansichten noch frisch und unverbraucht sind und die sie noch nicht kennen. Ich weiß, dass du viel zu tun hast, aber ich kann mir dafür keine Bessere vorstellen als dich.«

Sinje legte die Stirn in Falten und wirkte alles andere als begeistert. Lina musste also noch ein Argument vorbringen, damit der Plan, den sie heute Nacht geschmiedet hatte, aufging. »Einige von ihnen interessieren sich wohl ganz besonders für die Legende um Algea und Fokke und auch für den Friedwald, den du hast anlegen lassen, weil er ein Sinnbild für friedvolles Miteinander und den Glauben ist.« Ihr Herz pochte vor Aufregung, und sie betete inständig, dass Sinje den Köder schlucken würde.

»Für den Friedwald?«, wiederholte diese Linas Worte, und sie nickte.

»Das klingt interessant, da wäre ich auch gern dabei«, sagte Amelie. »Sollte ich wirklich für die Zeit der Sanierung zu euch ziehen, wüsste ich zuvor gern mehr über die alten Sagen und Mythen der Region, die sich um den Gespensterwald, die Villa und den Friedhof der Heimatlosen ranken.«

»Das lässt sich bestimmt machen, außerdem könntest du Kekse für diese Treffen backen, wenn du magst. Ich vertrete dich gern in dieser Zeit im Café«, bot Lina an. Sie hatte zwar noch nie gekellnert, aber das war vermutlich kein Hexenwerk.

»Wenn Amelie mitmacht, bin ich dabei«, ließ Sinje zu Linas

Erleichterung verlauten. »Teenager können die Pest sein, also brauche ich definitiv Verstärkung.«

»Das ist ja super. Der Pastor freut sich bestimmt über deine kollegiale Unterstützung und die Teens sich über so coole, tolle Frauen, denn jemanden wie euch hat man doch gern zum Vorbild. Früher hat Henrikje auch ab und zu solche Gruppen geleitet, aber ich fürchte, sie ist mittlerweile in den Augen der Jugendlichen zu sehr Großmutter, als dass sie sich mit ihr und ihren Anschauungen identifizieren können.«

»Die brauchten vermutlich eher einen TikTok-Star als uns«, sagte Amelie schmunzelnd. »Aber versuchen können wir es ja mal. Übrigens war es eine fantastische Idee, hierherzukommen, Lina, und ich genieße es sehr, mit euch zusammen zu sein, auch wenn ich mir jetzt ehrlich gesagt eine Heizdecke wünsche. Das Feuer wärmt zwar von vorn, aber ich habe einen steif gefrorenen Rücken und einen eiskalten Po.«

»Dann müssen wir uns eben bewegen«, erwiderte Lina, die noch ein Ass im Ärmel beziehungsweise eine Lautsprecherbox im Rucksack hatte. Sie rief die Playlist mit tanzbaren Christmas-Songs auf, und schon beschallte erst *Rockin' Around the Christmas Tree* von Brenda Lee den Strand, dann *Like It's Christmas* von den Jonas Brothers, gefolgt von *All I Want for Christmas Is You* von Mariah Carey. Die drei sangen lauthals mit und tanzten wie die Derwische um das lodernde Feuer. Funken stoben in den Himmel und sahen aus wie Glühwürmchen auf dem Weg zu den Sternen.

»Es stimmt gar nicht, dass ich mir zu Weihnachten nur den einen wünsche und damit zufrieden bin, ich möchte definitiv auch Geschenke«, prustete Sinje los, nachdem sie einen weiteren Eiergrog getrunken und sich so richtig in Fahrt gesungen hatte. »Wieso muss man sich im Leben immer entscheiden und bescheiden sein, wieso kann man nicht auch mal *alles* haben?«

»Interessanter Gedanke«, stimmte Amelie zu, die so gekonnt über den Sand wirbelte, als sei der unebene Boden ein perfektes Tanzparkett. Dann legte sie den Kopf in den Nacken, schaute in den Himmel und rief: »Liebes Universum, wir sind jung und haben Träume, Pläne und Ziele. Sollte es uns nicht vergönnt sein, alles zu bekommen, was wir uns wünschen, statt nur einen bescheidenen, kleinen Teil? Hallo, du da oben, sieh her! Wir sind bereit für ein tolles Leben, wenn du es auch bist.«

»Halt, halt, das ist falsch«, fiel Sinje ihr ins Wort und reckte den Becher mit Eierpunsch in die Luft, sodass Lina befürchtete, der Grog würde gleich in Sinjes Haaren landen und ihre blonden Locken verkleben. »Wir sollten niemals abwarten, bis ein anderer bereit ist, sondern selbst aktiv werden. Wisst ihr was? Ich schreibe Sven und bitte ihn um ein privates Treffen. Dann werde ich ja erfahren, ob er wieder mit Carlas Mutter zusammen ist und mich längst vergessen hat oder nicht. Jawoll, genau das werde ich machen, und zwar jetzt!« Und schon stellte Sinje den Becher im Sand ab und tippte wild drauflos. Ihr Übermut schien Amelie anzustecken, denn nun wandte auch sie sich an die himmlischen Mächte und rief in Richtung des dunkelblauen Abendhimmels, an dem gerade der Mond aufging: »Liebes Universum, ich bin bereit, es mit Jules zu versuchen. Er tut mir gut, und ich habe, seit ich ein junges Mädchen war, davon geträumt, mit ihm zusammen zu sein. Jetzt ist offenbar die Zeit dafür gekommen, also springe ich über meinen Schatten. Hilfst du mir dabei?«

Zur Bekräftigung ihrer Worte machte Amelie einen großen Satz nach vorn und landete mitten im Wasser, da die Flut mittlerweile aufgelaufen war. »Ups, das ist kalt und nass«, stellte sie amüsiert fest und patschte mit den Füßen vergnügt umher. »Aber was soll's, Eisbaden ist gerade in und angeblich gesund. Na los, wollt ihr auch?«

»Eher nicht«, winkte Lina ab und überlegte, wo sie trockene Schuhe und Strümpfe für Amelie herbekommen konnte, die weiter fröhlich herumhüpfte und sich mehrfach im Kreis drehte. Ihr rotes Cape leuchtete im Schein des Feuers.

»No risk, no fun«, rief Sinje, war aber immerhin so klug, ihre Schuhe auszuziehen, bevor sie in die Nordseewellen lief, die nun ihre nackten Knöchel umspielten. Aus der Box ertönten weitere Weihnachtssongs, und Lina stimmte in den Chor von Sinje und Amelie ein. Sie sang sehr gern, blieb aber weiter im Trockenen, um sich nicht zu erkälten.

Wenig später kamen die Freundinnen prustend und schnaubend aus dem Wasser und trockneten sich die Füße mit den Servietten ab, die eigentlich für einen anderen Zweck gedacht gewesen waren.

»Hach, das war mega«, schwärmte Amelie, während Sinje das Handy checkte, allerdings hatte Sven ihr nicht geschrieben.

»Er antwortet schon noch«, versuchte Lina, sie zu trösten, und zog gleichzeitig die Stiefel aus, um Amelie zumindest ihre dicken Wollsocken für den Heimweg zu geben.

Und so gingen die drei, beschwingt und immer noch singend, in Richtung Lütteby und konnten es kaum erwarten zu erfahren, wie sich ihr Vorsatz, künftig mutiger und fordernder zu sein, auf den Lauf der Dinge auswirken würde.

Der Winter zauberte offenbar Träume am Meer.

Und jede von ihnen wünschte sich, dass ihr persönlicher Traum in Erfüllung ging.

- 19 -

Amelie

Eine Woche später hatte Amelie beschlossen, ihren freien Tag dafür zu nutzen, in Husum Weihnachtsgeschenke zu besorgen. Jules und sie saßen gerade beim Mittagessen und sprachen darüber, ob und wann sie nach Frankreich fahren und ihre Familien besuchen würden.

»Wie lange kannst du dir denn freinehmen?«, fragte Jules.

Amelie rieb etwas frischen Parmesan auf die Nudeln, denn Jules hatte sich zwar Mühe mit der Zubereitung gegeben, aber die Soße nicht kräftig genug gewürzt. »Ich muss darüber mit Pascal sprechen«, gab sie zur Antwort und versuchte sich weiter mit dem Gedanken anzufreunden, in die alte Heimat zu fahren, um ihre Familie wiederzusehen, und das Café entweder zu schließen oder ihrem Geschäftspartner zu überlassen. Bisher hatte sie stets Arbeit vorgeschützt, wenn ihre Mutter sie bei einem der wöchentlichen Telefonate gefragt hatte, wann sie endlich wieder auf die *Île* käme. »Mal schauen, wie er morgen gelaunt ist, dann weiß ich mehr. Aber eine Woche müsste es mindestens sein, sonst lohnt sich die weite Reise nicht. Und was hast du heute noch Schönes vor?«

Jules war vor einigen Tagen von der Pension *Nordseeglück* in Amelies Wohnung umgezogen, und sie versuchte immer noch, sich an seine Anwesenheit zu gewöhnen. Jules war zwar rücksichtsvoll, half im Haushalt, kaufte ein und versuchte – wie heute – zu kochen, doch es war ungewohnt, ihn ständig um sich zu haben. Am Sonntag hatte sich Amelie dabei ertappt, dass sie früher, als es eigentlich nötig gewesen wäre, ins Café gegangen war.

Sie brauchte dringend Zeit für sich, ihre Gedanken und Gefühle. Jules redete gern und viel, Amelie liebte die Stille.

»Ich dachte, ich begleite dich nach Husum«, entgegnete Jules irritiert. »Oder möchtest du lieber allein sein? Wenn ja, ist das natürlich auch in Ordnung.«

Amelie überfiel sofort ein schlechtes Gewissen, denn Montag war der einzige Tag, an dem sie frei und damit Zeit für ihn hatte. »Was hältst du davon, wenn ich allein losfahre und wir uns am Abend in Husum treffen?«, schlug sie einen Kompromiss vor. »Ich bin ja in erster Linie dort, um Geschenke zu kaufen. Aber danach können wir gern über den Weihnachtsmarkt bummeln oder essen gehen, ganz wie du willst.«

Nachdem Jules ihrem Vorschlag zugestimmt hatte, nahm Amelie den Bus Richtung Husum. Während der Fahrt betrachtete sie versonnen die Landschaft, über der heute eine leichte Puderzuckerschicht lag. Morgendlicher Raureif, Eiskristalle an den Fenstern, schneeweiße Christrosen, Duftkerzen mit dem Aroma von Zimt und Gewürznelken – Amelie liebte diese Jahreszeit über alles. Am Husumer Busbahnhof angekommen, schlug sie den Weg zum Marktplatz ein, wo alles weihnachtlich glitzerte.

Die Lichterketten, die die Linienführung der Treppengiebel auf den uralten Häusern nachzeichneten, verliehen der hübschen Kleinstadt den Anstrich einer perfekten Kulisse aus dem Weihnachtsmärchen. Amelie hörte das fröhliche Lachen von Kindern auf den Karussells rund um den Tine-Brunnen, sah kleine Mädchen mit Zuckerwatte an sich vorbeispazieren und gönnte sich spontan eine Tüte gebrannte Mandeln. Während sie beglückt die Süßigkeit knabberte, begutachtete sie das Angebot der Kunsthandwerker an den Ständen und schnupperte den Duft von Glühwein und Lebkuchen, der über den schmalen Gassen der Altstadt hing. Nachdem sie zwei hübsche Halsketten für Lina und Sinje gekauft hatte sowie ein schönes Armband für Linas Oma Henrikje, sah sie sich nach einer Kleinigkeit für Pascal Durand um, dem sie trotz seiner nervigen Allüren gern eine Freude machen wollte. Doch egal, was sie auch in Erwägung zog – sie hörte im Geiste seine leicht näselnde Stimme herumnörgeln. Da sie auch nichts Passendes für Jules fand, beschloss sie kurzerhand, zu einem versteckt gelegenen Trödelladen zu gehen, in dem sie gelegentlich alte Kochbuchschätze oder Dekoratives für ihre Wohnung gekauft hatte. Hoffentlich hatte die *Alte Liebe* heute überhaupt geöffnet, denn der Besitzer schien äußerst eigenwillig zu sein, wie seine nette Aushilfe ihr bei ihrem letzten Besuch im Sommer verraten hatte. Tatsächlich hatte sie Kai Brodersen noch nie persönlich zu Gesicht bekommen, da er immer unterwegs gewesen war, wenn sie einen ihrer seltenen Abstecher nach Husum unternommen hatte.

In den Seitenstraßen ging es sehr viel ruhiger zu, Amelie genoss den Kontrast zum Trubel am Marktplatz und den kühlen Wind, der ihre Wangen streichelte. Bevor sie den urigen Trödelladen betrat, betrachtete sie eine Weile das Schaufenster, das von Kuriositäten überquoll. Wer auch immer es dekoriert hatte, nutzte eine alte Seekarte als Hintergrund, offenbar an die Rückseite des ausladenden Bauernschranks genagelt, in dem der Besitzer die antiken Bücher aufbewahrte, wie Amelie von vorherigen Einkäufen wusste. Ein Globus hatte reichlich Staub angesetzt, genau wie die alten Handpuppen, Ausstech- und Backformen sowie die nostalgischen Reklameschilder mit Werbung für Waschmittel und Cremes.

Die antike Erdkugel könnte etwas für Jules sein, dachte Amelie und drückte die schwere Klinke der Eingangstür nach unten, doch es gelang ihr nicht, einzutreten. Im ersten Moment dachte sie, der Laden sei geschlossen, doch dann öffnete ein Mann mit den Worten: »Bitte entschuldigen Sie, die Tür ist heute ziemlich ungezogen, äh, sie hat sich aufgrund der Kälte verzogen. Kommen Sie rein und wärmen Sie sich auf.«

Amelie folgte dem Hünen, der vermutlich an die ein Meter neunzig maß und wirkte, als hätte sie ihn gerade aus dem Schlaf geholt, denn seine rotbraunen Haare standen wirr nach allen Seiten ab, und eine Knitterfalte zog sich quer über seine rechte Wange.

»Suchen Sie etwas Bestimmtes?«, fragte er, nahm seine Nickelbrille ab und putzte sie mithilfe seines dunkelbraunen Baumwollhemds, das am Kragen und an der Manschette leicht abgenutzt war und locker über der Hose hing.

»Ich interessiere mich sowohl für den Globus im Schaufenster als auch für alte Koch- und Backbücher«, erwiderte sie und konnte kaum den Blick von ihrem Gegenüber lösen. Wie alt mochte er sein? Mitte dreißig oder älter?

»Der Globus … hmm …« Amelies Bitte schien den Mann – Kai Brodersen? – vor ein Problem zu stellen, denn er schaute sich hilflos um, nachdem er die Brille wieder auf seine nicht gerade kleine Nase gesetzt hatte. Alles an ihm wirkte irgendwie übergroß, schief und krumm, genau wie der alte Holzfußboden des Ladens.

»Er steht im Schaufenster«, half Amelie ihm auf die Sprünge.

»Das Fenster, ach ja«, murmelte er, stellte sich vor den Bauernschrank und versuchte, ihn so weit zur Seite zu schieben, dass er an die Auslage kam. Doch der Schrank erwies sich als unverrückbar, deshalb kletterte der eigentümliche Mann auf einen wackligen Stuhl und hangelte von oben nach dem von Amelie Gewünschten. Als das waghalsige Manöver geglückt war, ohne dass der Stuhl zusammengebrochen war, überreichte er ihr den Globus, und es lag beinahe so etwas wie Stolz in seinem Blick.

»Der ist wunderschön, nicht wahr?«, sagte er, und nun konnte Amelie erkennen, dass seine Augen die Farbe von Bernstein hatten. Sie drehte die Erdkugel, die an einer Verankerung aus dunklem Holz befestigt war, herum und suchte nach ihrer Heimat Frankreich. Dabei stieg Staub auf, kitzelte ihre Nase, und es dauerte keine Sekunde, bis sie anfing zu niesen und nicht mehr aufhören konnte. Sie stammelte »Stauballergie«, stellte den Globus auf den Boden und kramte in ihrer Handtasche nach einem Tempo.

»Das tut mir aufrichtig leid«, erwiderte der Mann und zog ein Stofftuch aus der Tasche seiner an den Knien ausgebeulten Cordsamthose. »Hier, nehmen Sie, es ist frisch gewaschen.«

Amelie konnte sich kaum bedanken, denn die Niesattacke fand kein Ende mehr. Wie viele Jahre hatte der Globus im Schaufenster gestanden, dass er derart viel Patina angesetzt hatte?

»Möchten Sie einen Tee? Und übrigens, ich bin Kai Brodersen. Ich finde, Sie sollten wissen, wem Sie diesen heimtückischen Angriff auf Ihre Gesundheit zu verdanken haben. Wobei verdanken nicht der richtige Ausdruck ist, ich würde eher sagen, ich habe den ganzen Schlamassel verschuldet.«

»Ein Tee wäre toll«, erwiderte Amelie zwischen zwei Niesern, in die sich nun ein Hustenanfall mischte. Mittlerweile war ihr heiß, und ihr Kopf glühte wie Oma Henrikjes offener Kamin. Außerdem schien er nur noch aus Watte zu bestehen.

»Bin gleich wieder da«, ließ Kai sie wissen und verschwand in den angrenzenden Raum, der vom Laden durch einen Vorhang getrennt war. Der Stoff sah aus, als stammte er aus Indien, zumindest ließen die kleinen Spiegelornamente und die fröhlichen Farben auf diese Herkunft schließen. Nun bemerkte Amelie den schweren Duft, der im Trödelladen hing und vermutlich zu ihrer Niesattacke beigetragen hatte. Er rührte von einem Räucherstäbchen, das in einem bunt bemalten Behältnis aus Holz verglühte und den Raum mit den Duftnoten Patschuli und Weihrauch erfüllte. Da sie sich mittlerweile wacklig auf den Beinen fühlte, setzte sie sich auf das Sofa mit dem weinroten Samtbezug – und sank sofort darin ein, weil die Federung kaputt war.

»Ich hoffe, Sie mögen Kräutertee«, sagte Kai, nachdem er zurück war, und hielt Amelie einen getöpferten Becher hin, aus dem es einladend dampfte und duftete. »Es ist ja bekanntlich gegen alles ein Kraut gewachsen oder zumindest gegen fast alles … ich hoffe, er tut Ihnen gut.«

Amelie schloss die Augen, froh, mittlerweile weder niesen noch husten zu müssen, pustete und trank vorsichtig einen Schluck, darauf bedacht, sich nicht auch noch die Zunge zu verbrennen.

»Der Tee schmeckt köstlich«, ergriff sie schließlich das Wort, da Kai nichts sagte, sondern einfach nur mitten im Raum stand, als wartete er auf irgendetwas.

Doch dann fiel ihm offenbar ein, dass Amelie seine Kundin war. »Soll ich den Globus putzen und in einen Karton packen, damit Sie ihn besser transportieren können?«, fragte er freundlich, und Amelie nickte. Jules sollte nicht auf Anhieb erkennen, was sie für ihn besorgt hatte, eine quadratische Verpackung war auf alle Fälle neutral. »Fein, fein, dann mache ich das mal«, erwiderte Kai und schaute sich suchend im Laden um. Obwohl er jung war, erinnerte er Amelie an einen zerstreuten Professor.

»Vielleicht liegt der Lappen ja in der Küche?«, schlug sie vor und musste schmunzeln.

»Aber natürlich«, rief Kai erleichtert und tippte sich mit der Hand an die Stirn. »An manchen Tagen ist es so laut in meinem Kopf, dass ich den Überblick verliere.«

»Das Gefühl kenne ich«, erwiderte Amelie, seltsam berührt von dem fremden Mann und seinen etwas wirren Formulierungen und Gedankengängen. »Deshalb wohne ich auch an einem kleinen Ort am Meer, da ist es still, auch wenn das Leben um mich herum lärmt. Dort komme ich zur Ruhe und fühle mich …«, ihr Blick fiel auf einen silbernen Anker, der als Dekor an der Wand hing, »… wie in einem sicheren Hafen …« Ein Teil von ihr hoffte, dass er nachhaken und den Namen des Ortes erfragen würde, doch Kai verschwand wieder hinter dem Vorhang, und Amelie hörte es rumpeln und rascheln. Wenig später kam er mit einem feuchten Wischtuch und einem Karton wieder, den er sorgfältig mit Zeitungspapier auskleidete.

Ihm folgte auf Samtpfoten eine schmale, rötlich getigerte Katze, deren eines Ohr zur Hälfte fehlte. Maunzend rieb das Tier mit den schräg stehenden Augen das Köpfchen an Kais Bein und spielte dann mit der Rolle Paketschnur, die Kai zuvor samt einer Schere auf den Holzfußboden gelegt hatte.

»War sie die ganze Zeit da?«, fragte Amelie, der nun dämmerte, dass nicht nur der Staub zu ihrem Niesanfall beigetragen hatte, sondern auch ihre Katzenallergie.

»Ja, France Gall lebt seit ein paar Wochen hier im Laden, ihre Fellhaare sind sicher überall verstreut, sind Sie etwa gegen Katzen allergisch?«

»Leider ja«, erwiderte Amelie. »Sagten Sie eben France Gall? Wie die französische Sängerin?«

»Ganz genau«, erwiderte Kai und kraulte France Gall das Köpfchen, was diese sichtlich genoss. »Sie klingen so, als seien Sie aus Frankreich. Oder bin ich jetzt zu neugierig?«

»Nein, sind Sie nicht«, erwiderte Amelie und erzählte, woher sie kam und wie es sie an die Nordsee verschlagen hatte. Obgleich sie Fremden gegenüber sonst eher reserviert war, strömten plötzlich die Worte aus ihrem Mund, sogar die Katze schien gebannt zuzuhören. Sie fixierte Amelie mit festem Blick, während die Schnurrhaare ein wenig zitterten.

»Ein Café in einem Ort namens Lütteby, soso«, murmelte Kai, während er den Globus so hingebungsvoll reinigte, dass Amelie sich um den Grenzverlauf zwischen Deutschland und Dänemark sorgte, den er gerade besonders eifrig polierte. »Dieser Name klingt irgendwie … niedlich … wie der Name eines Puppendorfes.«

»Kommen Sie uns doch mal besuchen und machen Sie sich selbst ein Bild«, entschlüpfte es Amelie, und nun wurde ihr erst recht warm. Verstohlen schaute sie auf die Armbanduhr, denn sie hatte die Zeit völlig aus dem Blick verloren. Jules müsste schon längst auf dem Weg nach Husum sein, doch sie verspürte in diesem Moment nur einen einzigen Wunsch: hierzubleiben und zu ergründen, was es mit dem sonderbaren, aber liebenswerten Kai auf sich hatte, der seinen Laden nur selten öffnete, niemals Staub wischte und seine Katze France Gall nannte.

18. Jahrhundert

Am 25. Februar 1718 sollte sich zeigen, dass die dunkle Vorahnung von Maren Riewerts, die bald eine Hansen werden würde, zur schrecklichen Wahrheit wurde. Die zweite schwere Sturmflut nach der Weihnachtsflut 1717 würde später als Eisflut in die Geschichtsbücher eingehen und forderte erneut zahllose Opfer von denen, die die Gewalt des Meeres traf, und verursachte viel Leid.

Zum Biikebrennen hing Marens Welt allerdings noch voller Geigen, denn sie war verlobt mit einem jungen Mann, den sie über alles liebte und der ihre Gefühle nicht nur erwiderte, sondern ihr im Überschwang die Welt zu Füßen legen wollte. Marens Eltern und auch die des jungen Reimer waren sich einig darüber, dass die Verbindung der Liebenden im Himmel geschmiedet worden sein musste, und sie freuten sich über das Glück ihrer Sprösslinge.

Im lodernden Schein des Biikefeuers hatten sich Maren und Reimer verstohlen geküsst, unbeobachtet von all denen, die sich durch das Entzünden des Feuers eine Vertreibung der bösen Wintergeister, einen warmen Frühling, reiche Ernten, Gesundheit und Deiche erhofften, die allen Sturmfluten standhielten.

»Ist er nicht wunderschön?«, schwärmte Maren erneut und betrachtete voller Stolz den Verlobungsring, den schon viele Generationen von Hansen-Frauen vor ihr getragen hatten.

»Er scheint wie für dich gemacht«, hatte Reimer zärtlich gemurmelt und Maren weiter ins Dunkle gezogen, wo beide nicht den neugierigen Blicken der Umstehenden ausgesetzt waren.

»Ich kann es kaum erwarten, dich vor aller Welt meine geliebte Ehefrau zu nennen und Dinge mit dir zu tun, nach denen ich mich jede Sekunde sehne, wenn ich nicht bei dir sein kann.«
Maren erwiderte Reimers leidenschaftlichen Kuss und ließ sich, ohne einen Gedanken an die Zukunft zu verschwenden, in seine Arme sinken.
Sie beide waren einander versprochen, sie liebten sich ohne Einschränkung, und diese Liebe wuchs von Tag zu Tag – wozu also etwas hinauszögern, wonach sie sich mit jeder Faser ihres Körpers beinahe schmerzlich sehnte?
Wer wusste schon, was die Zukunft bringen würde?
Seit einiger Zeit wurde Maren Nacht für Nacht von Albträumen heimgesucht, in denen die Nordsee schäumend wütete, Häuser mit sich riss, Menschenleben, Vieh, Wünsche und Träume.
Ich möchte mich von dieser Angst befreien und mein Leben jede Sekunde genießen, glücklich sein und unbeschwert, dachte sie, als sie eng umschlungen mit Reimer zu Boden sank, auf ein Bett aus weichem Tannengrün, das nur auf sie beide zu warten schien …

- 20 -

Sinje

Bist du bereit für eine Meute mies gelaunter Teens?«, fragte Sinje, als sie Amelie am Dienstagnachmittag bei sich daheim abholte, um gemeinsam mit ihr zum Gemeindezentrum Norderende zu fahren.

»Ja, bin ich«, erwiderte Amelie schmunzelnd und legte eine große silberne Dose mit Weihnachtsmotiven auf die Rückbank von Sinjes Auto, bevor sie sich auf den Beifahrersitz setzte. »Ich habe drei verschiedene Plätzchensorten gebacken und auch ein paar Macarons eingepackt, vielleicht beruhigt das die aufgebrachten Gemüter.«

Sinje lachte, setzte den Blinker, und schon ging es in Richtung der Kleinstadt, die Bürgermeister Falk van Hove ebenfalls eingemeinden wollte. Heute strahlte die Wintersonne vom Himmel und tauchte die vorüberziehende Landschaft in ein bläuliches Licht. Die Temperaturen lagen um null Grad, für die kommenden Tage war starker Schneefall angekündigt, allmählich wurde es Winter in Lütteby.

Hoffentlich durchkreuzt der Schnee nicht meine Pläne für die Verabredung mit Sven, dachte Sinje, die schon sehr nervös war und die Stunden bis zu dem Treffen im Restaurant des Hotels *Aquarium* in Friedrichstadt zählte. An diesem schönen Ort würden sie ungestört sein und nicht den neugierigen Blicken der Lüttebyer ausgesetzt.

Gekonnt wich sie einem Fasan aus, der gerade die Landstraße überquerte, sie wusste, dass man in dieser Gegend vorsichtig fahren musste, weil dort viele Tiere beheimatet waren. Das farbenprächtige Gefieder des Vogels glitzerte im Licht der Sonne, in der Ferne konnte Sinje eine Gruppe Rehe sehen und ebenso den ein oder anderen Feldhasen, der auf den gefrorenen Äckern rasche Haken schlug.

»Es ist wirklich himmlisch hier«, sprach Amelie aus, was Sinje gerade dachte. »Ich hoffe, die Jugendlichen aus Norderende wissen es zu schätzen, an einem solchen Ort zu leben.«

»Die finden wohl eher, dass hier der Hund verfroren ist«, widersprach Sinje amüsiert. »Als ich jung war, hatte ich nichts übrig für hübsche Ortschaften, Ruhe und Natur. Da konnten mir die Dorf- und Scheunenfeste nicht wild genug sein, und ich bin viele Male heimlich getrampt, um in irgendwelchen Landdiscos die Nacht zum Tag zu machen.«

»Und das haben deine Eltern nicht bemerkt?«

»Die waren viel zu sehr mit sich und ihrer Arbeit beschäftigt«, erwiderte Sinje. Nur noch wenige Meter Fahrt, dann hatten sie ihr Ziel erreicht. »Wenn sie mich erwischt haben, gab's natürlich Ärger, aber das hielt mich nicht davon ab, es immer wieder zu versuchen. Die Schule war für mich nebensächlich, ich wollte einfach Spaß haben, tanzen und natürlich spannende Jungs kennenlernen. So, da wären wir. Also: Auf ins Getümmel!«

Der Pastor von Norderende begrüßte seine Kollegin und Amelie mit einem festen Händedruck und bedankte sich mit den Worten »Ich glaube, hier ist Frauenpower gefragt« für die Unterstützung. Etwa zwölf Mädchen und Jungs unterschiedlichen Alters hatten sich im Gemeindesaal versammelt und quatschten miteinander. Doch die Gespräche verstummten jäh, als Pastor Thomsen Sinje und Amelie vorstellte und sich dann dezent zurückzog. An der Stirnseite des Raums befand sich eine längere, mit einem weißen Tischtuch bedeckte Tafel, auf der Thermoskannen, Becher und Teller standen.

»Habt ihr Lust auf Kekse und Macarons?«, fragte Amelie in die Stille hinein, und schon brach ein kleiner Tumult los.

Sinje beobachtete amüsiert, wie sich alle auf die süßen Köstlichkeiten stürzten, die Amelie auf tiefen Tellern verteilte. *Total zuckersüchtig,* dachte sie, schnappte sich aber selbst ein Macaron mit Pistazienfüllung. Dann schaute sie sich im Raum um, der ausgesprochen ungemütlich wirkte, und dimmte als Erstes das grelle Licht.

»Was haltet ihr davon, wenn wir alle zusammenrücken?«, fragte sie und schüttelte innerlich den Kopf über die strenge Anordnung der Tische. Hier drin sah es aus wie in einem Klassenraum, dabei sollten sich doch alle wohlfühlen. Tatsächlich wurden sofort Tische und Stühle verrückt, was Sinje die Gelegenheit gab, sich die Teilnehmer ihrer *Runde* genauer anzuschauen. Der Anteil der Mädchen war deutlich höher, die meisten von ihnen waren etwa vierzehn bis siebzehn, und sie spürte die neugierigen Blicke aller auf sich. »Ich setze mich mal gemeinsam mit Amelie in die Mitte, damit ich euch alle anschauen und ihr uns auch gut sehen könnt«, sagte sie und versuchte mit einem Lächeln das Vertrauen der Jugendlichen zu gewinnen. »Zunächst einmal finde ich es toll, dass ihr alle gekommen seid. Übrigens verlässt nichts von dem, was hier gesprochen wird, diesen Raum. Ihr sollt die Möglichkeit haben, alles freiheraus zu sagen und zu fragen, was ihr wissen wollt, ohne euch Gedanken über irgendwelche Folgen machen zu müssen. Gott ist verständnisvoller, als ihr vielleicht glaubt, und wünscht sich eigentlich nur eins, nämlich dass es allen Menschen gut geht. Also, was liegt euch auf dem Herzen?«

»Wieso lässt Gott zu, dass es Kriege gibt?«, stellte ein pausbäckiger Junge mit raspelkurzen Haaren die Frage, vor der sich

Sinje in allen Gesprächen mit Zweiflern am Glauben am meisten fürchtete.

»Und warum hat er letzte Woche meine Omi sterben lassen?«, schloss sich ein etwa zwölfjähriges Mädchen an, eindeutig die Jüngste in der Runde.

»Das sind gute und berechtigte Fragen, die auch mich beschäftigen«, erwiderte Sinje. »Die ehrliche Antwort darauf lautet, dass diese Dinge nun mal leider geschehen. Deine Oma war vermutlich schon alt, da ist es nun mal Zeit, irgendwann aus dem Leben zu scheiden. Doch Kriege könnten vermieden werden, wenn die Menschen lernen, einander mit all ihren Verschiedenheiten zu respektieren. Schließlich ist es egal, welche Frisur man trägt, welche Hautfarbe man hat, ob man aus armen oder reichen Verhältnissen stammt und an welchen Gott man glaubt. Wichtig ist nur, dass man diese Vielfalt auf der Welt akzeptiert, statt dem Fremden mit Misstrauen zu begegnen. Wenn ihr tolerant gegenüber anderen seid, auch wenn sie euch vielleicht nerven, kann das schon dazu beitragen, dass vieles besser wird.«

»Werden die Lüttebyer und Grotersumer nett zu uns Norderendern sein, wenn wir irgendwann eine Gemeinde sind, oder wird es da genauso viel Stress geben wie früher zwischen Lütteby und Grotersum?«, wollte ein etwas älteres Mädchen wissen, das hinter dicken Brillengläsern ernst in die Runde schaute und ein Notizheft gegen die Brust presste. »Ich habe gehört, dass das Hochhaus abgerissen wird und keiner der Bewohner Lust hat, zu uns zu ziehen.«

Sinje rutschte angesichts dieser Bemerkung das Herz in die Hose, denn es erfüllte sie mit Unbehagen, dass ein junges Mädchen sich vorverurteilt fühlte, nur weil es in einem Ort wohnte, der in der Region als nicht so charmant galt wie Lütteby. Was um Himmels willen sollte sie darauf erwidern?

Sie schloss kurz die Augen und versuchte ihre Gedanken zu ordnen, bevor sie antwortete. Und dann entschloss sie sich, wie meistens, auf ihr Bauchgefühl zu hören. »Ich denke, es ist schwierig, Menschen, die schon lange an einem Ort, wie zum Beispiel dem Hochhaus, leben und gern dort sind, woandershin zu verpflanzen. Jeder von euch hat vermutlich besondere Vorlieben und tut sich womöglich auch schwer mit Veränderungen, ich übrigens auch. In Situationen wie diesen hilft nur, aufeinander einzugehen, miteinander zu sprechen und gemeinsam dafür zu sorgen, dass es allen möglichst gut geht. Ihr könntet zum Beispiel Skeptikern aus Lütteby zeigen, was Norderende für euch so schön und einzigartig macht. Wir fürchten uns leider manchmal vor dem, was wir nicht kennen, und lernen es erst lieben, wenn wir uns mit dem ehemals Fremden vertraut gemacht haben. Doch so etwas ist nicht immer leicht und geschieht meist nicht von heute auf morgen.«

Das Mädchen nickte, presste aber die Lippen zusammen und erwiderte nichts. Im Raum war es so still, dass man das Atmen jedes Einzelnen hören konnte.

»Mögt ihr eigentlich diese Macarons?«, fragte Amelie plötzlich. Die Antwort waren begeisterte Rufe, eines der Mädchen klatschte sogar Beifall. Für diesen Moment war der Kummer um die verstorbene Oma vergessen, es zählte allein das Hier und Jetzt.

Amelie lächelte zufrieden und blickte dann auffordernd in die Runde. »Wie ihr an meinem Akzent hören könnt, komme ich aus Frankreich. Durch den Krieg haben die Deutschen und die Franzosen ein eher schwieriges Verhältnis zueinander, und deshalb waren meine Eltern ganz und gar nicht begeistert, als ich ihnen sagte, dass ich in Hamburg eine Ausbildung zur Patissière machen werde. Doch ich habe mich davon nicht beirren lassen und bin voller Freude auf das Abenteuer und ohne eine vorgefasste Meinung nach Deutschland gekommen. Und was soll ich sagen? Ich freue mich jeden einzelnen Tag darüber, dass ich den Mut aufgebracht habe, mit Sack und Pack hierherzuziehen, denn ich lebe sehr, sehr gern hier. Ich wohne ebenfalls in dem Hochhaus in Lütteby und war auch zunächst erschrocken, als ich gehört habe, dass es abgerissen werden soll. Aber nun wird es stattdessen wieder auf Vordermann gebracht, und es haben viele nette Menschen angeboten, mich in dieser Zeit bei sich aufzunehmen, unter anderem Sinje. Doch selbst wenn das nicht so wäre, würde ich versuchen, mich für den Gedanken eines weiteren Neuanfangs zu öffnen. Das Leben wäre doch langweilig, wenn wir nicht immer wieder neue Abenteuer suchen würden, nicht wahr? Ihr probiert doch auch gern mal was Neues, wie zum Beispiel die Macarons.«

»Hast du diese rosa Dinger etwa selbst gemacht?«, fragte das jüngste Mädchen mit den hellblonden Zöpfen und legte andächtig das Köpfchen schief.

»Ja, das habe ich«, erwiderte Amelie. »Ich esse sie sehr gern und wollte euch eine Freude damit machen. Wäre ich in Frankreich geblieben, wüsste ich wahrscheinlich nur, wie man Brot, Baguette und Pasteten backt, weil meine Familie eine Bäckerei betreibt. Die Zubereitung von Kuchen, Torten und all den verlockenden Süßigkeiten habe ich erst hier gelernt.«

»Die schmecken auf alle Fälle besser als die Teile, die Mama manchmal beim Discounter kauft«, meldete sich nun ein etwa vierzehnjähriger Junge zu Wort, der bislang alles schweigend beobachtet hatte. »Sie sind nicht so süß und sehen auch nicht so künstlich quietschbunt aus.«

»Das ist ja alles schön und gut, von wegen sei open-minded, multikulturell und all dieser Quatsch. Aber wieso lässt Gott zu, dass meine Eltern sich trennen?« Diese provokante Frage in einem aggressiven Tonfall passte so gar nicht zu der schönen Wendung, die das Gespräch gerade genommen hatte. Daher waren aller Augen auf das junge Mädchen gerichtet, das sich bis dahin im Hintergrund gehalten hatte. Es trug eine ernste, beinahe verbitterte Miene zur Schau, hatte dunkle Augenränder und war äußerst blass. Irgendetwas an ihr kam Sinje vage bekannt vor, doch sie wusste nicht, weshalb.

»Mein Leben war großartig, bis Papa eines Tages gesagt hat, dass er auszieht. Ich habe das nicht kommen sehen, weil er und meine Ma sich nie gestritten haben, wie ich es immer wieder von den Eltern meiner Freundinnen höre. Von einem Tag auf den anderen war ich allein mit meiner Mutter, die sich die Augen aus dem Kopf geweint hat, genau wie ich. Und das war so richtig scheiße!«

Sinje schluckte schwer, weil das ungefähr sechzehnjährige Mädchen Tränen in den Augen hatte und die Hand zur Faust ballte. Trennungen waren immer schmerzhaft für alle Beteiligten, aber man vergaß wohl oft, dass die Kinder wahrscheinlich am allermeisten darunter litten und kaum Möglichkeiten hatten, diese negativen oder auch traumatischen Erlebnisse zu verarbeiten.

»Wie lange ist das her?«, fragte Sinje und überlegte fieberhaft, was sie auf die Frage danach, wie Gott dies zulassen konnte, antworten sollte. Was wusste so ein junges Mädchen schon von den Irrungen und Wirrungen der Liebe? Von den Problemen, die sich im Alltag einer langjährigen Beziehung ergaben? Davon, dass Menschen im Laufe der Jahre auseinanderdrifteten, unterschiedliche Wünsche, Ziele und Vorstellungen vom Leben hatten?

»Fast zwei Jahre«, erwiderte das Mädchen. »Dieses Jahr werden wir Weihnachten wieder nicht als richtige Familie feiern, obwohl Papa natürlich zu Besuch kommt, aber das ist alles nicht so schön, wie es früher war. Womit habe ich diesen Mist nur verdient?«

In diesem Moment dämmerte Sinje, wen sie vor sich hatte: Es war Carla Kroogmann, die Tochter von Sven.

- 21 -

Lina

Am selben Abend war Lina mit ihrer Großmutter verabredet, die heute ausnahmsweise allein war, da Anka mit einer Bekannten ins Kino in Grotersum und anschließend essen gehen wollte. Als sie aus der Tür der Villa trat, begann es wie auf Kommando zu schneien. Dicke, weiche Schneeflocken segelten vom Himmel herab und legten sich wie eine Decke auf die Schicht aus Raureif, die in den vergangenen Nächten den Boden auf der Waldanhöhe mit winzigen Kristallen überzuckert hatte. Es schneite nicht sehr oft in Lütteby, daher war dieser Moment besonders kostbar. Wenn die Schneeschicht höher gewesen wäre, hätte Lina den Holzschlitten aus dem Schuppen geholt, den sie für den Fall besorgt hatte, dass die kleine Matti einmal damit fahren wollte, und wäre selbst damit nach unten gedüst. Oder – wenn das Schicksal es gut mit ihr und Jonas meinte – eines Tages gemeinsam mit ihrem Kind. Doch für heute erfreute sie sich an dem, was Frau Holle und ihre fleißigen Helferinnen zu geben bereit waren, und schaute eine Weile versonnen zu, wie die Flocken ihren einzigartigen Schneereigen tanzten, auseinanderstoben und dann wieder zusammenfanden, bevor sie schließlich zu Boden fielen.

Linas Weg hinab zu dem windschiefen Häuschen am Marktplatz war in silbrig schimmerndes Mondlicht getaucht und begleitet von den Rufen eines Käuzchens, dem Duft von Kälte und Schnee und der Vorfreude auf einen gemütlichen Abend mit ihrer über alles geliebten Großmutter. Sie hatte gerade den Waldweg verlassen, als sich der weiße Rabe Abraxas auf ihre Schulter setzte. Lina erschrak, denn sie hatte ihn nicht auf sich zufliegen sehen, freute sich aber zugleich über den unerwarteten Besuch des wundersamen Vogels. Bisher hatte er sich ihr noch nie in dieser Form genähert, daher fragte sich Lina, was sein ungewöhnliches Verhalten wohl zu bedeuten hatte. »Kommst du mit zu Henrikje?«, fragte sie, und Abraxas ließ sein krächzendes *Kraraaaa* ertönen, das sich mit dem Rascheln der wenigen Blätter, die noch an den Zweigen der Bäume hingen, vermischte.

»Hereinspaziert ihr beiden«, sagte Henrikje, als Lina mit ihrem gefiederten Freund vor der Eingangstür stand. »Na los, sonst werdet ihr noch zu Schneemännern.«

Abraxas hüpfte herunter und folgte Linas Großmutter vom Flur in die Küche, aus der ein köstlicher Duft strömte, in dem Süße und Würze zugleich lagen.

»Was kochst du denn da Schönes?«, fragte Lina und hob neugierig den Topfdeckel, während der Rabe die angrenzende Stuuv inspizierte.

»Frische Suppe mit Fleisch- und Mehlklößen, Reis und Rosinen nach einem Rezept der LandFrauen«, gab Henrikje zur Antwort. »Die wollte ich schon ewig ausprobieren, hatte aber bislang nie die Zeit und Muße dazu. Doch heute sollte es etwas Besonderes sein, denn wir sehen uns ja seit deinem Auszug nur noch selten. Das ist kein Vorwurf, mien Seuten, die Dinge sind nun mal so, wie sie sind. Magst du einen kleinen Roten, bis die Suppe fertig ist?«

»Ja, gern«, erwiderte Lina und befüllte ein Schälchen mit Wasser. »Hast du ein paar Körner für Abraxas?«

Nachdem sie einen Mix aus gehackten Haselnüssen, Sonnenblumen- und Kürbiskernen zusammengestellt hatte und die Suppe gemütlich auf dem Herd blubberte, schaute sich Lina in der Wohnung um, die wunderschön vorweihnachtlich dekoriert war.

Auf dem gefliesten Boden vor dem offenen Kamin stand schon der nordfriesische Jöölboom aus Holz, oder Kinkenboom, wie er auch genannt wurde, den Henrikje vom Dachboden geholt hatte und an Heiligabend gemeinsam mit Lina und Florence dekorieren würde.

»Gemütlich hast du's hier«, lobte Lina, die sich kaum sattsehen konnte an den vielen schönen Details, die Henrikjes Zuhause noch heimeliger machten als ohnehin schon: Auf der Fensterbank stand eine Schale voller mit Nelken gespickter Orangen. In einer Bodenvase frisches Tannengrün, behängt mit kleinen Figürchen aus Ton und Holz, die Lina als Kind gebastelt hatte. Eisblumen und Schneekristalle aus Tonpapier zierten die Fensterscheiben, ein Mobile aus goldenen Sternen hing an der Lampe über dem Esstisch.

»Man muss es sich eben nett machen«, erwiderte Henrikje augenzwinkernd das Kompliment. »Wie geht's euch denn da oben in der Villa? Und was machen die Planungen für das Verkupplungsfest zugunsten des Glockenspiels?«

»Ich fürchte, daraus wird nichts«, erwiderte Lina. »Vermutlich ist die Vorweihnachtszeit nicht geeignet für dieses Vorhaben. Es ist zu kalt für ein Picknick, und die meisten sind mit ihren Vorbereitungen für das große Fest beschäftigt. Sinje sagt, ich soll mir keinen Stress damit machen, aber obwohl ich mit Aberglauben nichts am Hut haben möchte, befürchte ich wirklich, dass es Unglück bringt, wenn an Heiligabend keine Glocken läuten.«

»Ach Kindchen, nun fühl dich doch nicht immer für alles und jeden verantwortlich«, erwiderte Henrikje seufzend. »Komm, wir setzen uns hin, und ich sage dir, wie ich darüber denke, wenn du magst.«

Lina nickte stumm und kuschelte sich neben ihre Großmutter unter ein Wollplaid auf das Sofa, auf dem sie schon als Baby gewickelt worden war und auf dem Henrikje ihr das Lesen beigebracht hatte. Und auf dem sie heimlich ihren ersten Flirt aus der Schule geküsst hatte und das sicher unendlich viele Geschichten hätte erzählen können, wenn es eine Stimme gehabt hätte.

»Ich finde es wirklich schön, dass du dich für die Sagen und Mythen unserer Region begeisterst«, fuhr Henrikje fort. »Deine Liebe zu Lütteby ist schier unendlich, aber sie muss auch Grenzen haben. Und zwar spätestens dann, wenn es um Dinge geht, die einfach nicht in deiner Hand liegen. Unglück geschieht nun mal überall auf der Welt, egal, wie sehr wir Menschen an etwas oder jemanden glauben, und egal, ob man zu Gott betet oder zu den Engeln. Du kannst weder die Menschen, die du liebst, davor bewahren, dass ihnen etwas Unschönes widerfährt, noch dich selbst davor schützen. Was du aber tun kannst, ist, darauf zu vertrauen, dass sich alles regelt und dass es immer eine Lösung gibt, egal, was passiert. Wenn es uns nicht gelingt, das fehlende Geld für die Reparatur aufzubringen, dann klappt es eben nicht, auch wenn ich mir selbst etwas anderes wünsche. Vergangenes Jahr ist doch auch nichts passiert, oder?«

»Wahrscheinlich hast du recht«, murmelte sie, obgleich Henrikjes Argumente sie nicht restlos überzeugten. Denn Lina dachte an den schweren Kite-Unfall, der Jonas um ein Haar das Leben gekostet hätte. Daran, dass es immer noch so viele Ungereimtheiten und Geheimnisse in ihrer Familie gab. Dass Sinje großen Liebeskummer wegen Sven hatte und sich unendlich einsam fühlte. Daran, dass sie sich wünschte, Jonas könnte von

Lütteby aus arbeiten und sie beide müssten nicht so häufig getrennt sein. »Kannst du dir vorstellen, dass Mama und Falk heimlich ein Verhältnis haben?«, fragte sie, weil ihr diese Frage mindestens so sehr auf der Seele lag wie ihre Sorge wegen des Glockenspiels.

»Ein Verhältnis? Wovon sprichst du bitte?«

Lina erzählte von der Entdeckung des Medaillons und wartete gespannt darauf, was ihre Großmutter darauf entgegnen würde.

Doch die musste anscheinend auch erst mal nachdenken und ging zum Herd, um die Suppe von der Kochplatte zu nehmen, aufmerksam beobachtet von Abraxas, der neben ihr herumtrippelte.

»Ehrlich gesagt kann ich mir das nicht vorstellen«, murmelte sie, nachdem sie das Essen in die Teller gefüllt und auf den Tisch gestellt hatte. »Dafür muss es eine andere Erklärung geben. Welchen Grund hätten die beiden denn, uns allen so ein Theater vorzuspielen? Es würden sich doch alle darüber freuen, wenn Florence und Falk wieder zusammenfänden und damit auch wieder unsere Familie. Ich fürchte, dir bleibt nichts anderes übrig, als einen von beiden direkt auf deine Vermutung anzusprechen, vor allem, wenn es ein friedvolles Weihnachten werden soll.«

Das war das richtige Stichwort für Lina. »Hast du dir denn schon überlegt, in welchem Kreis wir feiern werden? Fährt Anka zu ihrer Familie nach Hamburg, oder bleibt sie in Lütteby?«

»Sie wird bei ihrer Schwester sein, denn da hat sie dann ihre Nichten und Neffen um sich. Florence möchte sehr gern für einige Tage kommen und übernachtet in der Zeit in Ankas Zimmer. Wenn du magst, können wir aber auch zu euch in die Villa kommen. Falls Amelie Lust hat, könnten wir sie dazubitten, genau wie Pascal, wenn er nicht nach Paris fährt.«

»Und was ist mit Thorsten?«, wagte Lina nun auch die nächste Frage zu stellen, die in Zusammenhang mit den ungelösten Familiengeheimnissen stand.

»Tja, Thorsten«, erwiderte Henrikje ungewöhnlich leise, beinahe kleinlaut. »Ich möchte natürlich nicht, dass er an Weihnachten allein ist, aber …«

»Was aber? Nun rück schon raus mit der Sprache, und sag bitte wenigstens du die Wahrheit. Was ist los mit euch beiden? Ich habe ihn neulich spontan besucht, und da beklagte er sich, dass du ihm ständig ausweichst und ausschließlich mit Anka zusammengluckst.«

Henrikje seufzte erneut tief, doch dann gab sie sich einen Ruck. »Ich bin so froh darüber, dass Anka sich nach Helmuts Tod gefangen hat und sie sich hier im Haus so wohlfühlt. Deshalb weiß ich einfach nicht, wie ich ihr sagen soll, dass ich mittlerweile gern wieder Zeit mit Thorsten verbringen würde. Wann auch immer ich von diesem Thema anfange, grätscht sie mir dazwischen und betont, wie schön sie es findet, mit mir befreundet zu sein und dass wir so viel gemeinsam unternehmen. Und dann bringe ich es einfach nicht übers Herz, ihr zu sagen, dass ich mehr Freiraum für mein eigenes Leben brauche.«

Lina seufzte erleichtert auf. Dies hier war gar nicht so kompliziert oder so geheimnisumwittert, wie sie befürchtet hatte. Henrikje steckte in demselben Dilemma wie Lina selbst. Sie beide machten sich Sorgen um das Wohlergehen der anderen, anstatt das Leben etwas lockerer zu nehmen und Dinge anzusprechen, die ihnen nicht leichtfielen.

»Tja, liebste Omama, ich fürchte, ich muss dir denselben Rat geben, den du mir vorhin gegeben hast. Lass dich nicht von deiner Furcht vor Ankas Reaktion niederdrücken oder gar blockieren, sondern sprich mit ihr. Sie hat doch selbst neulich gesagt, dass ihr zusammengehört wie Topf und Deckel. Und melde dich vor allem bitte so schnell wie möglich bei Thorsten. Ich zitiere an dieser Stelle den weisen Satz einer nicht minder weisen Frau, die ich über alles liebe: *Die Zukunft macht, was sie will, besser man stemmt sich nicht gegen sie.* Und deine Zukunft heißt nun mal Thorsten, auch wenn es dir schwerfällt, das zu akzeptieren.«

»Wer soll denn bitte so etwas zu dir gesagt haben?«, fragte Henrikje schmunzelnd und stand auf, um ihr Handy zu holen.

- 22 -

Sinje

»Kann es bitte endlich aufhören zu schneien? Das ist ja fürchterlich!« Sinje starrte am Samstagmorgen missmutig aus dem Fenster der Kapitänsvilla. Auf den Tannenspitzen des Friedwalds thronten weiße Häubchen, der Boden glich einem dicken Teppich aus Zuckerwatte. Das Auto war bestimmt unter einer dicken Schneeschicht begraben und sprang vermutlich gar nicht erst an – so ein verdammter Mist!

»Mit wem sprichst du?«, fragte Lina, die in diesem Moment in die Küche kam und gähnend den silberglänzenden Kessel mit Wasser füllte.

»Mit mir selbst, Frau Holle und dem Universum«, knurrte Sinje und drehte sich zu Lina um. »Ich weiß, wie sehr du dieses weiße Mistzeug magst, aber wenn das so weitergeht, torpediert dein heiß geliebter Schnee meine Verabredung mit Sven. Immerhin muss ich heute noch nach Friedrichstadt, aber mittlerweile brauchte ich nicht nur den Schlitten aus dem Schuppen, sondern auch die dazugehörigen Hunde, die ihn ziehen.«

»Mach dir keine Sorgen, die Straßen werden sicher bald geräumt, und ich helfe dir gern, das Auto freizuschaufeln, damit du Sven endlich treffen kannst«, versuchte Lina sie zu beruhigen. »Aber erzähl doch mal, wie lief es denn gestern in Norderende mit den Kids?«

Sinje setzte sich an den Tisch und zog einen Flunsch. »Frag besser nicht«, erwiderte sie und verspürte das Bedürfnis, wieder zurück ins warme Bett zu kriechen und sich das gesamte Wochenende lang die Decke über den Kopf zu ziehen.

Dass am nächsten Tag der zweite Advent war und sie den Gottesdienst abhalten musste: geschenkt!

»So schlimm?«, fragte Lina und setzte sich Sinje gegenüber. Sie umklammerte den Becher mit grünem Tee und wärmte sich die klammen Finger daran. Wer hätte gedacht, dass es trotz der aufwendigen Renovierung an manchen Stellen im Haus immer noch zog wie Hechtsuppe?

»Beantworte du doch mal Fragen wie ›Wieso lässt Gott Kriege und den Tod eines geliebten Menschen zu‹, ohne ins Schlingern zu geraten. Ich bin ja heute selbst sauer auf den Typen da oben, denn ich möchte endlich mit Sven sprechen und herausfinden, ob wir vielleicht doch noch eine Chance haben. Wobei ich mir die Frage eigentlich selbst beantworten kann, nachdem ich gestern das Vergnügen hatte, seine Tochter kennenzulernen. Die ist immer noch zutiefst verstört wegen der Trennung ihrer Eltern und traurig darüber, dass auch dieses Weihnachten nicht so wird, wie sie es sich gewünscht hat.«

»War Carla etwa eine der Teilnehmerinnen eures Get-together?«

Die Art und Weise, wie Lina diese Frage stellte, ließ Sinje aufhorchen. »Sag mal, kann es sein, Süße, dass du in der Sache deine zarten Fingerchen im Spiel hast? Immerhin kam der Vorschlag, den Pfarrer aus Norderende zu unterstützen, von dir.« Kaum hatte sie ihren Verdacht ausgesprochen, fühlte Sinje Wut in sich aufsteigen. Wie konnte Lina ihr das nur antun?

»Ich … ich …« Lina senkte den Blick, und damit lag die Antwort klar auf der Hand.

Sinje sprang vom Stuhl auf und schrie: »Bist du etwa von allen guten Geistern verlassen? Was hast du dir denn bitte schön dabei gedacht? Wolltest du Schicksal spielen? Ich fasse es nicht, dass du mich unter Vorspiegelung falscher Tatsachen geködert und ins offene Messer hast laufen lassen. Welche Freundin tut denn so etwas?«

»Eine Freundin, die nicht mehr mit ansehen kann, wie du leidest. Was ist so verkehrt daran, mir zu wünschen, dass du glücklich bist? Du hast es mehr verdient als jeder andere, und ich dachte, es wäre eine gute Idee, wenn Carla dich unvoreingenommen kennenlernt und feststellt, was für eine tolle Frau du bist. Schließlich hattest du nie die Chance, ihr zu zeigen, dass du ihr nicht den Vater abspenstig machen willst und eine Bereicherung für ihr Leben sein könntest.«

Obwohl sie sich Mühe gab, Linas Argumente zu verstehen, gelang es Sinje nicht, etwas anderes als Zorn auf ihre Freundin zu empfinden, die ihrer Ansicht nach alles zerstört hatte. Im Grunde war es egal, ob es heute schneite, die Sonne schien oder Hagelkörner vom Himmel fielen. Sven und seine Frau hatten das Glück ihrer gemeinsamen Tochter auf dem Gewissen, und Sinje wollte nicht diejenige sein, die zusätzlich Salz in diese Wunde streute. Zumal Carla und ihre ruppige Art ihr sowohl gefallen als auch imponiert hatten.

»Ich werde Sven für heute absagen und möchte in den nächsten Tagen weder etwas von dir hören noch sehen. Du magst glauben, das Richtige getan zu haben, aber du irrst dich leider. Ich werde Carla in der nächsten Zeit wohl häufiger treffen und bin gezwungen, ihr zu verheimlichen, wer ich bin. Was hast du denn geglaubt, wie das laufen wird? Dass sie mich supercool findet, Sven mir gesteht, dass er mich immer noch liebt, und seine Tochter sich freut, wenn wir wieder zusammenfinden, weil sie dann eine zweite Mutter bekommt? Solche Geschichten gibt's nur in Märchen, kitschigen Romanen oder Serien, die du offenbar einmal zu viel inhaliert hast. Wach endlich auf. Das Leben ist nun mal kein Film mit garantiertem Happy End.«

»Es tut mir leid, dass du das so negativ siehst«, erwiderte Lina beinahe tonlos. »Du kannst dir sicher sein, dass es niemals meine Absicht war, dich oder gar Carla zu verletzen, ganz im Gegenteil. Ich hoffe, du triffst die richtigen Entscheidungen, und lasse dich selbstverständlich in Ruhe. Jonas kommt am Nachmittag aus London, und wir sind heute Abend bei Florence eingeladen. Bis dahin versuche ich, so gut es geht, mich unsichtbar zu machen.«

Mit diesen Worten verließ Lina die Küche, und Sinje schlug vor Wut mit der flachen Hand auf den Tisch. Verdammt noch mal! Wieso ging eigentlich alles schief, seit sie sich von Gunnar getrennt hatte?

Draußen verdichteten sich die Flocken zu einem wahren Schneegestöber, es wurde so dunkel, dass Sinje das Licht anmachen musste. In diesem Moment schrieb Sven: »Was hältst du davon, wenn wir unser Treffen verschieben? Es wird das ganze Wochenende schneien, und die Räumfahrzeuge kommen kaum hinterher. Außerdem braucht Carla mich. Sie hatte gestern ein Treffen in der Gemeinde, das ihr noch mal bewusst gemacht hat, wie sehr sie darunter leidet, dass Yvonne und ich kein Paar mehr sind. Sorry, Sven.« Sinje starrte auf die Textnachricht und las sie wieder und wieder. Sven hatte keinen neuen Termin vorgeschlagen und deutlich klargemacht, dass seine Tochter gerade absoluten Vorrang hatte.

Tja, das war's dann wohl …

Tränen schossen wie Sturzbäche aus ihren Augen, und Sinje ließ es diesmal zu. Es war ja keiner da, dem sie etwas hätte vorspielen und vor dem sie sich hätte zusammenreißen müssen.

Wieso war sie nur so dumm gewesen, wieder Kontakt mit Sven aufzunehmen und sich erneut in ihn zu verlieben?

Hatte sie denn gar nichts aus der Zeit im vergangenen Sommer gelernt, als sie zuweilen geglaubt hatte, nie wieder atmen, lachen oder auch nur zufrieden sein zu können?

Sie war unfassbar dämlich und nicht zu dem in der Lage, was sie den Ratsuchenden ihrer Gemeinde predigte: auf das Gute im Leben schauen, nie den Mut verlieren, sich an den kleinen Dingen des Lebens erfreuen, zuversichtlich und dankbar bleiben. Vertrauen haben. Doch je mehr sie über das nachdachte, was anscheinend schieflief, desto wütender wurde sie. Und sie brauchte definitiv frische Luft, egal wie stark es draußen schneite.

Statt Sven zu antworten, zog Sinje den Daunenmantel über den Schlafanzug und schlüpfte in die wattierten Winterstiefel.

Dann ging sie nach draußen, wo der Wind so viele Schneeflocken durch die Luft wirbelte, wie es seit Ewigkeiten in Lütteby nicht mehr der Fall gewesen war. Sinje stapfte durch den hohen Schnee, der laut unter ihren Stiefeln knirschte, ein Geräusch, das sie an glückliche Kindheitswinter erinnerte. Ihre Strickmütze wurde von Minute zu Minute feuchter, denn sie sog sich mit Schnee voll, aber das war ihr egal. Sinje bückte sich, formte eine Handvoll zu einer Kugel und warf sie gegen den Stamm einer Eberesche, deren rote Früchte weiße Pudelmützen trugen, dann eine zweite, dritte und vierte.

Plötzlich traf etwas Nasses, Kaltes ihren Nacken, und Sinje drehte sich reflexartig herum. Vor ihr stand Lina, die direkt auf sie zielte. Im Handumdrehen waren die beiden in eine Schneeballschlacht verwickelt, die sich gewaschen hatte.

Sinje war gefühlt am ganzen Körper voller Schnee, er tropfte in ihren Ausschnitt, lief den Rücken hinab, verstopfte die Ohren und benetzte sogar ihren Rachen.

»Na warte, du blöde Kuh, das gibt Rache«, rief sie und stürzte sich auf Lina, um ihre Freundin regelrecht einzureiben. Mittlerweile lachten und prusteten beide vor Freude und Aufregung, verkeilten sich ineinander, stellten sich gegenseitig ein Bein, landeten schließlich nebeneinander auf dem Rücken und sanken tief ein. Lina strampelte als Erste mit beiden Beinen und Armen, und dann fiel Sinje wieder ein, wie viel Spaß sie beide als Kinder daran gehabt hatten, Schneeengel zu spielen, und wie lange Lina und sie schon gemeinsam durch dick und dünn gingen.

Wie hatte sie das nur vergessen können?

»Jonas kann übrigens nicht kommen, weil der Hamburger Flughafen aufgrund des Wetters gesperrt ist«, rief Lina gegen den Wind an. »Heute ist irgendwie echt der Wurm drin.«

»Aber nur, wenn wir dem dummen Wurm nicht Einhalt gebieten«, erwiderte Sinje und setzte sich auf. »Dieses Winterwunderland ist viel zu schön, um sich den Tag vermiesen zu lassen. Komm, wir bauen einen Schneemann, und danach kochen wir gemeinsam. Wenn du willst, schaue ich nachher auch *Gilmore Girls* mit dir.«

»Oder ich *Lucifer,* denn du bist heute eine kleine Teufelin«, entgegnete Lina. »Aber die liebste kleine Teufelin, die ich kenne und die ich um nichts auf der Welt missen möchte. Es tut mir wirklich, wirklich leid, dass ich ohne dein Wissen versucht habe, deinem Glück auf die Sprünge zu helfen. Das war falsch, und ich hoffe, du kannst mir verzeihen.«

Sinje umarmte Lina und hielt sie eine ganze Weile fest gedrückt. »Auch wenn deine Idee echt bescheuert war, weiß ich, warum du das getan hast, und das ist letztlich alles, was zählt. Ich verzeihe dir großmütig und verurteile dich als Buße zum Kochen und zu einer Fußmassage während unseres Serien-Marathons.«

»Kein Problem«, erwiderte Lina und warf Sinje erneut in den Schnee, wo sich beide so lange kichernd und prustend wälzten, bis ihnen zu kalt wurde.

- 23 -

Amelie

Am Morgen des zweiten Adventssonntags stand Amelie Bernard am Fenster des Hochhauses und blickte auf die unter ihr liegenden Dächer, die unter dem Gewicht des schweren Schnees zu ächzen schienen. Jules schlief währenddessen tief und fest und hatte keine Ahnung davon, dass die Gedanken der Französin beinahe unablässig um den seltsamen Mann aus dem Husumer Trödelladen kreisten. Vorhin hatte sie den Globus, der als Weihnachtsgeschenk für Jules gedacht war, hübsch verpackt und sich dabei ertappt, dass sie heute viel lieber nach Husum fahren als im Café arbeiten würde. »Tu es fou«, schalt sie sich selbst verrückt. Dass Kai Brodersen die Welt ähnlich zu empfinden schien wie sie, war kein Grund, sich irgendwelchen Fantastereien hinzugeben. Sie versuchte, jeglichen Gedanken an den sympathischen Mann mit der Katze namens France Gall zu verscheuchen, und beschloss, frische Luft zu schnappen.

Um Jules nicht zu wecken, schlich sie sich aus der Wohnung, warm eingemummelt und noch ein bisschen schläfrig.

Der Räumdienst hatte im Eingang eine Schneise durch den Schnee geschlagen, Streusand verteilt, und nun türmte sich die weiße Masse links und rechts neben Amelie, die vorsichtig einen Schritt nach dem anderen machte, um nur ja nicht auszurutschen. Gerade brach die Morgendämmerung an, ein rötlicher Schimmer färbte die Silhouetten der Giebelhäuser rosé. Amelie hörte vereinzelte Vogelstimmen und das Knirschen ihrer Schritte auf dem gefrorenen Boden.

Eine schwarze Katze überquerte die Straße und flüchtete sich schnell unter ein Auto, als sie Amelie bemerkte.

Die Französin betrachtete die Fenster, die zum Teil noch durch Gardinen verdunkelt, zum Teil aber auch von blinkenden Weihnachtspyramiden oder elektrischen Kerzen erleuchtet waren. An einigen Türen hingen Adventskränze aus frischem Tannengrün oder Ilex mit den hübschen roten Beeren, die aussahen wie Holzperlen. Manche Bewohner hatten Schneemänner gebaut, die neben den Eingängen standen oder aus ihren Kaffeebohnenaugen frech über den Gartenzaun lugten. Karotten, Strohhüte, Mützen mit Ohrenklappen, Pfeifen und bunte Schals waren herausgekramt und zu Dekozwecken genutzt worden. Amelie hörte im Geiste das Lachen der Kinder, die sich über die rundbäuchigen Schneemänner freuten, näherte sich der Haltestelle und konnte nicht anders: Sie musste einfach schauen, wann der nächste Bus nach Husum fuhr. Während sie noch überlegte, ob sie wirklich ihrem spontanen Impuls folgen sollte, hielt der Bus auch schon, und sie stieg ein. Außer ihr saß keiner darin, schließlich schliefen die meisten noch, waren mit Schneeschippen beschäftigt oder wollten später zum Gottesdienst. Einige öffneten in dieser Minute das Türchen ihres Adventskalenders, andere wiederum schrieben Weihnachtskarten.

Auch in Husum war weit und breit keine Menschenseele zu sehen. Im Hafenbecken schoben sich dicke Eisschollen übereinander, Möwen staksten darauf umher und erhoben sich irgendwann wieder in die Lüfte. Amelie schlug den Weg zum Trödelladen *Alte Liebe* ein, ohne zu wissen, was sie da eigentlich tat und was sie sich von ihrem spontanen Ausflug erhoffte. Es war vermutlich das erste Mal in ihrem Leben, dass sie unüberlegt handelte, und das erfüllte sie mit Angst und Freude zugleich.

Am Trödelladen angekommen, drückte sie sich die Nase am Schaufenster platt. Dort, wo vor einigen Tagen noch der Globus in der Auslage gestanden hatte, klaffte eine Lücke, und durch die fiel die Staubschicht noch mehr auf als vorher.

»Was ist bloß los mit diesem Mann? Wieso hat er ein Geschäft, wenn es ihm augenscheinlich gleichgültig ist, wie es von außen und innen aussieht?«, hörte sie sich selbst sagen, putzte im Geiste die Fenster, dekorierte die Auslage neu und hängte an der Außenfassade eine Weihnachtsgirlande mit leuchtenden Sternen auf, damit man sehen konnte, dass es hier, am Ende der Gasse, noch einen Laden gab und nicht nur Wohnhäuser.

»Dieser Mann ist eben ein wenig verrückt und passt vermutlich nicht in diese Welt und schon gar nicht zu den Erwartungen der Menschen im Allgemeinen«, erwiderte eine Stimme, und als Amelie sich umdrehte, blickte sie direkt in die Augen von Kai Brodersen. »Und was machen Sie an einem Sonntagmorgen um halb acht vor meinem Geschäft? Wollen Sie den Globus umtauschen? Ich habe heute gar nicht geöffnet und bin nur hier, weil ich noch etwas im Laden zu erledigen habe.«

Amelie schoss heiße Röte ins Gesicht, und sie schämte sich unendlich. Sie musste dringend aufhören, ständig Selbstgespräche zu führen. »Ich … ich … wollte ein wenig spazieren gehen, denn ich war noch nie in Husum, wenn es schneit«, erwiderte sie und hoffte, dass Kai ihr diese Ausrede glaubte. »Ich lebe ja noch nicht so lange in Deutschland, und …«

»Haben Sie Lust, mit mir gemeinsam ein paar Schritte zu gehen? Meine Erledigung kann warten«, sagte Kai und lächelte freundlich. Als Amelie nickte, öffnete er die Ladentür und rief nach seiner Katze.

Keine Minute später tauchte France Gall auf, miaute kurz und rieb ihr Köpfchen an Amelies Winterstiefeln. »Ich hoffe, Sie haben nichts dagegen, wenn sie mitkommt? An der frischen Luft dürfte Ihnen die Katzenallergie nicht zu schaffen machen, oder? Der Schlosspark ist jetzt sicherlich wunderschön, oder waren Sie da heute schon?«

Amelie schüttelte erneut den Kopf, und so überquerte das seltsame Trio den Marktplatz und spazierte durch den Schlossgang in Richtung des *Schlosses vor Husum,* wie der Renaissancebau hieß. An diesem Morgen sah es aus wie aus einem Wintermärchenbuch entsprungen und beinahe unwirklich.

France Gall stolzierte selbstbewusst vorneweg durch das Sandsteinportal, das zum Park führte, wo im Frühling ein lilafarbener Krokusteppich zahllose Tagestouristen, aber auch Husumer in Entzücken versetzte.

»Haben Sie keine Angst, dass France Gall Ihnen entwischt oder einen Vogel fängt?«, fragte Amelie, die immer noch nicht glauben konnte, was gerade geschah. Träumte sie und lag in Wahrheit neben Jules im Bett ihrer Wohnung in Lütteby?

»Wenn das so ist, dann soll es so sein«, erwiderte Kai, anscheinend ungerührt. »Das Leben hat mich gelehrt, alles loszulassen, was nicht dazu bestimmt ist, bei mir zu bleiben. Nur wer Angst vor Verlusten hat, zerbricht an ihnen, wenn er sie eines Tages erleidet.«

Amelie dachte sofort an Jules und an die tiefe Kränkung, die er ihr zugefügt hatte. »Angst ist doch kein Gefühl, das man kontrollieren kann«, gab sie zurück. »Auch wenn ich das gern tun würde.«

»Sie scheinen mir aber kein besonders ängstlicher Mensch zu sein«, erwiderte Kai, ohne auf ihren Einwand einzugehen. »Nach allem, was Sie mir neulich erzählt haben, sind Sie bislang zielstrebig Ihren Weg gegangen und haben wagemutig alle Zelte abgebrochen, wie man so schön sagt.«

»Es hätte weit mehr Mut erfordert, zu bleiben und sich dem Schmerz zu stellen, den der Verlust eines geliebten Menschen bei mir ausgelöst hat«, erwiderte Amelie leise. »Im Grunde bin ich vor meinen Gefühlen weggelaufen.«

Kai blieb stehen, wiegte den Kopf hin und her und blickte dann in den Himmel, der immer mehr aufklarte und vereinzelte Sonnenstrahlen hindurchließ. »Finden Sie nicht auch, dass Schnee wunderbar duftet?«, sagte er und schloss die Augen. »Es gibt nichts Vergleichbares. Schnee ist so pur und rein. Wenn er fällt, gleicht alles einem unbeschriebenen Blatt. Die weiße Landschaft ist wie der Anfang eines neuen Buches voller schöner Versprechen. Schneit es in Ihrer Heimat viel?«

»So gut wie gar nicht, denn der Atlantik ist der reinste Wärmespeicher, deshalb genieße ich Tage wie diese ganz besonders. Der Anblick des vereisten Hafenbeckens von Husum ist so großartig, dass ich hoffe, dass es nicht so schnell wieder taut. Aber auch Lütteby ist gerade wunderschön und sieht aus wie ein Adventskalender.«

»Und trotzdem sind Sie gerade hier und nicht in Lütteby.«

Irgendetwas an Kais Tonfall ließ Amelie erschauern, und sie begann zu zittern. In diesem Moment hätte sie am liebsten ihre Arme um seinen Hals geschlungen und herausgefunden, wie es sich anfühlte, wenn ihre Lippen seine berührten. Wie er schmeckte, wie er duftete, wie er …

Konnte es sein, dass sie sich gerade in diesen Mann verliebte, dem offenbar ebenso großer Schmerz wie ihr widerfahren war?

Gerade als sie sich fragte, ob sie drohte verrückt zu werden, zerriss das Klingeln ihres Handys die Stille im verschneiten Schlosspark. Ein Vogel flog erschrocken von einem Ast auf, Schnee rieselte leise zu Boden, und Amelie hätte sich dafür ohrfeigen können, dass sie das Smartphone nicht auf lautlos gestellt hatte. So konnte sie den Anruf von Jules nicht ignorieren und vor allem nicht vor Kai verbergen.

»Telefonieren Sie ruhig, France Gall und ich gehen schon mal weiter.« Mit diesen Worten entfernte sich Kai, dicht gefolgt von der Katze, die gar nicht daran dachte, von seiner Seite zu weichen, obwohl Eichhörnchen, Vögel und sogar eine kleine Maus kurz die Aufmerksamkeit der Jägerin erregten.

»Wo bist du, Chérie? Schon im Café?«, hörte sie Jules verschlafen fragen und wusste nicht, was sie entgegnen sollte.

Doch dann entschied sie sich für die Wahrheit.

»Aber was machst du denn um diese Zeit in Husum? Und wann bist du zurück? Deine Gäste warten doch darauf, bei dir frühstücken zu können.«

»Ich habe heute wegen des Schnees geschlossen«, erwiderte Amelie und hörte Jules ungläubig schnaufen. »Dieser Tag ist einzigartig, und wer weiß, wann sich so eine Gelegenheit wieder bietet.«

Mittlerweile waren Kai und France Gall nur noch kleine Punkte in der Ferne, die immer winziger wurden und bald ganz verschwunden sein würden, wenn sie nicht schnell handelte. »Sei mir nicht böse, aber hier geschieht gerade etwas Magisches, und ich muss herausfinden, warum das so ist und wohin mich das führt.«

Ohne die Antwort von Jules abzuwarten, beendete Amelie das Telefonat und stellte das Handy auf stumm. Kein Geräusch sollte sie dabei stören, wenn sie der Stimme ihres Herzens lauschte.

»Konnten Sie alles zu Ihrer Zufriedenheit klären?«, fragte Kai, als sie nach einem kurzen Sprint zu ihm und der Katze aufschloss.

Amelie antwortete lediglich mit einem knappen »Oui«.

Dann spazierten sie weiter Seite an Seite, schweigend und doch in stummem Einverständnis.

18. Jahrhundert

Maren Riewerts und Reimer Hansen wurden an einem Frühlingstag 1718 vermählt, als die Sonne schien, die Amseln in den Baumkronen der Kastanien ihr Lied trällerten und die Gemeinde sich versammelte, um dabei zu sein, wenn die Liebenden sich im Apostelkirchlein am Marktplatz von Lütteby das Jawort gaben.

Das frischgebackene Ehepaar würde für den Anfang im ersten Geschoss des Giebelhauses der Hansens am Marktplatz wohnen, bis man eine angemessene Bleibe gefunden hatte.

Maren war überglücklich, denn sie lebte trotzdem in der Nähe ihrer geliebten Eltern und ihrer Amme Ibke, die sie weiterhin beinahe täglich traf.

Ibke unterrichtete sie in Aufgaben des Haushalts, brachte ihr das Sticken ebenso bei wie alles, was nötig sein würde, wenn Maren den Jungen, den sie unter ihrem Herzen trug, auf die Welt brachte. Sie breitete den Mantel des Schweigens darüber, dass Maren schon sehr früh guter Hoffnung war, und riet ihrem Zögling, den sich allmählich rundenden Bauch so lange wie möglich hinter weiten Röcken oder aufwendig bestickten Schürzen zu verstecken.

Dass das Kind ein Junge werden würde, hatte Maren im Traum erfahren. Und ihre Träume trogen sie selten.

Reimer selbst war überglücklich gewesen, als seine Frau ihm die frohe Kunde überbracht hatte, und so beschäftigten sich die beiden gern damit, gemeinsam zu überlegen, wie der künftige Erdenbürger und Erstgeborene heißen würde. Die Welt der nordfriesischen Namen war so vielfältig wie die Landschaft selbst und voller Besonderheiten. Maren gefiel Adde, was so viel wie edel bedeutete, doch sie konnte sich auch Bent oder Boy vorstellen. Reimer bevorzugte hingegen Fedde, denn dieser Name stand für Frieden, Schutz und Sicherheit.

In mondhellen Nächten gingen Maren und Reimer am Strand von Lütteby spazieren, lauschten dem Rauschen der Nordseewellen und bestaunten den dunklen Himmel, an dem die Sterne funkelten wie kleine Diamanten. Tagsüber durchstreiften sie, verliebt Händchen haltend, den Wald, der zuweilen einem Dschungel glich. Im Spätsommer pflückten sie Brombeeren, im Herbst sammelten sie Pilze, Bucheckern und Esskastanien.

Die Hansens gestanden ihrem Sohn die Zeit des Müßiggangs zu, denn sie wussten, dass im frühen Winter eine große Aufgabe auf den jungen Reimer wartete: Er würde als stolzer Kapitän zur See fahren …

- 24 -

Lina

Ich vermisse dich so sehr, schrieb Lina an Jonas, der wegen des starken Schneefalls immer noch nicht nach Lütteby kommen konnte. Sie saß auf dem gemütlichen, breiten Bett, das ohne Jonas furchtbar leer war, und starrte zuerst auf ihr Handy und dann auf das gerahmte Selfie auf dem Nachttisch, das sie an Neujahr am Meer gemacht hatten. Gut, dass sie da noch nicht gewusst hatte, dass ihr erstes Ehejahr eher von Trennungen geprägt sein würde als von gemeinsam verbrachter Zeit. Am liebsten hätte sie *Ich halte diese ständigen Trennungen nicht mehr aus* hinzugefügt, doch es war ja nicht seine Schuld, dass sie sich so selten sahen. Schließlich stand sie auf und strich wehmütig über die vielen ungeöffneten Türchen des Adventskalenders, den sie für Jonas gebastelt hatte und der an der Innenseite ihrer Zimmertür hing. Auch die selbst gestrickten Fäustlinge zu Nikolaus lagen noch im Geschenkkarton auf dem Tisch vor dem Erkerfenster, das mit Eisblumen verziert war und auf dessen Fensterbank sich außen eine dicke Schneeschicht türmte. Tränen schossen ihr in die Augen, denn sie sah gerade keinen Ausweg aus dieser Misere, die ihr weit mehr zu schaffen machte, als sie sich bislang eingestanden hatte. Dieses Schneewochenende schien vieles ans Licht zu bringen, was bisher im Verborgenen geschwelt hatte. Sinje war nach dem Gottesdienst zu ihren Eltern zum Mittagessen gegangen, Henrikje unternahm mit Anka eine Schneewanderung, und Lina vermisste gerade schmerzlich nette Gesellschaft. Also beschloss sie, ihren Trübsinn mit einer heißen Schokolade zu bekämpfen, und machte sich kurzerhand auf den Weg zum Marktplatz. Entschlossen stapfte sie die Anhöhe hinunter durch den Schnee, inhalierte den Tannenduft des Waldes und hielt Impressionen des magischen Winterwunderlands für den Instagram-Account von Lütteby fest. Sie freute sich wie ein kleines Kind auf einen netten Plausch mit Amelie und hoffte, dass das Zusammensein mit ihr die trübe Stimmung ein wenig aufhellen würde.

Doch was war das? Als sie vor dem Café stand, starrte sie fassungslos auf das Schild mit der Aufschrift *Geschlossen*.

War Amelie etwa krank? Besorgt wählte Lina die Nummer der Freundin, doch sie erreichte nur die Mailbox. Nachdem sie eine Nachricht mit der Bitte um Rückruf hinterlassen hatte, trat Lina unschlüssig von einem Bein aufs andere, überlegte, wie sie den Sonntag verbringen wollte – und mit wem. Sie brauchte dringend Trost und Zuspruch und jemanden, der ihr half, die Dinge in einem positiveren Licht zu sehen. Sie brauchte ihre Mutter.

Florence freute sich, als Lina anrief und fragte, ob sie nach Garding kommen und sie besuchen könnte. So erreichte Lina eine knappe Stunde später den Ort, in dem ihre Mutter seit nunmehr drei Jahren lebte, seit sie nach den vielen Reisen wieder in Deutschland sesshaft geworden war. Vor der Eingangstür des gelb geklinkerten Reihenhauses stand eine lebensgroße Weihnachtsmannfigur, und an der Tür hing ein Kranz aus Tannenzapfen und getrockneten Beeren, den Lina im vergangenen Jahr gebastelt und ihrer Mutter geschenkt hatte.

»Komm herein, mein Liebling«, sagte Florence, nachdem sie die Tür geöffnet hatte, und nahm Lina in den Arm.

Lina erschnupperte den Duft ihres Parfums und genoss die

tröstliche Umarmung. Irgendwann löste sie sich jedoch daraus und folgte ihrer Mutter in das Wohnzimmer. Kerzen verströmten den Duft von Vanille und Honig, eine Bodenvase mit frischem Tannengrün verlieh dem Raum etwas Weihnachtliches, genau wie der Adventskranz, der, befestigt an dicken roten Schleifen, von der Decke über den Esstisch hing. Eine Kerze war schon zu einem Drittel abgebrannt, die zweite wartete darauf, an diesem Tag angezündet zu werden.

»Möchtest du Tee, Kakao oder einen Früchtepunsch?«

Lina entschied sich für die heiße Schokolade mit Sahnehaube und Zimt und kuschelte sich auf den gemütlichen Schaukelstuhl, auf dem sie hin und her wippte, während Florence in der Küche Milch erwärmte. Aus den Lautsprecherboxen erklang weihnachtliche Musik. Die Liedzeilen des Songs *Merry Christmas, Darling* von den Carpenters erfüllten den Raum mit einem Hauch von Melancholie, der Linas Wehmut noch verstärkte. Was war denn heute bloß los mit ihr?

»Ich wünsche dir einen fröhlichen zweiten Advent«, sagte Florence und prostete ihr mit einem Becher Kakao zu. »Erzähl, wie geht's dir?«

Lina spürte, wie sich ihr Herz zusammenkrampfte und sich erneut Trübsinn in ihr breitmachte. Und dann rollten auch schon dicke Tränen ihre Wangen hinunter. Unter Schluchzern versuchte sie ihrer Mutter zu erklären, was ihr so brennend auf der Seele lag.

»Ach Schätzchen, das wird alles wieder«, erwiderte Florence, die offensichtlich sofort verstand, was ihre Tochter so bedrückte. »Lass Jonas noch ein wenig Zeit. Er hat lange gebraucht, um sich von seinem Kite-Unfall zu erholen, und genießt es verständlicherweise, endlich wieder mobil und erfolgreich zu sein. Konzentrier dich lieber auf dich selbst und versuch die freien Stunden sinnvoll zu nutzen, statt etwas zu betrauern, das sich gerade nicht ändern lässt. Jonas würde nicht wollen, dass du unglücklich bist, und das weißt du auch.«

Lina nickte, trocknete die Tränen mit einem Taschentuch und betrachtete ihre Mutter, die heute ungeschminkt war, einen hellen Wollpullover und eine Yogahose trug und ihre rötlichen Haare zu einem Knoten geschlungen hatte. Auf dem Fußboden lag noch die ausgerollte Matte, auf dem Sideboard brannte eine Meditationskerze. Lina ließ den Blick erst zu einem Buch zum Thema *Selbstliebe* auf dem Wohnzimmertisch schweifen und dann zu dem ersten Entwurf ihres gemeinsamen Familienprojekts: der Sammlung von nordfriesischen Glücksrezepten, die Florence begonnen und Lina im Laufe der vergangenen Monate erweitert hatte. Henrikje hatte Zeichnungen dazu beigesteuert, und schon bald würden die drei die erste Fassung des Buchs von einer befreundeten Lehrerin Korrektur lesen lassen und dann im Selbstverlag veröffentlichen.

»Ich war leider nie besonders geduldig, bin es auch jetzt noch nicht und neige ebenfalls dazu, die Dinge immer mal wieder zu schwarz zu sehen«, fuhr Florence fort und fasste beim Sprechen an die Kette um ihren Hals. »Aber Yoga, Meditation und natürlich auch Lebenserfahrungen helfen ein bisschen. Ich kann dich nur ermuntern …«

Lina starrte wie elektrisiert auf das Medaillon und hörte gar nicht mehr richtig zu. Ihr Herz pochte etliche Takte schneller, denn nun bestätigte sich ihr Verdacht, und sie konnte es kaum erwarten, endlich Licht ins Dunkel der mysteriösen Beziehung zwischen ihren Eltern zu bringen.

»Bitte sei ehrlich und sag mir, wieso es Falk und dir so schwerfällt, Kontakt miteinander zu haben, und auch, wieso ich deinen Kettenanhänger neulich in der Umkleide seines Spas gefunden habe«, hörte sie sich sagen, obgleich sie gar nicht vorgehabt hatte, derart plump mit der Tür ins Haus zu fallen.

Florence sank augenblicklich in sich zusammen, wurde blass und nestelte nervös an der Kette herum. Mit einem Mal wirkte sie alt und müde. Doch dann straffte sie den Rücken, stieß hörbar die Luft aus und schaute Lina direkt in die Augen.

»Es stimmt nicht, dass wir keinerlei Kontakt haben, ganz im Gegenteil«, erwiderte sie mit leiser Stimme. »Wir haben aber niemandem etwas davon gesagt, weil wir eine Chance brauchten, in Ruhe und unbeobachtet unsere komplizierte Vergangenheit aufzuarbeiten und auszuloten, wie wir heute füreinander empfinden. Tut mir leid, wenn wir unehrlich zu dir waren, aber wir haben gemeinsam beschlossen, dass es unter den gegebenen Umständen das Beste ist, zu schweigen, bis wir herausgefunden haben, ob wir künftig als Paar durchs Leben gehen werden oder getrennt.«

Lina schluckte schwer, denn sie hatte mehr als genug von all den Geheimnissen, all den unbeantworteten Fragen. Doch dann fiel ihr ein, dass sie selbst gerade versucht hatte, durch eine heimliche List Sinjes Liebesglück auf die Sprünge zu helfen. Sinje hatte ihr verziehen. Aber konnte sie selbst ihren Eltern gegenüber solch eine Großmut an den Tag legen?

»Hast du eine Entscheidung getroffen?«, fragte sie, während sie versuchte, sich die heimlichen Stelldicheins auszumalen.

Im Grunde war es heute nicht anders als früher, als beide sich vermeintlich unbeobachtet in der Höhle auf der Waldanhöhe von Lütteby getroffen und der Liebe hingegeben hatten. Bis eines Tages alles aufgeflogen war und Florence ihre Schwangerschaft vor Falk verheimlicht hatte, damit dieser sich den Traum von einem Studium in Amerika erfüllen konnte. Der Rest war Geschichte.

Eine Geschichte voller ungelöster Rätsel, beharrlichen Schweigens, Lügen und Heimlichkeiten.

»Ja, das habe ich, und Falk weiß nun auch, dass ich mein

Leben nicht mit ihm gemeinsam verbringen möchte. Ein Teil von mir liebt ihn immer noch sehr, und ich bin unendlich dankbar, dass wir dich bekommen haben. Aber wir sind viel zu verschieden, wünschen uns unterschiedliche Dinge vom Leben und teilen nicht dieselben Wertvorstellungen. Das würde auf Dauer einfach nicht gut gehen. Dies zu erkennen war ein langer, schmerzhafter Prozess, doch jetzt weiß ich, was ich will, und hoffe, dass auch dein Vater eines Tages akzeptiert, dass das mit uns eben leider nicht sein soll.«

»Er liebt dich also immer noch«, entgegnete Lina, erfüllt von Mitleid für den Mann, dem als ehrgeizigem Bürgermeister nur wenig Sympathie entgegengebracht wurde, den sie jedoch im Laufe des vergangenen Jahres als liebenswerten, klugen und durchaus empathischen Mann kennengelernt hatte.

»Ja, das tut er, und ich kann nur hoffen, dass sich das irgendwann legt. Ich wünschte, dass er meinetwegen nicht leiden muss und es uns gelingt, einen harmonischeren Umgang miteinander zu finden, damit wir irgendwann Zeit als Familie verbringen können. Ob an Weihnachten oder an Geburtstagen oder was sonst noch so ansteht.«

Das wird in den noch verbleibenden zwei Wochen bis Weihnachten ganz bestimmt nicht passieren, dachte Lina betrübt. Und sie musste Falk gestehen, dass sie ihn angeschwindelt hatte, als sie behauptet hatte, ihre Mutter sei offen dafür, das Fest der Liebe gemeinsam zu begehen. Sie selbst war mittlerweile offenbar genauso eine Heimlichtuerin wie ihre Eltern, egal wie gut gemeint ihre Motive auch waren.

Als sich Lina am Abend von Florence verabschiedet hatte, war zwar die Wehmut nicht verschwunden, aber zumindest hatte sie endlich Klarheit bezüglich der Situation ihrer Eltern gewonnen und es genossen, gemeinsam mit Florence die zwei Kerzen auf dem Adventskranz anzuzünden, selbst gebackene Plätzchen zu naschen und später alte Fotoalben anzuschauen, welche einige Hansen-Frauen, aber vor allem die junge Henrikje und die junge Florence zeigten. Gedankenversunken fuhr sie zurück nach Lütteby und erkannte im Licht der Autoscheinwerfer, dass der Schnee nach und nach taute und sich die weiße Pracht allmählich in jenen grauen Matsch verwandelte, den niemand besonders gern mochte.

Als sie die Auffahrt zur Villa hinauffuhr, sah sie, dass in ihrem Schlafzimmer Licht brannte, und ihr Herz begann vor Aufregung zu pochen.

Wenige Minuten später lag sie überglücklich in den Armen von Jonas, der sie so leidenschaftlich küsste, dass im Nu all die Sehnsucht und der Trennungsschmerz vergessen waren.

»Ich will dir so nahe sein wie möglich«, flüsterte er und vergrub sein Gesicht in ihrer Halsbeuge.

Dann streifte er ihr den Pullover ab, öffnete den Verschluss ihres BHs, und beide sanken auf das breite Doppelbett unter dem Baldachin …

- 25 -

Lina

Das war schön«, murmelte Jonas, noch ein wenig schlaftrunken, nachdem sie sich ein zweites Mal geliebt hatten. »Wenn es nach mir ginge, würde ich ab sofort für immer hier bei dir bleiben. So gern ich Tante Maud habe, sosehr ich London liebe und natürlich auch meinen Job, so sehr habe ich die Befürchtung, einen wichtigen Teil meines Lebens zu verpassen, wenn sich nicht bald etwas Grundlegendes ändert.«

Lina durchströmte ein warmes Gefühl, denn es war das erste Mal, dass Jonas so klar und deutlich formulierte, dass ihn die Fernbeziehung genauso sehr belastete wie sie. Bislang war er eher pragmatisch mit der Situation umgegangen und hatte versucht, Lina aufzumuntern, wenn diese trüber Stimmung gewesen war.

»Ich hatte viel Zeit zum Nachdenken, während ich in Heathrow darauf gewartet habe, endlich nach Hamburg fliegen zu können. Was würdest du davon halten, wenn ich mich selbstständig mache und mich um die anstehenden touristischen Projekte in Lütteby kümmere?«

Lina setzte sich auf und zog sich die warme Daunendecke bis zum Kinn. Ein leises Frösteln erfasste sie, denn Jonas sprach gerade genau das aus, was sie sich insgeheim gewünscht, aber nicht laut auszusprechen gewagt hatte. »Verstehe ich dich richtig? Du … du willst künftig hier in Lütteby arbeiten?«, fragte sie und konnte kaum glauben, was sie da hörte.

Konnte es sein, dass ihr Traum endlich in Erfüllung ging?

»Genau das meine ich«, erwiderte Jonas lächelnd und gab ihr einen Kuss.

Lina schmiegte sich eng an ihn und schloss die Augen, als sie sich ausmalte, wie schön es sein würde, wenn sie nicht immer wieder auf Jonas warten, überwiegend Facetime-Telefonate mit ihm führen und nicht mehr länger nach einem Terminkalender leben müsste. Auch die Kinderplanung rückte damit in greifbare Nähe. »Das ist ja großartig«, erwiderte sie und spürte, wie unbändige Vorfreude sich in jeder Zelle ihres Körpers breitmachte und alles in ihr vibrieren ließ. »Los, erzähl. Welche Projekte schweben dir denn genau vor?«

»Ich spreche von einem Campingplatz, dem Restaurantschiff am Steg beim Leuchtturm, der Gastronomie auf dem Dach des Hochhauses und vielen weiteren Neuerungen, die Lütteby gut zu Gesicht stünden und sicher viele Urlauber hierherlocken würden.«

»Aber hattest du nicht gesagt, dass du nicht der Typ bist, der einen Campingplatz leitet?«, fragte Lina verwirrt. Doch sie fand, Jonas war genau der Richtige, um all die guten Ideen in die Tat umzusetzen, die ganz sicher erfolgreich werden würden, wenn man das Ganze behutsam und im Einklang mit den Besonderheiten der Region anging.

»Ich sehe mich eher als Konzeptioner und Geschäftsführer denn als derjenige, der auf dem Schiff das Bier zapft oder Campern ihren Stellplatz zuweist. Da wären Leute wie Thorsten, Fiete Ingwersen oder einige andere viel besser geeignet, und sie hätten dann endlich mal wieder was um die Ohren. Die einzigen Haken an dieser Idee sind die Tatsachen, dass ich dann das Risiko der Selbstständigkeit einginge und dass ich natürlich einen Financier brauche, um alles entsprechend anzuschieben. Und das sollte nach Möglichkeit nicht dein Vater sein. Ich möchte nämlich ungern Berufliches und Privates vermischen.«

»Ich kann mir niemanden vorstellen, der mehr Schwung, Leidenschaft, Kompetenz und Durchhaltevermögen mitbringen würde als du. Natürlich ist alles Neue mit einem gewissen Risiko verbunden, aber glaub mir als ausgebildeter Touristikerin, dass deine Ideen Erfolg versprechend sind und ich dich in allem nach Kräften unterstützen werde.«

Jonas' Antwort war ein langer, zärtlicher Kuss, und Lina glaubte, im siebten Himmel zu schweben, als er erzählte, dass er schon Mitte der Woche einen Termin mit dem Tourismusverband Nordfriesland hatte, der Businessplan seit einer Woche fertig war und er sich bereits nach einem passenden Schiff für das Bistro am Leuchtturm umgeschaut hatte. »Wann hast du das denn alles gemacht?«, fragte Lina verdutzt.

»Meistens nachts, wenn ich wach lag und nach einer Lösung für uns beide gesucht habe«, erwiderte er und umschlang Lina so fest, dass sie darauf vertraute, dass nun wirklich alles gut werden würde.

»Weißt du was?«, sagte sie und schenkte Jonas ein glückseliges Lächeln. »Ich finde, das schreit geradezu nach einer Flasche Sekt. Oder halt! Nach dem Champagner, den Falk mir zum Geburtstag geschenkt hat. Denn wenn das kein Grund zum Feiern ist, was dann?«

»Gute Idee«, erwiderte Jonas und gähnte verstohlen. »Sorry, dass ich gerade etwas abbaue, aber ein Gläschen wird mich sicher wieder auf Trab bringen. Dann bin ich wieder munter genug, um dir zu zeigen, wie sehr ich mich auf all das freue, was auf uns wartet.«

Während Lina in der Vorratskammer im Erdgeschoss nach dem Dom Pérignon suchte, läutete es. Da Sinje nicht öffnete, ging Lina selbst an die Tür. »Amelie«, rief sie aus, als sie erkannte, wer da im Halbdunkel vor ihr stand. »Wie schön, dass du da bist, ich hatte mir schon Sorgen um dich gemacht, weil dein Café heute geschlossen war. Komm rein.«

»Tut mir leid, dass ich dich durch meinen spontanen Entschluss, einfach blauzumachen, erschreckt habe«, erwiderte Amelie und bemerkte erst jetzt, dass Lina nur einen Bademantel trug. »Passt es dir überhaupt so spät?«

»Jonas ist zwar gerade aus London gekommen, aber das ist überhaupt kein Problem, denn er freut sich bestimmt, dich zu sehen. Oder möchtest du lieber allein mit mir sprechen?«

Lina sah Amelie den inneren Zwiespalt an, denn sie kaute ein wenig verlegen auf der Unterlippe. »Jonas ist ohnehin erschöpft von der langen Warterei am Flughafen und der Anreise. Ich mache uns allen eben eine Kürbissuppe warm, bringe ihm etwas nach oben, und wir beide chillen gemütlich vor dem Kamin. Und übrigens: Ich möchte jetzt keine Widerrede hören.«

Als sie Jonas die Suppe brachte und ihm von Amelies spontanem Besuch erzählen wollte, schlief dieser schon tief und fest. Daher breitete Lina die verrutschte Decke über ihm aus, gab ihm einen zarten Kuss und ging dann wieder nach unten zu ihrer Freundin. Mittlerweile war auch Sinje nach Hause gekommen, gut gelaunt und erfüllt von einem schönen Besuch bei ihren Eltern, bevor diese in die Winterferien fuhren.

»Ein Mädelsabend, wie toll«, rief sie erfreut und griff dankbar nach der Suppentasse, während Lina den Kamin anschürte.

»Darf man den Grund für deinen unerwarteten Besuch erfahren?«

Lina musterte Amelie neugierig, denn irgendetwas hatte sich an deren Gesichtsausdruck verändert. Sie wirkte so strahlend schön wie ein Weihnachtsengel und schien in gänzlich anderen Sphären zu schweben.

»Ich habe meine Arbeit geschwänzt und den heutigen Tag

mit einem Fremden und einer Katze in Husum verbracht«, erwiderte die Französin mit verklärtem Gesichtsausdruck.

Da hat sich aber jemand schwer verliebt, schoss es Lina in den Sinn, und sie wartete mit angehaltenem Atem darauf, was Amelie erzählen würde.

»Wie? Was? Wo?«, fragte Sinje und starrte Amelie an, als sei diese das achte Weltwunder.

»Das klingt sehr romantisch und nach einem … wie sagt ihr Franzosen so schön: coup de foudre«, murmelte Lina, die nach den passenden Worten suchte.

»Seltsamerweise ist das gar nicht so«, widersprach Amelie. »Die Liebe, die einen wie der Blitz trifft, kann auch ganz schnell wieder verfliegen. Das mit Kai ist etwas anderes, das spüre ich ganz deutlich. Es fühlt sich an, als würden unsere Seelen sich schon ewig kennen und hätten lange auf den passenden Zeitpunkt gewartet, einander zu begegnen.«

»Geht es diesem Kai auch so, habt ihr benannt, was da gerade geschieht? Ich meine, ihr kennt euch doch erst gefühlte drei Sekunden«, wollte Sinje wissen – direkt wie immer. »Und, auch nicht ganz unwichtig: Weiß Jules schon von seinem Konkurrenten?«

Lina schluckte schwer, denn sie mochte den charmanten Franzosen und hatte sich sehr darüber gefreut, dass er Amelie umgarnte und nicht lockerließ, obgleich Amelie ihm keinerlei Versprechen gegeben hatte.

»Jules hat vorhin seine Sachen gepackt und ist wieder in die Pension gezogen. Danach kehrt er nach Frankreich zurück«, erwiderte Amelie mit leiser Stimme. »Es ist mir nicht leichtgefallen, aber ich musste ihm einfach sagen, dass ein Fremder mein Herz weitaus mehr berührt hat, als er es vermochte, seit er in Lütteby aufgetaucht ist. Es ist traurig, denn ich wollte liebend gern an das Märchen glauben, dass wir nach so langer Trennungszeit endlich ein glückliches Paar werden.«

»Das ähnelt ein wenig der Situation mit Olaf und mir«, murmelte Lina, die sich noch sehr gut daran erinnern konnte, wie schmerzlich es gewesen war, ihrer Jugendliebe endgültig Lebewohl zu sagen. »Aber darum geht es jetzt gar nicht, sondern einzig und allein darum, wie dir mit deiner Entscheidung zumute ist.«

»Es fühlt sich richtig an, egal, was mit Kai wird oder auch nicht. Jules war die personifizierte Verkörperung meiner alten Heimat, meiner Familie und des Teils meines Lebens, den ich immer noch liebe und natürlich auch vermisse. Aber heute ist heute, und dazu gehört ihr beide, das Café und vor allem Lütteby. Dieser Ort ist meine Herzensheimat, und ihr seid meine Herzensmenschen, egal, was die Zukunft auch bringt.«

»Das hast du schön gesagt«, erwiderte Sinje mit Tränen in den Augen. »Kommst du denn morgen trotz aller Aufregung um dein Liebesleben mit zu den Kids nach Norderende? Wir wollen doch schrottwichteln.«

»Ach du meine Güte, das habe ich ja völlig vergessen«, erwiderte Amelie betreten. »Ich habe Pascal versprochen, dass wir den morgigen Ruhetag nutzen, um endlich einmal richtig klar Schiff im Café zu machen, weil in den vergangenen Wochen einfach zu viel liegen geblieben ist. Außerdem habe ich eine große Bestellung Eclairs und Macarons für eine Weihnachtsfeier deines Vaters vorzubereiten, Lina.«

»Das geht natürlich eindeutig vor«, beeilte sich Sinje zu sagen. »Kein Problem, das schaffe ich schon, schließlich sind die Kinder alles in allem doch ganz zugänglich und nett. Lasst uns lieber darauf anstoßen, dass du einen so wunderbaren Mann wie Kai kennengelernt und eine Entscheidung hinsichtlich Jules getroffen hast. Was auch immer sich jetzt entwickelt, es wird sicher spannend und wunderbar. Zumindest wünsche ich dir das von ganzem Herzen.«

- 26 -

Sinje

Na los, gib dir einen Ruck, alles wird gut!, sprach Sinje sich selbst Mut zu, als sie am späten Montagnachmittag vor der Tür des Gemeindezentrums in Norderende stand. Ihr Herz hämmerte hart gegen die Brust, denn in wenigen Minuten würde sie Svens Tochter Carla wiedersehen. In der vergangenen Nacht hatte sie mehrere Stunden wach gelegen und erwogen, dem jungen Mädchen einfach die Wahrheit zu sagen. Doch wie sollte sie das vor all den anderen Kindern anstellen? Natürlich hatte sie auch daran gedacht, zu schwänzen, den gesamten Kurs an jemand anderen abzugeben und selbstverständlich auch, Sven zu bitten, seiner Tochter zu erklären, wer diese Sinje Ella Meyer war, die ihr eigentlich durch ihre Krise helfen sollte. In der Morgendämmerung hatte sie jedoch beschlossen, einfach abzuwarten, was passierte, denn meistens kam es ja ohnehin anders als gedacht.

»Wer von euch hat Lust auf einen Fackellauf am Watt?«, fragte Sinje, nachdem sie den Gemeindesaal betreten und in die erwartungsvollen Gesichter der Kids geblickt hatte.

»Coole Idee«, stimmten die ältesten Mädchen sofort zu, woraufhin die Jungs sich anschlossen.

»Aber was wird dann aus dem Schrottwichteln?«, fragte die Jüngste und schaute Sinje hinter dicken Brillengläsern fragend an. »Du hast doch beim letzten Mal gesagt, dass wir etwas, das uns nichts bedeutet, an jemanden verschenken sollen, der sich darüber freut. Das war so eine schöne Idee.«

Einzig Carla hielt sich bedeckt und musterte Sinje stumm.

»Das machen wir natürlich trotzdem, und zwar während einer kleinen Rast am Strand«, beeilte sie sich zu sagen und spürte, wie die Nervosität, die sie bis eben noch so tapfer bekämpft hatte, allmählich wieder Besitz von ihr ergriff.

»Sollten Sie nicht sicherheitshalber eine zweite Aufsichtsperson für einen solchen Ausflug dabeihaben?«, fragte Carla, und Sinje hätte sich ohrfeigen können. Svens Tochter hatte völlig recht.

Doch was nun? Sie wollte sich weder die Blöße geben, einzuräumen, dass sie diesen Punkt nicht bedacht hatte, noch ihren Plan fallen lassen. Frische Luft, glitzernde Eisschollen auf dem Wattenmeer, Mondlicht und Fackeln, das war eine unschlagbar stimmungsvolle Kulisse, mit der sie die Jugendlichen verzaubern und auf Weihnachten einstimmen wollte. Wieso hatte sie nicht für personellen Ersatz gesorgt, als Amelie ihr für heute abgesagt hatte?

Gerade als sie überlegte, Lina anzurufen, fuhr ein Auto vor, und ein Mann stieg aus, so viel konnte Sinje durch die Fensterscheibe erkennen. Als die Tür aufging und plötzlich Sven vor ihr stand, gab der Boden unter ihren Füßen nach.

»Du hast dein Schrottwichtelgeschenk daheim vergessen«, rief Sven und ging zu seiner Tochter, ohne Sinje zu bemerken.

Erst als Carla sagte: »Oh, super, hast du zufällig Zeit? Hier wird eine zweite Person für einen Fackellauf gebraucht«, registrierte er ihre Anwesenheit.

»Ich … äh … nun ja«, stammelte Sven und blickte Sinje hilflos an. »An sich habe ich nichts weiter vor.«

»Dann kommen Sie ja wie gerufen«, erwiderte diese, ohne über die Konsequenzen nachzudenken.

Irgendetwas hatte sich der liebe Gott dabei gedacht, als er Sven hierherschickte, und darauf wollte sie vertrauen, egal, was später geschehen würde. »Dann schlage ich vor, dass wir in fünf Minuten aufbrechen und alle vorher noch mal das tun, was man für gewöhnlich so macht, bevor man länger unterwegs ist.«

Leider ging ihr Plan, etwas Zeit allein mit Sven zu gewinnen, nicht auf, denn Carla wich nicht von seiner Seite und machte beide miteinander bekannt. *Gute Erziehung,* dachte Sinje und erwiderte höflich Svens angestrengtes Lächeln. Kurz darauf wurde ihr bewusst, dass die vergangenen fünf Minuten zu den längsten ihres Lebens gehörten, bis auf die vor dem Abschluss der Fahrprüfung und die letzte Wurzelbehandlung beim Zahnarzt.

»Na, dann wollen wir mal, Frau Pastorin«, rief Sven betont gut gelaunt und ließ seinen Blick über die Kinder schweifen, die gar nicht daran dachten, sich paarweise aufzustellen, schließlich war dies kein Klassenausflug und die Zeit im Kindergarten schon lange passé. Sinje ging vorneweg, nachdem sie jedem Jugendlichen eine brennende Fackel in die Hand gedrückt hatte, Sven bildete gemeinsam mit Carla den Schluss des Trüppchens, das sich in Richtung Meer in Gang setzte.

Norderende schloss sich an Grotersum an und schlängelte sich an einer halbrunden Bucht entlang, in der das Wasser auch bei Flut ziemlich niedrig stand. Familien schätzten diesen Strand für Urlaub mit Kleinkindern, auch für Wattführer war dieser Ausgangspunkt ideal, gerade bei Touren mit Unerfahrenen.

»Das sieht ja schön aus«, rief eines der Mädchen, als sich das Licht der Fackeln im flachen Gewässer spiegelte und die Muster im Sand eindrucksvoll hervorhob. »Wie im Märchenwunderland.«

»Igitt, eine Quallenfamilie, wie eklig«, rief ein Junge und wollte gerade auf die größte treten, als Carla ihn am Kragen packte und zurückriss.

»Was bist du denn für ein Arsch?«, sagte sie mit wütend funkelnden Augen, und Sinje hielt instinktiv die Luft an. Sie würde sich erst einmischen, wenn es den beiden nicht gelang, ihre Differenzen selbst beizulegen, das sagte ihr die Erfahrung als Pastorin. »Du kannst doch nicht einfach etwas töten, nur weil es dir fremd ist, und schon gar nicht eine ganze Familie. Weißt du nicht, wie besonders und kostbar Familien sind?«, redete Carla sich in Rage, ließ aber den Kapuzenkragen des Jungen namens Sören los.

Sinje stiegen Tränen in die Augen, und sie vermied jeglichen Blickkontakt mit Sven, der neben seiner Tochter stand und das Szenario ebenso angespannt verfolgte.

»Spinnst du? Dieses blaue Glibberzeugs ist doch nichts Lebendiges«, fauchte der Junge zurück und spuckte verächtlich auf den Boden.

»Natürlich sind das Lebewesen, hast du in Bio nicht aufgepasst?«, zischte Carla und stellte sich schützend vor die Ansammlung von kleinen und großen blauen Nesselquallen. »Und selbst wenn es anders wäre: Trampelst du alles nieder, was du nicht magst? Nicht zu fassen, was für ein Idiot du bist!«

»Halt, stopp, Auszeit«, mischte sich Sven in die Auseinandersetzung ein, wofür Sinje ihm äußerst dankbar war. »Dass ihr unterschiedlicher Meinung seid, ist kein Grund, gemein und hässlich zu werden, Carla. Bitte entschuldige dich bei Sören für deine Schimpfworte. Und Sören, du tätest sicher gut daran, etwas achtsamer mit den Wundern des Wattenmeers umzugehen, nicht umsonst ist das hier ein Nationalpark und UNESCO-Welterbe.«

Carla trat verlegen von einem Bein auf das andere, das Licht ihrer Fackel flackerte und malte blinkende Zeichen in den nachtdunklen Himmel. Doch ihr kam kein Wort der Entschuldigung über die Lippen.

»Gibt es irgendetwas, das du eklig findest, so wie ich zum Beispiel Spinnen, Ohrenkneifer, schwarze Nachtfalter und Fledermäuse? Etwas, wovor du womöglich so große Angst hast, dass du dich sofort wehren würdest, wenn du dich davon bedroht fühltest?«, fragte Sinje in der Hoffnung, mit diesem Ablenkungsmanöver zur Deeskalation des Streits beizutragen und die Fackelwanderung ungestört fortsetzen zu können.

»Sie haben Angst vor Nachtfaltern?«, fragte Carla ehrlich verdutzt. »Die finde ich supertoll und überhaupt nicht gruselig. Ich fürchte mich nur vor Grashüpfern, weil man nie weiß, wo sie gerade hinspringen. Im Sommer ist mir mal einer in den Nacken gehüpft, und das war echt voll widerlich.«

»Also ich finde Grashüpfer super«, sagte Sören erstaunlich friedvoll. »Sie sind wunderschön, blitzschnell und können singen. Welche Tiere können das schon?«

»Vögel«, mischte sich nun das Mädchen mit der Brille ein.

»Antilopen und Frösche«, ergänzte ein anderes.

»Affen und Gibbons. Aber das ist wohl dasselbe«, warf ein Junge ein.

»Frösche machen mir auch Angst«, rutschte es Sinje heraus, obgleich sie lieber die Kinder miteinander reden lassen wollte.

»Weil sie sich nicht immer als Prinz entpuppen, wenn man sie küsst?«, fragte Sven, dicht an ihrem Ohr und kaum hörbar. Sinje lief ein Schauer nach dem anderen den Rücken hinunter, weil er zum ersten Mal seit ihrer Trennung mit ihr zu flirten schien. Oder gaukelte das Rauschen der Nordseewellen und der sanfte Wind ihr dies nur vor?

Da die Kinder sich immer weiter in Diskussionen um Tiere, Ängste und schließlich Filme und Serien verstrickten und nun auch Sören und Carla sich angeregt unterhielten, nutzte Sinje die Gelegenheit, Sven zu fragen, wie sie damit umgehen sollte, dass Carla seine Tochter war.

»Ich würde mal sagen, wir müssen den Dingen, zumindest für heute Abend, ihren freien Lauf lassen. Wie kommt es eigentlich, dass du für die Gemeinde von Norderende arbeitest? Als Carla erzählt hat, dass eine Pastorin die Gruppe leitet, bin ich zwar stutzig geworden, konnte mir aber beim besten Willen nicht vorstellen, dass du das bist. Wusstest du denn, wer Carla ist?«

Sinje erwiderte, dass sie sich dies anhand des emotionalen Ausbruchs seiner Tochter zusammengereimt und dass Lina ihre Finger bei der Sache im Spiel gehabt hatte. »Ich wollte dir ursprünglich beim Abendessen am Samstag davon erzählen und dich fragen, wie ich am besten damit umgehen soll, doch dann hat mir der Schnee einen Strich durch die Rechnung gemacht.«

»Was wirklich sehr, sehr schade war, denn ich hatte mich unglaublich auf unser Treffen gefreut«, flüsterte Sven, obgleich die Kinder außer Hörweite waren und begeistert durch das Watt stapften, Muster mit ihren Fackeln in die Lüfte malten und ganz offenbar bestens miteinander auskamen.

»Davon habe ich in deiner Nachricht aber nichts gelesen«, erwiderte Sinje und bereute ihre Bemerkung zugleich. Sie klang beleidigt und wie die eines unreifen Teenagers.

»Hast du noch nie etwas davon gehört, dass wir Männer unsere wahren Gefühle zuweilen hinter Coolness verstecken?«, neckte Sven sie, und Sinje musste sich arg zusammenreißen, um ihn nicht zu küssen. »Ich gebe zu, dass mir Carlas Schusseligkeit gelegen kam, denn insgeheim wollte ich schon ganz gern wissen, ob vielleicht du die Pastorin bist, von der meine Tochter so begeistert war.«

»Carla? Begeistert von mir?«, fragte Sinje verdutzt, doch gleichzeitig glücklich. Vielleicht ging Linas Plan am Ende ja doch auf und sie selbst war schon viel zu desillusioniert, um an Wunder zu glauben – auch wenn sie im Gottesdienst das Gegenteil predigte. »Sie hat an diesem Abend nicht besonders viel gesagt und auch nicht gerade freundlich geguckt.«

»Das ist ein gutes Zeichen, denn das bedeutet, dass sie dich ernst nimmt und interessant findet. Wäre das nicht der Fall, hätte sie entweder eine provokante Bemerkung gemacht oder dich gar nicht beachtet. Aber sie hat dir sogar von ihrem Schmerz erzählt, den Yvonnes und meine Trennung bei ihr ausgelöst hat. Yvonne ist übrigens seit einigen Wochen frisch verliebt, was nicht ganz einfach für Carla ist, weil sie sich an einen neuen Menschen gewöhnen muss, der auch viel daheim ist, wenn sie bei Yvonne ist. Zurzeit wohnt sie deshalb viel lieber bei mir, aber wir halten uns dennoch so streng wie möglich an die vereinbarte Struktur, sonst wird alles nur noch komplizierter, als es ohnehin schon ist.«

»Oje, das ist ja alles gar nicht so einfach für euch«, erwiderte Sinje beinahe tonlos und streichelte kurz Svens Arm, auch wenn sie ihn am liebsten tröstend gehalten und ihm Mut zugesprochen hätte. »Aber ich hoffe, dass Carla sich eines Tages mit der Situation arrangiert und ihr bestenfalls sogar etwas Positives abgewinnen kann. Natürlich ist es schade, dass ihre heile Welt schon so früh Risse bekommen hat, aber das geht nicht nur ihr, sondern bedauerlicherweise vielen Kindern so.«

»Ja, leider. Ich wünschte, ich hätte ihr diese schmerzhafte Erfahrung ersparen können und auch all die, die sicher noch kommen werden. Aber das liegt nun mal nicht in meiner Macht, genau wie die Anziehung, die du auf mich ausübst. Wollen wir unser Date irgendwann nachholen?«, fragte Sven, und in diesem Augenblick sah Sinje eine Sternschnuppe am Horizont.

Daher schöpfte sie wieder Mut und erwiderte: »Nichts lieber als das.«

- 27 -

Amelie

Am selben Abend arbeiteten Amelie und Pascal in ungewohnter Eintracht im Café. Aus dem Lautsprecher ertönten französische Chansons, denn beim Klang von Musik ließ es sich nun mal leichter putzen, sortieren und aufräumen. Oder vielleicht doch nicht?

»Also ich weiß ja nicht, wie es Ihnen geht, doch ich kann das alles nicht mehr hören«, sagte Amelie, während sie die Weihnachtsdeko säuberte, die erneut Staub angesetzt hatte. Dabei musste sie unwillkürlich an die Schaufensterauslage von Kais Trödelladen denken, und schon wurde ihr warm ums Herz.

»Aber das ist französische Tradition«, widersprach der Sommelier in seinem typisch näselnden, strengen Tonfall, der Amelie immer wieder einschüchterte. Dann ging er zur Soundstation, tippte auf dem Display herum und wandte sich wieder seiner Beschäftigung, dem Austauschen von abgebrannten Kerzen, zu. Doch statt eines melancholischen Lieds von Édith Piaf, Charles Aznavour oder Juliette Gréco ertönten mit einem Mal Rhythmen, die Amelie sofort ins Blut gingen. Es war ein Mix aus algerischer Raï-Musik, französischem House und Electro-Beats. Khaleds Welthit *Aïcha* begeisterte sie nach wie vor und machte sofort gute Laune, genau wie *Alors on danse* von Stromae, Amirs *La fête* oder Popsongs von Les Rita Mitsouko und Zaz.

»Ist das besser?«, knurrte Pascal und ging nun zum Polieren der bauchigen Rotweingläser über, die er höchstpersönlich spülte. Aus Misstrauen ließ er Amelie nicht mal ansatzweise in die Nähe dieser Kostbarkeiten.

Irrte Amelie sich, oder wippte tatsächlich Pascals rechter Fuß im glänzenden Lackschuh?

»Viel besser«, erwiderte sie amüsiert, und schon tanzte der Staubwedel beinahe über den Glasbehälter mit den schimmernden Weihnachtskugeln und den Schlitten mit den vielen Geschenkpäckchen auf dem Verkaufstresen und ließ die einzelnen Glaselemente des Kronleuchters fröhlich aneinanderklimpern.

Pascal erwiderte nichts darauf, aber er knickte hin und wieder mit seiner schmalen Hüfte ein, als würde er gleich zu einem Tanzschritt ansetzen.

»Was halten Sie davon, wenn wir uns jetzt eine kleine Pause gönnen und einen Pastis trinken?«, hörte Amelie sich plötzlich zu ihrem eigenen Erstaunen sagen. Für gewöhnlich beschränkte sie den Kontakt mit Pascal auf das Notwendigste. Doch irgendetwas hatte sich verändert, seit sie am Sonntagmorgen ganz instinktiv in den Bus Richtung Husum gestiegen war.

»Pastis?«, fragte Pascal mit tadelnd nach oben gezogener Augenbraue. Doch plötzlich wich seine oberlehrerhafte Miene einem breiten Lächeln. »Das ist eine hervorragende Idee. Aber wir trinken auf keinen Fall dieses gewöhnliche Zeug, das wir im Bistro ausschenken.« Mit diesen Worten war er auch schon verschwunden und kehrte nach einer Weile mit einer Flasche wieder, deren Etikett von Exklusivität zeugte.

»Santé«, murmelte er hoch konzentriert und reichte ihr den Anis-Drink.

»Auf uns«, erwiderte Amelie, die es mittlerweile gar nicht mehr so nervig fand, sich das Café mit dem äußerst speziellen Monsieur Durand aus Paris zu teilen. Dass er ein wenig kapriziös und damit anstrengend war, egal! Besser exaltiert und interessant als farblos wie Pastis, wenn sich das Eiswasser mit dem Schnaps zu einem milchigen Weißgelb mischte.

»Wie geht es denn Ihrem französischen Freund?«, fragte Pascal ungewohnt persönlich. »Ich habe ihn schon länger nicht mehr gesehen.«

»Er fliegt wieder zurück nach Frankreich, weil das mit uns keinen Sinn hat. Wir können nicht einfach nahtlos an die Vergangenheit anknüpfen, sosehr ich mir das auch gewünscht habe. Doch mein Leben ist hier in Lütteby, und meine Gefühle für ihn sind nur noch so etwas wie Schatten der Vergangenheit.«

»Man kann eben nicht alles aufwärmen, genau wie beim Essen«, murmelte Pascal. »Und verzeihen Sie, wenn ich das so sage, aber ich finde, Sie beide passen überhaupt nicht zusammen. Dieser Jules ist ein Jäger, und Sie, ma chère, sind eine ganz besonders kostbare und wunderschöne Blüte. Sie verdienen jemanden, der Sie mit all Ihren Besonderheiten zu schätzen weiß.«

Amelie verschluckte sich und wusste nicht, ob es daran lag, dass sie den Pastis in den falschen Hals bekommen hatte, oder daran, dass sie niemals gedacht hätte, dass Pascal so wertschätzend und positiv über sie dachte.

»Noch einen Schluck?«, fragte er schmunzelnd und schenkte nach.

Amelie wurde von Minute zu Minute wärmer, die Sounds der französischen Popsongs stiegen ihr zu Kopf, genau wie die Gedanken an Kai. Gut, dass sie die Gebäckbestellung für Falks Weihnachtsfeier schon erledigt hatte.

»Was hat Sie eigentlich nach Lütteby geführt?«, wagte sie endlich, ihrem Geschäftspartner die Frage zu stellen, die sie schon seit dem Vorstellungsgespräch beschäftigte.

»Die Liebe«, erwiderte er kurz und knapp, und Amelie fiel

beinahe die Kinnlade herunter. Sie konnte sich Pascal beim besten Willen nicht als Liebhaber vorstellen. Außerdem schien er gar kein Privatleben zu haben.

»Aber das ist eine lange, traurige Geschichte, und wir wollen doch diesen schönen Abend nicht mit Wehmut und Trübsinn vergeuden, mais non? Lassen Sie uns lieber tanzen, singen und das Leben feiern. Sie haben eine wichtige Entscheidung getroffen, alte Zöpfe abgeschnitten und sind nun frei wie ein Vögelchen. Was haben Sie mit dieser neu gewonnenen Freiheit vor?« Doch anstatt ihre Antwort abzuwarten, reichte er Amelie formvollendet die Hand und schob sie über das frisch gebohnerte Parkett. Es dauerte einen kleinen Moment, bis beide ihren Rhythmus und das Tempo fanden, doch schon bald drehten sie sich miteinander im Kreis, stoben auseinander und trafen sich wieder, als hätten sie früher gemeinsam einen Tanzkurs besucht. Amelie war äußerst amüsiert, als sie sah, dass sich ein feiner Schweißfilm auf Pascals Stirn bildete. Einer spontanen Eingebung folgend wagte sie es, seine korrekt sitzende Fliege zu lösen und auf den Tisch hinter ihr zu werfen. Pascal drohte ihr spielerisch mit dem Zeigefinger, knöpfte dann jedoch die ersten beiden Knöpfe des blütenweißen, frisch gestärkten Hemds auf. Amelie schlüpfte aus den unbequemen Schuhen und kickte sie in Richtung Küche.

Das Tempo des nächsten Songs zog an, und so wirbelten beide durch das Café, versunken in ihre Gedanken und Träume und in dem Bewusstsein, dass gerade etwas ganz Besonderes geschah. Irgendwann ließen sie sich laut japsend nebeneinander auf das gemütliche Plüschsofa fallen und begannen wie auf Kommando zu kichern.

»So gut habe ich mich ewig nicht mehr amüsiert«, sagte Pascal und streckte alle viere von sich. »Danke für diesen wundervollen Abend. Es war mir eine Ehre.«

»Mir auch«, erwiderte Amelie und stand auf, um sich die Schuhe und den Mantel anzuziehen. »Au revoir et bonne nuit, wir sehen uns morgen.«

Dann zog sie die Tür des Cafés hinter sich zu und atmete genussvoll die frische Winterluft ein.

Über ihr funkelten zahllose Sterne, sie dachte sehnsüchtig an den Mann mit der Katze und überlegte, was er wohl in diesem Augenblick tat. Sie hatten keine Handynummern ausgetauscht, und Amelie wollte sich ihm nicht aufdrängen. Deshalb konnte sie nichts weiter tun, als abzuwarten, was passieren würde.

18. Jahrhundert

Die Tage bis Weihnachten verflogen im Nu, denn Maren Hansen hatte alle Hände voll zu tun: Sie strickte Kleidung für das Baby, stickte Monogramme auf die Windeln und schrieb Briefe an Reimer, der seit knapp einem Monat auf hoher See war.

Amme Ibke leistete Maren hin und wieder Gesellschaft, die junge Frau verbrachte aber auch viele dunkle Winterabende am wärmenden Kachelofen in ihrem Elternhaus oder bei Reimers Familie am Kamin. Die schönsten Abende waren diejenigen, an denen gesungen, musiziert oder vorgelesen wurde oder jemand zu Gast war, der Geschichten aus fernen Ländern, von der feinen Gesellschaft oder anderes erzählen konnte, was die werdende Mutter von ihrer Sehnsucht nach ihrem Mann ablenkte.

Wenn es ihre Zeit erlaubte, organisierte sie zusammen mit anderen Frauen aus der Gemeinde einen Basar oder sammelte anderweitig Geld für die Reparatur des Glockenspiels von Lütteby. Man munkelte noch immer, dass die Weihnachtsflut im vergangenen Jahr die Kleinstadt nicht so hart getroffen hätte, wenn das Glockenläuten an Heiligabend die Herrlichkeit und Stärke des Herrn gepriesen hätte.

Doch sosehr sich die Damen auch bemühten, so flink fleißige Hände auch stickten, nähten, buken oder Schmuck aus Bernstein anfertigten, so wenig reichte der Erlös aus, um die hohen Kosten zu decken. In einer besonders stürmischen Nacht kam der Gedanke auf, die wohlhabenderen Grotersumer um ein Darlehen zu bitten, doch man verwarf den Plan schnell wieder.

Der Nachbarort war Lütteby immer noch spinnefeind, und es schien nicht ratsam, sich in die Hände von Missgünstigen zu begeben.
»Vertraut dem Herrn«, predigte der Pastor von der Kanzel und bekreuzigte sich. »Er wird unsere Geschicke leiten.«
Doch Maren plagten des Nachts erneut Albträume, in denen sie von hohen Flutwellen mitgerissen und auf das weite, kalte Meer hinausgetragen wurde, das mit klammen Fingern nach ihr griff.
Oftmals erwachte sie schreiend und streichelte dann erschrocken den Bauch, um ihr Kind zu beruhigen. »Es wird alles gut«, flüsterte sie, wenngleich sie selbst nicht an ihre eigenen Worte glaubte. »Ich passe auf dich auf und wache über dein Schicksal, das verspreche ich dir.«

- 28 -

Lina

In Lütteby verbrachte man den dritten Advent traditionell in *Henrikjes Lädchen* am Marktplatz. Endlich kamen wieder alle zusammen, die sich in den kalten Monaten eher selten sahen: Apotheker Kai mit Frau und Kindern, die Lorussos, Sinje, Ahmet vom Markt-Kiosk und Violetta aus dem Blumenladen mit ihrer Tochter Matti. Amelie musste im Café arbeiten und würde später nachkommen.

Natürlich war auch Michaela aus dem *Modestübchen* mit von der Partie. »Ich habe ein Geschenk für euch«, sagte sie, und ein geheimnisvolles Lächeln umspielte ihre Lippen. Sie legte kleine bunte Päckchen auf den großen Bistrotisch, der vor dem Lädchen stand und mit einer Laterne und frischem Tannengrün geschmückt war. Auf einem Tisch in der Nähe standen Thermoskannen mit Heißgetränken und randvolle Schalen mit weihnachtlichen Köstlichkeiten. Links und rechts vom Eingang hatte Henrikje Heizpilze aufgestellt, die behagliche Wärme spendeten.

»Aber es ist doch noch gar nicht Weihnachten«, protestierte Florence halbherzig und öffnete neugierig das Geschenk, auf dem ihr Name stand. Lina schaute ihr über die Schulter und spielte dabei mit der hübschen Schleife ihres Päckchens.

»Wie lieb von dir«, bedankten sich auch Sinje, Henrikje und Anka, als sie sahen, dass Mika für jede ein geringeltes Stirnband aus Fleece genäht und mit einem blauen Herzen und dem *Lüttebyliebe*-Logo verziert hatte. »Das ist perfekt für die kalte Jahreszeit.«

Thorsten stand ein wenig abseits und sprach mit Jonas über den geplanten Campingplatz und all das andere, was künftig auch in der Nebensaison Touristen in das bezaubernde Städtchen an der Nordsee locken würde.

Fiete Ingwersen hatte die Hände in die Hüften gestemmt und lauschte aufmerksam der Unterhaltung der beiden Männer. »Wo wir gerade bei diesem Thema sind«, mischte er sich schließlich in einer Gesprächspause ein. »Erinnert ihr euch noch an den Plan vom Bürgermeister, meinen Haubarg zusammen mit dem alten Bahnhofsgebäude zu einem Veranstaltungszentrum für Konzerte, Ausstellungen, Lesungen und Kabarett zu machen?«

»Aber sicher«, erwiderte Jonas und betrachtete den alten Herrn aufmerksam. »Ich finde die Idee immer noch großartig, verstehe aber völlig, wenn du dich nicht von deinem Haus trennen möchtest.«

»Mittlerweile ist ja einige Zeit ins Land gegangen, und ich werde eindeutig nicht jünger«, erwiderte Fiete, der allerdings so gut aussah wie lange nicht mehr. »Ich möchte, dass unser Chor und auch der Nachwuchs und die Sänger aus den benachbarten Orten einen Platz haben, an dem sie üben, auftreten und feiern können, wann immer sie das wollen. Die Schulturnhalle ist nicht gerade einladend und im Winter eisig kalt.«

»Und wo würdest du dann wohnen?«, fragte Thorsten verwundert. Die beiden waren sich bis vor einiger Zeit gepflegt aus dem Weg gegangen, doch sie akzeptierten die Existenz des anderen nach und nach, wenn auch anfangs ein wenig widerwillig. Aber auch sie hatten mittlerweile erkannt, dass man zusammen besser dran war als allein, und sahen nun großzügig über ihre jahrelangen Animositäten hinweg.

»Ich ziehe nach Norderende in das Neubaugebiet, in das keiner will, da ist jetzt alles günstig zu haben«, erklärte Ingwersen und wartete offenbar gespannt auf die Reaktion der beiden Männer, zu denen sich nun auch Apotheker Kai und Kioskbesitzer Ahmet gesellt hatten.

»Nicht dein Ernst?«, sagte Kai verblüfft, und auch Ahmet schaute ziemlich erstaunt drein, wie Lina sehen konnte.

Fiete Ingwersen begann so schallend laut zu lachen, dass Falk van Hove das Gelächter vermutlich noch in seinem Stadtpalais hören konnte.

»Reingefallen«, erwiderte er quietschvergnügt und hielt sich den Bauch. »Nie im Leben setze ich auch nur einen Fuß dorthin. Nein, ich werde weiter im Haubarg wohnen und mir ein Zimmerchen im Erdgeschoss abzweigen. Was brauche ich schon außer meinen Noten, meinem Schifferklavier und einer kleinen Kochnische. Das Land habe ich an einen netten Bauern aus Grotersum verpachtet, und der kümmert sich künftig auch um die Tiere. Und wenn es nicht mehr anders geht, siedle ich irgendwann ins Altenheim um, und das ist dann auch gut so.«

»Hut ab, Fiete, das klingt alles vielversprechend«, zollte Jonas dem ehemaligen Landwirt Respekt. »Wenn es für dich in Ordnung ist, beziehe ich diese neuen Informationen in den Plan ein, den ich gerade beim Tourismusverband eingereicht habe. Damit dürften die Chancen einer Finanzierung steigen.«

»So, Kinners, genug übers Geschäft geplaudert«, meldete sich Henrikje energisch zu Wort. »Heute ist nicht nur Sonntag, sondern auch der dritte Advent, den sollte man zur Entspannung nutzen.« Mit diesen Worten hakte sie sich bei Thorsten ein, der sie verliebt anstrahlte.

Lina traute ihren Augen kaum, denn dies war das erste Mal, dass ihre Großmutter sich offen zu dem Mann bekannte, dem sie schon als junge Frau ihr Herz geschenkt hatte. Doch damals hatte das Leben andere Pläne für sie und Thorsten gehabt …

»Dein Wunsch ist mir Befehl«, erwiderte dieser augenzwinkernd und folgte Henrikje zum Tisch, wo auch er sein persönliches Päckchen von Michaela bekam. »Und wo wir gerade beim Thema Weihnachten sind, was macht eigentlich das Glockenspiel, Frau Pastorin?«

»Hör mir bloß damit auf«, winkte Sinje ab, und Lina bekam schlagartig weiche Knie. Obwohl ihr viele versichert hatten, dass sie nichts auf den Aberglauben gaben, konnte sie den Gedanken an ein drohendes Unglück einfach nicht abschütteln. In der vergangenen Nacht hatte sie sogar von einer schweren Sturmflut geträumt, die ganz Lütteby mit sich in die Tiefen der Nordsee gerissen hatte. »Selbst wenn wir von irgendwoher eine Spende bekämen, würde die Zeit nicht mehr für die Reparatur reichen. Nein, der Zug ist leider abgefahren.«

»Welcher Zug?«, fragte Amelie, die sich nun zu den Feiernden gesellte und einen Teller Weihnachtsmacarons mit Zimtfüllung auf den Tisch stellte. Lina und Sinje setzten die Freundin ins Bild, die daraufhin schwer seufzte und so angestrengt in Richtung Apostelkirchlein starrte, als würde sie versuchen, die Glocken durch bloße Willenskraft zum Läuten zu bringen.

»Nun macht euch mal keinen Kopf, Deerns«, sagte Fiete, der mit Genuss zwei Macarons hintereinander aß. »Dat löppt sik allens wedder trecht.«

Amelie schaute ihn fragend an und wiederholte den plattdeutschen Satz mit ihrem charmanten französischen Akzent. Fiete nickte ihr ermunternd zu, und schon waren die beiden in einen kleinen Plattdüütsch-Sprachkurs verstrickt, während Lina sich Ahmet zuwandte, mit dem sie sich seit Ewigkeiten nicht mehr länger unterhalten hatte. Den freundlichen Kioskbesitzer umwehte stets eine Aura von sanfter Melancholie, Ahmet wirkte häufig meilenweit der Welt entrückt.

»Und wie geht es dir so? Wie verbringst du die Feiertage? Schließt du den Kiosk wie jedes Jahr?«

»Ja, das mache ich, allerdings für immer. Zumindest, was mich betrifft.«

»Wie? Ich verstehe nicht ganz …«, erwiderte Lina.

»Ich gehe wieder zurück in meine Heimat«, sagte Ahmet so leise, dass Lina Mühe hatte, seine Worte vor dem Hintergrund des Stimmengewirrs zu verstehen. »Mein letzter Arbeitstag ist der 30. Dezember, und dann verlasse ich Lütteby. So gern ich hier auch war und so wohl ich mich bei euch fühle, so sehr vermisse ich meine Wurzeln, meine Traditionen, die Familie und meine Freunde. Ich habe in den letzten Jahren Geld gespart und werde gemeinsam mit meiner Schwester im Süden der Türkei ein kleines Gästehaus am Meer eröffnen. Wir beide träumen schon so lange von etwas Eigenem, und bald ist es so weit. Ihr seid übrigens jederzeit herzlich willkommen, wenn ihr einmal Urlaub am Mittelmeer machen wollt.«

Lina wusste nicht, was sie zuerst denken und fühlen sollte.

Und so war sie dankbar, dass Blumenhändlerin Violetta genau die Fragen laut aussprach, die sie selbst nicht zu stellen wagte. »Was wird denn dann aus dem Kiosk? Bei wem sollen wir morgens unsere Zeitung kaufen? Bei wem trinken wir einen starken Mokka? Wer zitiert künftig herrliche Gedichte und Spruchweisheiten?« Tränen stahlen sich in Violettas Augenwinkel, dann fiel sie Ahmet um den Hals. Lina unterdrückte ein Kichern, denn Violetta war so groß wie eine Basketballspielerin, und Ahmet maß gerade mal einen Meter sechzig, wenn überhaupt. »Du wirst mir unendlich fehlen, weißt du das?«, murmelte sie und löste sich dann aus der Haltung, die vermutlich für keinen von beiden bequem gewesen war.

»Du verlässt Lütteby?« Mit einem Mal scharten sich alle um den beliebten Ahmet, der zwar nie eine Plaudertasche gewesen war – aber das waren die Nordfriesen schließlich auch nicht.

»Keine Sorge, ihr werdet auch in Zukunft alles, was ihr bei mir bekommen habt, kaufen können«, erwiderte Ahmet, sichtlich gerührt vom Entsetzen aller Anwesenden, den Umarmungen, dem anerkennenden Schulterklopfen und dem Küsschen, das Violettas Tochter Matti ihm gab. Sie hatte manchmal Schularbeiten bei ihm gemacht, denn Ahmet war ein Ass in Mathe, im Gegensatz zu Mathilda, die lieber las oder vor sich hin träumte. »Ich freue mich, euch bei dieser Gelegenheit sagen zu können, dass der Kiosk künftig von der lieben Anka betrieben werden wird, die nach der Renovierung auch in meine alte Wohnung zieht.«

»Bitte was?«, fragte Henrikje sichtlich schockiert und wandte sich zu ihrer Freundin. »Dass du den Kiosk übernimmst, wusste ich, schließlich haben wir beide das gemeinsam mit Ahmet geplant. Aber ich höre heute zum ersten Mal davon, dass du bei mir ausziehst.«

Lina entging Thorstens fragender Blick nicht, den er mit Henrikje wechselte, und ihr wurde warm ums Herz.

Anka hatte eine Möglichkeit gefunden, Thorsten und ihrer Großmutter den Weg in eine gemeinsame Zukunft zu ebnen.

Jeder in Lütteby wusste, dass Henrikje niemals das alte Giebelhaus aufgegeben hätte, in dem die Hansens seit vielen, vielen Generationen gelebt hatten.

»Du kleine Geheimniskrämerin«, schalt Henrikje Anka liebevoll und knuffte sie leicht in die Seite.

»Schön, dass ich dich mal überraschen konnte«, erwiderte Anka schmunzelnd und zwinkerte Lina zu.

»Na, das sind ja Neuigkeiten. Gut, dass ich auch mal davon erfahre.« Nun wandten sich alle Köpfe zu Pascal Durand, der zwei Thermoskannen seines Glühweins schwenkte, dessen Rezeptur er nach wie vor hütete wie den Heiligen Gral.

»Ich finde, wir stoßen auf alles an, was in diesem Jahr geschehen ist, und auch auf das, was noch kommen wird. Und das wird so einiges sein, denn so ruhig es in Lütteby auch zuweilen sein mag, so viel passiert hier auch immer wieder, wenn man nur einmal nicht ganz genau aufpasst.«

Lina drückte fest die Hand von Jonas, der neben ihr stand.

»Auf Lütteby, auf Ahmet und auf uns«, riefen alle, sobald der Punsch ausgeschenkt worden war, und prosteten einander zu.

- 29 -

Sinje

Am Abend des dritten Advents war Sinje im Begriff, etwas zu tun, das sie noch nie zuvor in ihrem Erwachsenenleben gemacht hatte: Schlittschuhlaufen. Das größte Hotel in Grotersum hatte während der Adventszeit im Innenhof eine Eislaufbahn errichtet, die für gewöhnlich völlig überlaufen war. Doch Sinje war erstaunlicherweise die Einzige, die sich die – zuvor an der Rezeption geliehenen – Schlittschuhe anzog. Wahrscheinlich verbrachten alle den Adventsabend im Kreise ihrer Familie, und zudem waren zurzeit nur sehr wenige Urlauber hier. Die Feriensaison an der Nordsee begann für gewöhnlich erst nach dem zweiten Weihnachtsfeiertag. Ihre Hände zitterten ein wenig, während sie die Schnürsenkel zusammenband, denn Sven war noch nicht da, und sie hatte zudem Sorge, dass sie beim Eislaufen stürzen und sich verletzen könnte. Dennoch war sie sofort begeistert gewesen, als er den Vorschlag gemacht hatte, gemeinsam ein paar Runden auf der Eisbahn zu drehen. Und schließlich waren Ängste auch dazu da, sie zu überwinden.

Aus den Lautsprecherboxen ertönte der Song *It's Beginning to Look a Lot Like Christmas,* gesungen von Michael Bublé, der so kitschig war, dass Sinje sich nicht gegen die Wirkung wehren konnte. Die sanfte Stimme des Sängers zauberte romantische Bilder von Zuckerstangen, Spielzeug, knisterndem Kaminfeuer, einer Schlittenfahrt durch den Schnee, blinkenden Christbaumkugeln, einem üppig geschmückten Tannenbaum und vielem mehr in ihr Bewusstsein, und sie wünschte sich mit einem Mal nichts sehnlicher, als das Fest der Liebe gemeinsam mit Sven zu verbringen.

»Ich versuche es schon mal, so schwer kann das ja schließlich nicht sein«, murmelte sie und betrat mit Wackelpudding-Knien das Eis, weil sie sich dumm dabei vorkam, wie bestellt und nicht abgeholt am Rande der Bahn zu stehen, ein wenig mitleidig beäugt vom Betreiber der Getränkebude. Sinje hielt sich zunächst Halt suchend an der Bande fest und ließ den Blick schließlich über die Fläche schweifen, die mal bläulich, mal golden oder roséfarben schimmerte, je nachdem, in welches Licht sie getaucht war. Alles sah wunderschön und einladend aus, alles hätte so romantisch sein können. Doch wo blieb Sven? Sinje checkte wiederholt die Nachrichten auf dem Handy, aber er hatte nicht geschrieben.

»Versuchen Sie es doch mal mit dem Übungs-Pinguin, oder trinken Sie einen Glühwein, das macht Mut«, schlug der Besitzer der Bude vor, die mit Girlanden aus Tannenzweigen und roten Kugeln geschmückt war.

»Pinguin?«, fragte Sinje verwirrt und sah erst dann, dass unweit von ihr in einer Ecke eine süße Figur mit Haltegriffen stand, die als Eislauflernhilfe gedacht war. Den Blick fest auf die große Puppe gerichtet, setzte sie behutsam einen Fuß vor den anderen und probierte, wie es sich anfühlte, auf Kufen zu stehen und das Eis unter sich zu spüren. Erneut wurde sie von Kindheitserinnerungen überflutet, in denen alles noch leicht und locker gewesen war, sie sich keine Gedanken über mögliche Folgen ihrer teils wagemutigen Handlungen gemacht hatte, sondern einfach nur ihrem unbändigen Hunger nach Freude und Lebenslust gefolgt war.

Durch die Worte »Na, geht doch!« angefeuert, nahm sie etwas Schwung, breitete jedoch die Arme weit aus, um das Gleichgewicht zu halten. Hätte sie nur den Yogakurs nicht so häufig geschwänzt, dann stünde es ganz sicher besser um ihre Balancierfähigkeit. In diesem Moment musste sie an den Rat denken, der beim Segeln oder der Überfahrt mit der Fähre auf kabbeliger See galt: sich einen Punkt am Horizont suchen und die Augen immer fest darauf heften. Und als hätte sich plötzlich ein Schalter in Sinjes Kopf umgelegt, fuhr ihr der Mut in die Beine und ins Herz, und sie steigerte sowohl den Radius als auch ihr Tempo. Mit dem Schlittschuhlaufen war es offenbar ähnlich wie mit dem Fahrradfahren – man verlernte es nicht. Die Musik gab ihr zusätzlichen Auftrieb, und sie erinnerte sich nun auch an gemütliche Sonntagnachmittage in ihrer Kindheit, an denen sie gemeinsam mit ihrer Mutter im Fernsehen Eiskunstlaufturniere verfolgt und mit den Läuferinnen mitgefiebert hatte. Die Sportlerinnen trugen ähnlich schöne Kostüme wie Ballerinen und glitten mit einer Grazie über das Eis, als sei dies das Einfachste der Welt. Der Höhepunkt dieser Darbietungen war stets der Paarlauf, bei dem die Eiskunstläuferinnen Pirouetten mit ihren Partnern drehten oder von ihnen durch die Luft gewirbelt wurden.

Sie fand es damals schon aufregend und zugleich hochromantisch, wenn die Hände der Läufer die schmalen Taillen ihrer Partnerinnen umfassten und ihnen damit ganz bestimmt ein Gefühl der Sicherheit gaben.

»Sagtest du nicht, du kannst nicht Schlittschuhlaufen?«, ertönte in diesem Moment Svens Stimme an ihrem Ohr, und er nahm ihre Hand. »Ich finde, du läufst, als seist du dafür geboren.« Ob es nun das Auftauchen von Sven war oder ihr Übermut – plötzlich geriet Sinje ins Straucheln, fiel zu Boden und riss Sven mit sich. Er kam auf ihr zu liegen, und nun befanden sich ihre Gesichter und ihre Lippen so nah beieinander, dass ihnen gar keine andere Wahl blieb: Sie küssten sich mit einer Leidenschaft, als hätten sie jahrelang darauf gewartet. Es war egal, dass das Eis hart und kalt war, in diesem Moment zählte für Sinje nur, dass Sven genauso empfand wie sie. Es war unendlich schön, wieder seine warmen Lippen auf ihren zu spüren, seinen Atem so dicht, dass er zärtlich ihre eiskalten Wangen streifte und wärmte.

»Na, jetzt aber mal wieder hoch mit euch«, rief der Budenbesitzer durchs Mikrofon. »Sucht euch schnell ein Zuhause, das ist ja nicht mit anzusehen.«

Erst als Sinje sich mühsam aufrappelte, konnte sie erkennen, dass die rüde klingenden Worte offenbar scherzhaft gemeint gewesen waren, denn es standen zwei dampfend heiße Becher auf dem Tresen, und der Budenbetreiber winkte Sven und sie zu sich.

»Habt ihr einander länger nicht gesehen, oder ist das euer erstes Date?«, wollte Broder wissen, nachdem er sich namentlich vorgestellt hatte, und schenkte sich selbst auch einen Glühwein ein.

»Beides«, erwiderten Sinje und Sven wie aus einem Mund und mussten lachen.

»Ach was, erzählt«, erwiderte Broder. »Ich muss noch ein Stündchen auf Kundschaft warten und hätte nichts dagegen, wenn ihr mir mit einer netten Geschichte die Zeit vertreibt. Die Getränke gehen übrigens auf mich.« Dann schaute er Sinje genauer an und runzelte die Stirn. »Sag mal, bist du nicht die Pastorin aus Lütteby?«, fragte er, und Sinje nickte. Allerdings hatte sie Broder noch nie bewusst in ihrer Gemeinde gesehen, da für gewöhnlich kaum einer aus Grotersum einen Fuß ins Apostelkirchlein setzte. »Ah, verstehe. Ich bin der Vater von Sören und war vor einigen Wochen mit meiner Familie bei dir im Gottesdienst, als unser Pastor krank war. Und ich habe dich neulich gesehen, als ich den Bengel von der Fackelwanderung in Norderende abgeholt habe. Der ist übrigens seit dem Tag ein großer Fan von dir, und deshalb weiß ich, dass du nicht nur Angst vor dem Eislaufen, sondern auch vor Nachtfaltern und Fröschen hast.«

»Also noch ein Fan«, sagte Sven und legte seinen Arm zärtlich um Sinje. »Und ich bin der Vater von Carla, die bei besagtem Ausflug einen kleinen Disput mit deinem Sohn über Quallen hatte.«

»Ach, sieh mal einer an, das sind ja lauter lustige Zufälle«, erwiderte Broder. »Ihr beiden seid heute Abend gemeinsam unterwegs, mein Sohn und Carla ebenso, nur ich bin dazu verdammt, hier herumzustehen und zu arbeiten, während alle anderen sich amüsieren.«

»Carla ist mit deinem Sohn unterwegs? Was soll das heißen?«, wiederholte Sven ungläubig. »Mir hat sie gesagt, dass sie bei ihrer Freundin übernachtet, weil die beiden morgen erst später Schule haben und gemütlich Weihnachtsfilme schauen wollen.« Offenbar machte ihm diese Information so sehr zu schaffen, dass er abrupt den Arm von Sinjes Taille nahm und einen Schluck Glühwein trank. »Was haben die beiden denn vor? Also nur damit du Bescheid weißt, meine Tochter ist gerade erst sechzehn geworden, und ich finde es alles andere als lustig, wenn sie mich anflunkert, um sich mit einem Jungen zu verabreden.«

»Mein Sohn ist ebenso alt«, erwiderte Broder, offenbar gänzlich ungerührt. »Soweit ich weiß, wollten die beiden zu einer Freundin von Carla und dort einen Film schauen oder Spiele spielen. Sören ist ein guter Junge, und ich vertraue ihm voll und ganz. Es gibt also nicht den geringsten Grund, sich Sorgen zu machen.«

Während die beiden Männer sich unterhielten, konnte Sinje

nicht umhin, vor sich hin zu schmunzeln. Ihr kam der Spruch *Was sich liebt, das neckt sich* in den Sinn.

Carla war offenbar genauso furchtlos und eigensinnig, wie sie selbst es als Teenager gewesen war. Auch sie hatte alle Anweisungen oder Verbote ignoriert, wenn sie sich etwas in den Kopf gesetzt hatte oder einen Jungen toll fand.

Und auch sie hatte sich meist zuerst mit demjenigen gezofft, der ihr gefiel, denn das war leichter, als zuzugeben, dass ihre Gefühle gerade Achterbahn fuhren.

Tja, wer hätte gedacht, dass aus dem Streit zwischen Carla und Sören bei der Wattwanderung eine baldige Verabredung zu einem Filmabend werden würde? Beim Gedanken daran, jetzt auch irgendwo zu sitzen, wo es kuschelig warm und gemütlich war, wurde ihr klar, wie sehr sie fror. Denn sosehr der Glühwein ihren Bauch wärmte, so schnell kühlten ihre Füße aus. Schlittschuhe waren nun mal nicht so gut gefüttert, und sie standen nun schon eine ganze Weile beinahe reglos an Broders Stand.

Außerdem wollte sie endlich mit Sven allein sein.

»Tja, dann vielen Dank für die Getränke, die nächsten gehen auf mich, wenn wir uns wiedersehen«, hörte sie Sven sagen und freute sich, dass er offenbar ebenfalls gehen wollte. »Wenn unsere Kinder sich gerade anfreunden, laufen wir uns ganz sicher bald wieder über den Weg.«

»Das sehe ich genauso«, gab Broder zurück und begann, die Kaffeemaschine zu reinigen. »Macht euch einen gemütlichen Abend. Schön, dass ihr hier wart. Bis bald also.«

»Und was nun?«, fragte Sinje, nachdem die beiden die Schlittschuhe an der Rezeption abgegeben hatten.

»Was hältst du von einem kleinen Spaziergang, gefolgt von einem Abendessen hier im Hotel und vielleicht … also …?«

»Ich bin für das Abendessen und dafür, eines der Zimmer hier zu testen«, erwiderte Sinje, die das Gefühl hatte, gleich durchzudrehen, wenn sie nicht endlich mit Sven allein sein und die verlorene Zeit nachholen konnte. »Lina freut sich immer, wenn sie Insiderinformationen bekommt und …«

»Haben Sie für heute Nacht noch ein Zimmer frei?«, fragte Sven den Mitarbeiter an der Rezeption, noch ehe Sinje zu Ende gesprochen hatte.

Als der Concierge ihm den Schlüssel ausgehändigt und er eingecheckt hatte, stellte Sven die Frage, die Sinje ebenfalls auf der Zunge gelegen hatte. »Eins noch: Haben Sie eigentlich Roomservice?«

- 30 -

Lina

Danke, ihr beiden, ich denke, nun haben wir alles weggeräumt.«

Lina und Florence hatten Henrikje geholfen, die Bistrotische abzudecken, sauber zu wischen sowie die Deko-Utensilien und alle Decken zu verstauen, die während der Adventsfeier genutzt worden waren. Die Gäste hatten sich mittlerweile in alle Winde zerstreut, Sinje hatte ihr Date mit Sven, und Lina hoffte inständig, dass die beiden endlich wieder zusammenkamen und Carla schließlich darauf vertrauen würde, dass Sinje eher eine Bereicherung für ihr Leben darstellen würde als eine Bedrohung. Jonas wollte noch etwas an seinem Tourismuskonzept arbeiten, Amelie und Pascal waren zurück ins Café gegangen, denn nun begann die Abendschicht, und Pascal erwartete eine große Gruppe von Gästen, bei deren Bewirtung Amelie ihn unterstützte.

»Ich kann es immer noch nicht glauben, dass Ahmet Lütteby verlässt und Anka den Kiosk übernehmen wird«, sagte Lina, während sie eingehend die Auslage auf dem Büchertisch im Lädchen betrachtete. Sie hatte ein Faible für Weihnachtsbücher und brauchte dringend Nachschub für die verbleibenden Tage bis Heiligabend. »Wer wird dir dann eigentlich im Lädchen helfen?«

Henrikje stellte sich neben ihre Enkelin und strich ihr zärtlich über den Rücken.

»Das werde ich tun«, antwortete Florence anstelle ihrer Mutter. Verwundert löste Lina den Blick von Jenny Colgans Roman *Weihnachten in der kleinen Buchhandlung*.

»Du?! Aber was wird dann aus deinen Jobs in Sankt Peter-Ording? Außerdem ist die Entfernung viel zu groß, um täglich hin- und herzufahren«, formulierte Lina ihre Fragen und Bedenken, doch ihr schwante, dass Ahmets Rückkehr in die Türkei und Ankas Pläne nicht die einzige Überraschung des Tages bleiben würden.

»Ich schaue mich gerade nach einer Wohnung in Lütteby um und werde versuchen, mir hier einen Kundenstamm aufzubauen. Falk möchte im kommenden Jahr mit dem Bau eines Schwimmbads und dazugehörigen Fitnessräumen sowie einem Spa starten. Natürlich wird es dauern, bis er die passende Örtlichkeit gefunden hat, und erst recht, bis das Ganze fertig ist, aber ich komme ganz sicher trotzdem über die Runden. Es gibt einige Stammkunden, die mich nach wie vor für Massagen, Breathwalking und Mentalcoaching engagieren wollen, auch wenn sie dafür nach Lütteby fahren müssen.«

»Außerdem zahle ich anständig«, warf Henrikje schmunzelnd ein. »Ich finde es schön, dass wir drei künftig mehr Zeit miteinander verbringen können, denn wir haben ja immer noch sehr viel nachzuholen. Im Übrigen müssen wir uns auch eng abstimmen, wenn es an die Veröffentlichung der Glücksrezepte-Sammlung geht, und das funktioniert viel besser persönlich als online.«

Florence umarmte Lina, die kaum glauben konnte, was sie soeben gehört hatte. Offenbar waren gerade viele Menschen aus ihrem Umfeld dabei, ihrem Leben eine neue Wendung zu geben. »Der Hauptgrund für meine Entscheidung ist, dass ich in deiner Nähe sein möchte, wenn du das auch willst. Ich weiß, dass es lange Zeit gedauert hat, Vertrauen zu mir zu fassen, und dass es nach wie vor nicht immer unproblematisch zwischen uns ist. Aber Garding ist einfach zu weit weg, um mal eben vorbeizukommen, falls du mich als deine Mutter oder vielleicht auch eines Tages als Babysitterin brauchst.«

Lina wurde warm ums Herz bei dem Gedanken daran, dass zwei Menschen, die sie so sehr liebte, gerade alles Erdenkliche unternahmen, um näher bei ihr sein zu können. Sowohl Jonas als auch Florence gaben viel auf, ohne zu wissen, ob der Neuanfang auch gelingen würde. Aber auch Anka bewies Henrikje und Thorsten zuliebe Mut, indem sie den Kiosk übernahm, aber vor allem, indem sie aus dem Giebelhäuschen auszog und nach dem Tod ihres Mannes zum ersten Mal im Leben allein wohnte. Doch zum Glück war man in Lütteby nie ganz allein, und das wusste Anka auch.

»Wann hattet ihr eigentlich vor, mir das alles zu sagen?«, fragte Lina, in deren Bauch es vor Freude sprudelte, als trüge sie eine warme Quelle in sich. »Hätte ich Ahmet heute nicht nach seinen Plänen gefragt …«

»… hätten wir dich trotzdem heute eingeweiht«, vervollständigte Linas Großmutter den Satz. »Wir kommen nicht so häufig zu dritt zusammen, also hatten wir noch gar keine Gelegenheit, dich in alles einzubeziehen, was wir ausgeheckt haben, doch das wird sich ja künftig ändern. Jetzt müssen wir nur noch eine gemütliche, bezahlbare Wohnung für deine Mutter finden, doch da bin ich ganz zuversichtlich. Die Suchanzeige ist seit gestern online, und ich hoffe sehr, dass der Umzug spätestens im Januar über die Bühne geht. Während der Feiertage wohnst du ja ohnehin bei mir unterm Dach, nicht wahr?«

Florence nickte, und Lina stellte fest, dass sie ihre Mutter noch nie so zufrieden und entspannt gesehen hatte wie an diesem Tag, was sie mit tiefem Glück erfüllte. Beim Stichwort *Feiertage* zuckte sie allerdings innerlich zusammen, denn ihr fiel siedend heiß ein, dass sie ihrem Vater noch gar nichts davon gesagt hatte, dass er um des lieben Friedens willen besser doch mit seinen Freunden verreisen sollte, statt gemeinsam mit Florence und allen anderen zu feiern. Mist! In einer Woche war schon Weihnachten! Wie hatte sie das nur vergessen und damit das Gespräch auf die viel zu lange Bank schieben können? Die Wahrheit war: Sie war davor zurückgeschreckt, Falk van Hove diesen Schmerz zuzufügen. Und sie hatte sich selbst nicht eingestehen wollen, wie sehr es sie bedrückte, dass ihr Weihnachtswunsch auch in diesem Jahr nicht in Erfüllung gehen würde.

»Es tut mir leid, wenn ich unser Gespräch jetzt so abrupt abbreche«, sagte sie, »aber ich muss noch etwas Dringendes erledigen. Also, ihr beiden, habt einen schönen Abend, ich freue mich sehr über diese vielen großartigen Neuigkeiten. Bis bald.«

Kurze Zeit später stand Lina auf dem Marktplatz, der wie leer gefegt war. Sie winkte ihrer Mutter zu, die mit dem Auto auf dem Rückweg nach Garding war, und konnte durch die Scheibe des Lädchens sehen, dass Henrikje abschloss und dann durch die hintere Ladentür in den ersten Stock des Giebelhauses ging, in dem sie lebte. Über Lina funkelten die Sterne, es war kalt, doch die frische Luft tat gut und half ihr beim Nachdenken. Gedankenverloren starrte sie in den Winterabendhimmel. Als hätte er gespürt, dass Lina gerade Unterstützung gebrauchen konnte, näherte Rabe Abraxas sich auf seinen weißen Schwingen und setzte sich auf ihre Schulter.

»Hey, wie schön, dass du da bist«, flüsterte Lina und streichelte sanft das Gefieder des Vogels. »Hast du eine Idee, wie ich aus diesem Schlamassel herauskomme, den ich durch meine Schwindelei verursacht habe?«

Abraxas flatterte davon und drehte einige Kreise über dem Marktplatz. Lina beobachtete ihn fasziniert, denn er flog seine Routen so unbeirrt, elegant und beinahe schlafwandlerisch, als würde er stets den richtigen Weg kennen. Lina spazierte an den hell erleuchteten Schaufenstern der kleinen Geschäfte vorbei, bestaunte erst die Auslage von Michaelas *Modestübchen,* dann die Weihnachtsdeko in Violettas Laden und sinnierte darüber, ob von der Decke hängende rote Amaryllis-Blüten auch in der Villa hübsch aussehen würden. Aber wahrscheinlich waren die Decken zu hoch, also verwarf sie den Gedanken wieder und blickte in das Fenster des Restaurants *Dal Trullo,* wo die Lorussos gerade eine private Feier abhielten, da Verwandte aus Bari zu Besuch waren. Durch das gekippte Fenster hörte sie Musik und fröhliches Lachen, der Duft von Salbei, Oliven und Knoblauch stieg ihr in die Nase. *Eine italienische Großfamilie wie aus dem Bilderbuch,* dachte Lina seufzend und lenkte ihre Schritte in Richtung der Brücke über das Flüsschen Lillebek, die nach Grotersum führte. Es gab keinen anderen Weg, sie musste ihrem Vater gestehen, dass sie ihm nicht die Wahrheit gesagt hatte. Doch je näher sie der Stadtvilla kam, desto heftiger klopfte ihr Herz. Sie war froh, dass Abraxas sie begleitete und nur wenige Meter über ihrem Kopf flog, als wollte er sie im Auge behalten.

Im Stadthaus von Falk van Hove brannten kaum Lichter, vielleicht verbrachte er den Adventsabend mit seiner Mutter Lavea, bevor diese über die Feiertage traditionell nach Sylt fahren würde. Lina drückte auf den Klingelknopf und fühlte sich wie ein kleines Mädchen, das beim unerlaubten Naschen ertappt worden war.

»Das ist ja eine schöne Überraschung. Was machst du denn hier?«, sagte ihr Vater und bat sie herein. Abraxas stieß ein *Kraraaa* aus, bevor er weiterflog, das in ihren Ohren nach *Du schaffst das!* klang. Lina war ihm dankbar, denn seine Anwesenheit hatte ihr tatsächlich Kraft verliehen.

»Ich wollte dir einen schönen dritten Advent wünschen und noch mal mit dir über Weihnachten sprechen.«

Falk runzelte die Stirn, bat Lina jedoch sofort herein und führte sie in das Wohnzimmer, in dem ein behagliches Kaminfeuer knisterte. Lina setzte sich und schaute sich irritiert um, denn irgendetwas war anders in diesem Raum, doch was?

»Trinkst du ein Glas Rotwein mit mir? Oder hast du Hunger?«

»Danke, ich habe mir schon bei der Feier im Lädchen den Bauch mit Leckereien vollgestopft«, erwiderte Lina. »Aber ich nehme gern einen Kräutertee, wenn du welchen hast.«

»Also, was ist los?«, fragte Falk, nachdem er beiden Tee eingeschenkt und anschließend die Kanne auf das Stövchen gestellt hatte.

Lina gab sich einen Ruck und begann zu erzählen, was sich in den vergangenen Tagen ereignet hatte und dass sie nun über die Situation zwischen ihm und Florence im Bilde war.

Es dauerte eine ganze Weile, bis Falk etwas sagte, und Lina fühlte sich in diesen Minuten, die ihr vorkamen wie Stunden, so unbehaglich wie schon lange nicht mehr.

»Tut mir leid, dass wir dich so weit gebracht haben, dass du dich genötigt sahst zu flunkern, um zu erreichen, dass deine Mutter und ich Weihnachten gemeinsam mit dir verbringen. Wir haben dir früher nicht die Wahrheit gesagt und diesmal leider auch nicht. Wir hatten natürlich gute Gründe, nicht vor den Augen der ganzen Stadt auszuloten, ob aus uns wieder ein Paar werden kann, aber wir hätten zumindest dir gegenüber ehrlich sein sollen. Es ist dir bestimmt schwergefallen, mich nicht auf das Medaillon deiner Mutter anzusprechen, nachdem du es in der Umkleide gefunden hattest.«

Lina war so sprachlos, weil Falk ihr keine Vorhaltungen machte, dass sie beinahe vergaß zu atmen. Doch was ging wirklich in ihrem Vater vor? Sie versuchte an seinen Augen abzulesen, wie es um seine Gefühle stand, doch Falks Blick war auf den offenen Kamin geheftet. Und nun erkannte Lina, was anders war: Das Bild seiner verstorbenen Ehefrau hing dort nicht mehr und war durch eine schöne Landschaftsaufnahme der Salzwiesen von Lütteby ersetzt worden, die mit ihrem lilafarben blühenden Strandflieder einen Hauch von Frühling in den Raum zauberte. Zudem wirkte das Wohnzimmer nicht mehr ganz so pompös und kühl, sondern weitaus gemütlicher.

»Verreist du dann an Weihnachten wie geplant mit deinen Freunden?«, fragte Lina, der es kaum gelang, die Enttäuschung zu verbergen, die an ihr nagte. Doch die war vermutlich ein Klacks gegen den Kummer, den ihr Vater gerade durchlitt. Florence war die Liebe seines Lebens, das hatte er ihr immer wieder gesagt, wenn die Sprache auf Linas Mutter und deren mysteriöses Verschwinden nach Linas Geburt gekommen war.

»Das werde ich dann wohl tun«, erwiderte er seufzend und stand auf, um neue Holzscheite aufzulegen. »Ich hatte mich ohnehin schon gewundert, als du sagtest, Florence sei offen für eine gemeinsame Feier. Doch ich Idiot hatte gedacht, das sei ein kleiner Wink von ihr. Ein Hinweis, dass sie es sich womöglich doch noch mal anders mit uns überlegt. Aber ich habe mich wohl geirrt.«

»Es tut mir leid, dass ich dich unwissentlich auf eine falsche Fährte gelockt habe«, versuchte Lina, ihr Bedauern in die richtigen Worte zu fassen, und stellte sich neben Falk, der die Kaminzange so fest umklammerte, als sei sie ein Rettungsring. »Wahrscheinlich ist es einfach noch zu früh für euch. Ihr beide musstet erst einmal die Vergangenheit aufarbeiten und euch über eure Gefühle klar werden. Euch erneut entscheiden. Aber ich hoffe, dass es euch dennoch irgendwann gelingt, so etwas wie Freunde zu werden. Zumal Florence nach Lütteby zieht, sobald sie eine Wohnung gefunden hat. Sie wird künftig an Ankas Stelle im Lädchen aushelfen und möchte gern mehr Zeit mit mir verbringen.«

»Das ist schön«, erwiderte Falk beinahe tonlos. »Bitte sei mir nicht böse, Lina, aber ich würde jetzt gern allein sein. Wenn es dir nichts ausmacht, sprechen wir irgendwann im Laufe der Woche noch mal darüber, wann wir beide Weihnachten nachholen. Außerdem habe ich natürlich ein Geschenk für dich, das ich dir gern geben würde.«

»Selbstverständlich verstehe ich das. Meld dich einfach, wenn dir danach ist«, murmelte Lina mit Tränen in den Augen. Dann streichelte sie ihrem Vater liebevoll über den Arm und gab ihm einen Kuss auf die Wange, was sie bislang noch nie getan hatte.

»Ich habe dich sehr lieb«, sagte Falk und brachte sie zur Tür.

»Ich dich auch«, erwiderte Lina, die zum ersten Mal ganz bewusst spürte, wie viel er ihr bedeutete.

Als sie in die kalte Nacht hinaustrat, war Abraxas erneut bei ihr und begleitete sie bis hinauf zur Villa, wo Jonas auf sie wartete und sie tröstend in den Arm nahm, als sie ihm erzählte, was passiert war.

- 31 -

Amelie

Wie sich herausstellte, konnten Pascal und Amelie nicht nur gut zusammen tanzen, sondern auch zu zweit anspruchsvolle Gäste im Café bewirten und sich gegenseitig unterstützen, wenn es erforderlich war.

»Dass Franzosen dermaßen arrogant sein können, habe ich nicht gewusst«, schimpfte Pascal, als er in die Küche kam, wo Amelie gerade weitere Lachsröllchen mit Frischkäse auf einem Teller drapierte und mit frischem Dill garnierte. »Der Wein korkt angeblich, die Makrele ist mutmaßlich nicht frisch geräuchert, die Schokoladenmousse zu süß. Ganz ehrlich, ich kann bald nicht mehr.« Pascals schwerer Seufzer ließ Amelie schmunzeln, doch sie verkniff sich eine Bemerkung darüber, dass all diese kritischen Kommentare durchaus auch von ihm selbst hätten stammen können. »Würden Sie mich bitte einen Moment da draußen vertreten, bevor ich einen Mord begehe? Der Gastgeber kommt aus Nizza und ist entsprechend verwöhnt.«

»Das mache ich natürlich gern, denn ich kann es mir nicht leisten, Sie an das Gefängnis zu verlieren. Ohne Sie als Geschäftspartner bin ich geliefert.«

Mit diesen Worten nahm sie die Platte mit den Fischspezialitäten und ging in den Gastraum, wo sie mit allen Gästen plauderte, fragte, ob sie noch etwas wünschten, und mit ihrem

Charme versuchte, Wogen zu glätten, wenn sich trotz ihrer Bemühungen doch noch jemand unzufrieden zeigte.

Chez Amelie war erfüllt von Stimmengewirr, Musik, Lachen und – schlechter Luft. So voll war das Café nur selten, also beschloss Amelie, die Tür zu öffnen und die frische Brise von draußen hineinzulassen. Sie selbst nutzte diesen Moment, um tief durchzuatmen und den Vollmond zu bestaunen, der den Marktplatz, die Kirche und die Kastanienbäume in ein geradezu magisches Licht tauchte. Dieser Eindruck wurde durch die blinkenden Lichterketten und die Silhouetten der Krähen in den Baumwipfeln noch verstärkt. Im Hintergrund glitzerte der Weihnachtsstern, der den Tannenbaum am Ufer der Lillebek schmückte, und Amelie wurde förmlich überflutet von tiefen Glücksgefühlen und Dankbarkeit – aber auch Sehnsucht nach ihrer Familie in Frankreich. Durch die Trennung von Jules war auch der Plan, den Jahreswechsel in der Heimat zu verbringen, hinfällig geworden, und Amelie freute sich schon auf eine schöne Silvesterfeier mit Lina, Sinje und allen anderen, die zusammen in Fiete Ingwersens Haubarg ins neue Jahr tanzen wollten. *Aber dennoch …* Oder sollte sie allein fahren? Vier Jahre war es jetzt her, dass sie ihre Eltern und Geschwister zuletzt gesehen hatte, von regelmäßigen Facetime-Telefonaten abgesehen. Ihre kleine Schwester Ninette war nun schon beinahe erwachsen, ihr Bruder Victor hatte sich gerade verlobt, und ihre Eltern wurden auch nicht jünger. Amelie schaute fragend zum Sternenhimmel und der Milchstraße hinauf, als seien diese richtungsweisend. Doch trotz des sich drehenden Gedankenkarussells genoss sie die friedliche Stille, die über dem Marktplatz lag, vergleichbar mit der, wenn eine Schneedecke alle Geräusche schluckte. Ob es an Heiligabend auch schneien würde? Amelie hatte die weiße Pracht und den Schneespaziergang im Husumer Schlosspark mit Kai und France Gall sehr genossen.

Gerade als sie sich umdrehen und zurück ins Café gehen wollte, hörte sie Schritte auf dem Kopfsteinpflaster und schaute neugierig in die Richtung, aus der sie kamen. Wer war um diese Zeit noch unterwegs? Und wohin? Dann plinkerte sie ein paarmal mit den Augen, denn sie glaubte, Kai Brodersen auf sich zukommen zu sehen, was natürlich pure Einbildung war.

»Amelie, wie schön, Sie zu treffen«, sagte der Mann, der tatsächlich Kai war und nun direkt vor ihr stand. »Gönnen Sie sich gerade eine Pause, oder flüchten Sie vor meckernden Gästen?«

Irgendetwas an seiner Frage machte Amelie stutzig, doch die unbändige Freude über das Wiedersehen mit ihm ließ sie die Irritation schnell vergessen.

»Beides«, erwiderte sie und trat ein wenig verlegen von einem Bein aufs andere. »Und was machen Sie um diese Uhrzeit in Lütteby? Wir haben heute Abend eine geschlossene Gesellschaft, also kann ich Sie leider nicht hereinbitten, es sei denn, ich schmuggle Sie durch den Hintereingang direkt in die Küche.«

»Hineinschmuggeln klingt nach einem lustigen Abenteuer«, erwiderte Kai und folgte ihr wie selbstverständlich in die Küche, wo Pascal gerade ein Glas Wein trank.

»Junge, schön, dich zu sehen«, sagte dieser, als er Kai erblickte, wirkte aber nicht im Mindesten erstaunt.

»Kennt ihr beiden euch?«, fragte Amelie und blickte verwundert von einem zum anderen.

»Das kann man so sagen«, erwiderte Pascal und umarmte Kai. »Darf ich vorstellen: mein Patensohn und der Grund, weshalb ich von Paris hierhergezogen bin. Toll, dass ihr beiden euch schon zuvor in Husum begegnet seid. Daher habe ich gedacht, dass es nett sein könnte, wenn wir gemeinsam einen Pastis trinken, sobald sich die Gäste endlich entschlossen haben zu gehen. Vor allem dieser arrogante Lackaffe von der Côte d'Azur.«

Der Besuch von Kai ist offensichtlich kein Zufall, dachte Amelie.

Pascal hat das geplant und mich wahrscheinlich deshalb gefragt, ob ich ihn heute Abend im Bistro unterstützen kann. Sie versuchte sich in Erinnerung zu rufen, wie seine Antwort auf ihre Frage gelautet hatte, als sie sich nach dem Grund für seinen Aufenthalt in Lütteby erkundigt hatte. *Die Liebe,* hatte er gesagt. Tatsächlich war es, anders als vermutet, die Liebe zu seinem Patensohn. Doch wieso lebte er dann hier und nicht in Husum?

»Hast du Hunger?«, fragte Amelie, zu Kai gewandt. »Es gibt noch jede Menge zu essen. Außerdem kann ich dir gern Fischreste für France Gall zusammenpacken, wenn du magst, natürlich ohne Gräten.«

»Klingt toll, danke«, erwiderte Kai. »Aber den Fisch nehme ich erst morgen mit, denn ich übernachte heute bei Pascal.«

Amelie stellte in Windeseile eine Platte mit Käse, Oliven, Weintrauben, kleinen Wraps und Krabbencocktail zusammen und bat Kai, am Küchentisch Platz zu nehmen. Pascal war unterdessen nach draußen gegangen, um die letzte Runde einzuläuten und anschließend den Kassenabschluss zu machen.

»Schön, dass ihr beiden euch so gut versteht«, sagte Kai, nachdem er das Essen gelobt und sichtbar genossen hatte. »Wie ich hörte, habt ihr neulich sogar ein kleines Tänzchen zusammen gewagt.«

»Dein Patenonkel ist ein äußerst spezieller Mann, aber auch sehr liebenswert. Ich gebe zu, anfangs hat er mich schwer genervt, und ich habe seine Anwesenheit nur ertragen, weil ich auf seine Teilhaberschaft angewiesen bin. Aber mittlerweile kann ich mir das Café gar nicht mehr ohne ihn vorstellen. Ich hoffe sehr, dass er nicht so bald vorhat, wieder nach Paris zurückzukehren.« Das längere Schweigen, das auf ihre Bemerkung folgte, ließ Amelie stutzig werden. »Oje, das wirkt gerade so, als wüsstest du etwas, wovon ich nichts weiß. Aber das sollte ich wohl direkt mit Pascal klären und nicht mit dir.«

Kai nickte und schaute Amelie dann eine ganze Weile an, als wollte er tief in ihre Seele eintauchen.

»Was sollten Sie direkt mit mir klären?«, fragte Pascal, der in diesem Moment in die Küche kam und zufrieden eine lange Bonrolle schwenkte. »Der Stress hat sich gelohnt, wir haben riesigen Umsatz gemacht, obwohl der Rotwein angeblich gekorkt hat. Ich würde sagen, darauf einen Pastis und dann ab nach Hause. Kai, ich lege den Schlüssel für dich unter die Fußmatte, falls du später nachkommen möchtest.«

»Ich würde sehr gern noch eine Runde an der frischen Luft drehen«, erwiderte Kai und schenkte Amelie einen Blick, in dem die unausgesprochene Frage lag, ob sie ihn begleiten wollte.

»Dazu hätte ich auch Lust«, sagte sie leise und voller Freude über das unverhoffte Zusammensein mit ihm.

Nachdem die beiden Pascal eine gute Nacht gewünscht hatten, schlugen sie den Weg zum Strand ein, denn Kai wollte gern ans Meer, und auch Amelie sehnte sich nach dem Rauschen der Nordseewellen.

»Ich schätze, es wäre hilfreich, wenn ich ein bisschen was darüber erzähle, was Pascal und mich verbindet und weshalb ich gerade heute Abend in Lütteby bin«, begann Kai als Erster zu sprechen, während die beiden Seite an Seite in Richtung des kleinen Hafens gingen, wo der Leuchtturm stand und seine blinkenden Signale über die Nordsee schickte.

»Das wäre schön«, erwiderte Amelie leise und äußerst gespannt darauf, was sie zu hören bekommen würde.

»Beginnen wir am besten mit der Vergangenheit, die auch der Grund dafür ist, dass mein Laden ein kleines Staubproblem hat. Nun ja, wenn ich ehrlich bin, nicht nur das, sondern auch noch einige andere. Um es kurz zu machen: Vor eineinhalb Jahren ist meine Verlobte tödlich mit dem Motorrad verunglückt, und seitdem hatte ich einfach keinen Kopf mehr fürs Putzen, Schaufensterdekorieren, Einkaufen oder Sonstiges.«

»Oh, mein Gott«, flüsterte Amelie zutiefst schockiert.

»Doch ich habe an jenem Tag nicht nur die Frau verloren, die ich sehr geliebt habe, sondern auch noch meinen besten Freund, der, wie sich später herausstellte, schon länger ein Verhältnis mit ihr hatte. Er hat das Motorrad gefahren und wurde bei regennasser Fahrbahn und zu hoher Geschwindigkeit in einer Kurve herausgeschleudert. Beide waren auf der Stelle tot. Nach dem Unfall habe ich den Boden unter den Füßen verloren und niemanden an mich herangelassen. Pascal hat, ohne zu zögern, seinen Job in Paris gekündigt und seinen Partner verlassen, um mir beistehen zu können. Da ich mich aber anfangs gegen seine Hilfe gewehrt habe, ist er nach Lütteby gezogen. Er gab mir zu verstehen, dass er mich zu nichts drängt, aber in der Nähe ist, sollte ich ihn brauchen. Ich habe ihn fast ein halbes Jahr lang warten lassen, bis ich endlich in der Lage war, seine liebevolle Unterstützung und Fürsorge anzunehmen.«

»Das … das ist alles unglaublich traurig«, erwiderte Amelie, die von tiefer Zuneigung und Respekt vor Pascal erfasst wurde. Es war äußerst großzügig, sein eigenes Leben, ohne zu zögern, für einen anderen aufzugeben und dann auch noch lange auszuharren, ohne helfen zu können. »Ich weiß gar nicht, was ich sagen soll, außer dass mir sehr leidtut, was dir widerfahren ist, und dass du einen wirklich tollen Patenonkel hast.«

»Ja, den habe ich, und ich weiß es auch sehr zu schätzen, dass er dich heute Abend ins Café gelockt hat. Ich hatte ihm von deinem Besuch in Husum erzählt, und natürlich war sehr schnell klar, wer diese Amelie war, die einen Globus gekauft hat. Nachdem du gegangen warst, habe ich festgestellt, dass ich zum ersten Mal seit einer Ewigkeit wieder etwas gefühlt habe. Ich konnte nicht genau zuordnen, was das war, außer einem wohligen

Empfinden von Vertrautheit. France Gall ging es übrigens genauso wie mir, das soll ich dir unbedingt ausrichten.«

»Wie geht es ihr?«, fragte Amelie, froh über die Leichtigkeit, die nach Kais dramatischer Eröffnung in der Luft lag. Der Himmel über ihnen war übersät mit Millionen funkelnder Sterne, von denen einige Amelie zuzublinzeln schienen, das Wellenrauschen glich einer himmlischen Melodie. »Ich habe unseren Spaziergang im Schlosspark sehr genossen und hoffe, dass wir ihn zur Krokusblüte im Frühjahr wiederholen. Sie ist eine tolle Katze, und offensichtlich bin ich doch nicht gegen sie allergisch, sondern nur gegen den Staub, der sich in deinem Laden angesammelt hatte.«

»Ich hoffe auch, dass dieser kleine Ausflug eine Fortsetzung findet, und ich verspreche hoch und heilig, kein einziges Staubkörnchen mehr in meinen Laden zu lassen«, flüsterte Kai. »Und ich bin sehr froh, dass der Mann, von dem Pascal mir erzählt hat, keine Rolle mehr in deinem Leben spielt. Nur deshalb bin ich nicht schon viel früher nach Lütteby gekommen, denn ich wusste, dass ein gut aussehender, charmanter Franzose aus deiner Heimat aufgetaucht war, um dich zurückzugewinnen. Doch als Pascal sagte, dass dieser Jules dir offenbar nichts mehr bedeutet, war mir sofort klar, dass ich die erstbeste Chance nutzen möchte, um dich wiederzusehen und dich besser kennenzulernen, vorausgesetzt, du willst das auch.«

In diesem Moment schien die Welt stillzustehen.

Der Wind frischte auf, es wurde kälter und kälter, doch Amelies Inneres glühte, als säße sie an einem warmen Kachelofen und tränke einen Becher heißen Kakao. Kais Worte waren das Sahnehäubchen auf diesem traumschönen Moment, und sie hoffte, dass er nie vergehen würde …

»Nichts lieber als das«, erwiderte Amelie daher gerührt und versuchte gar nicht erst, das leise Zittern ihrer Stimme zu verbergen. Bei Kai konnte sie ganz sie selbst sein, das hatte sie von der ersten Sekunde an gespürt, als sie einander in seinem Laden begegnet waren. »Daher will ich ebenfalls ehrlich sein. Ich habe Jules an dem Tag gebeten, wieder zurück nach Frankreich zu fahren, als wir gemeinsam spazieren waren. Und ich bin nicht wegen des vereisten Hafenbeckens oder des Schnees nach Husum gefahren, sondern in der Hoffnung, dich wiederzusehen.«

»Diese Finte habe ich dir aber keine Sekunde angemerkt«, erwiderte Kai augenzwinkernd. »Du solltest Schauspielerin werden.«

Kais Gesicht näherte sich nun dem von Amelie. Ihre Atemwolken vermischten sich miteinander und verschmolzen schließlich zu einer. Amelie schloss die Augen und nickte schon, bevor Kai fragte: »Wäre es in Ordnung für dich, wenn ich dich jetzt küsse?«

Als seine Lippen die ihren fanden, wusste sie, dass die Dinge immer einen tieferen Sinn hatten und nichts im Leben ohne Grund geschah. Man musste nur Vertrauen haben.

Ein wenig Geduld.

Und ein wohlmeinendes Schicksal, das einem auf die Sprünge half, wenn man innerlich bereit war, einen solchen Sprung zu wagen …

18. Jahrhundert

Sosehr Maren Hansen sich für gewöhnlich auf das Weihnachtsfest freute, so sehr war ihr die Seele in diesem Jahr schwer. Weder der Lichterglanz der vier Kerzen auf dem Adventskranz vermochte sie zu trösten noch die Weihnachtslieder, die sie gemeinsam mit Reimers Familie und Freunden sang, wenn diese sich an den Adventssonntagen im Haus am Marktplatz versammelten. Ebenso wenig der Anblick des Jöölbooms, den sie bald mit den Popen aus Salzteig schmücken würden.

»Nun habt doch Vertrauen«, versuchte Amme Ibke sie aufzumuntern, doch die dunklen Schatten ließen sich einfach nicht abschütteln. Einzig und allein ein Brief ihres geliebten Mannes konnte ihr für wenige Minuten ein Lächeln auf die Lippen zaubern.

»Dein Vater schreibt, dass er uns liebt und vermisst«, las sie dem Jungen vor, der unter ihrem Herzen heranwuchs, und streichelte liebevoll über ihren prallen Bauch. Nach Ibkes Berechnungen würde er jeden Augenblick zur Welt kommen, denn er hatte sich schon lange genug Zeit gelassen.

»Wollen wir später gemeinsam zum Gottesdienst, oder ist dir nicht wohl genug?«, fragte Reimers Mutter sie am Nachmittag von Heiligabend und musterte sie besorgt. »Du bist so blass.«

»Ich würde gern mit euch gehen«, erwiderte Maren, die sich erhoffte, neue Kraft und Zuversicht durch die Messe und den Anblick des geschmückten Tannenbaums im Apostelkirchlein zu schöpfen.

Doch dann fiel ihr der Aberglaube ein, der sich seit der verheerenden

Weihnachtsflut um das Glockenspiel rankte. »Wirklich schade, dass in Lütteby immer noch keine Kirchenglocken zur Christvesper rufen.«

Kaum hatte sie diesen Satz ausgesprochen, klopfte es an der Tür des Giebelhäuschens, es war ein Bote, der Reimers Vater eine eilige Nachricht überbrachte.

Als dieser die Zeilen las, fasste er sich ans Herz und sank zu Boden. Seine Frau und Maren eilten erschrocken zu ihm, und das Dienstmädchen der Familie schickte unverzüglich nach einem Arzt. Maren bettete die Beine ihres Schwiegervaters auf ein Kissen und fächelte ihm Luft zu, denn der alte Hansen hatte offenkundig Schwierigkeiten, Luft zu bekommen.

Seine Frau kühlte ihm unterdessen die Stirn mit einem kalten Lappen. »Was hat dich so erregt?«, wagte sie schließlich die Frage zu stellen, deren Antwort Maren tief in ihrer Seele schon lange kannte.

»Unser Sohn ist auf See vor Grönland zu Tode gekommen«, flüsterte Reimers Vater kaum hörbar. »Das Schiff ist auf Grund gelaufen, es gibt keine Überlebenden.«

In diesem Augenblick überschlugen sich die Ereignisse: Die alte Frau Hansen stieß einen verzweifelten Schrei aus, und bei Maren setzten die Wehen ein.

Als sie mithilfe von Amme Ibke und dem herbeigerufenen Arzt einen gesunden, kräftigen Jungen zur Welt brachte, schloss Reimers Vater für immer die Augen. Auf seinem Grabstein stand später, dass er an gebrochenem Herzen starb, und seine Frau erholte sich nie mehr von diesem Schicksalsschlag, denn sie hatte ihren Mann und ihren Sohn sehr geliebt.

Gott nimmt, und er gibt, so war das schon immer, dachte Maren, als sie den kleinen Fedde nach dem traurigen Jahreswechsel in den Armen wiegte und ihm die Brust gab.

Fedde bedeutete Frieden, aber auch Schutz und Sicherheit. Diesen Namen hatte sich Reimer für seinen Sohn gewünscht, und er hätte ihn wahrlich nicht treffender wählen können. Maren würde alles in ihrer

Macht Stehende dafür tun, dass ihr Sohn stets behütet war und dass die Hansens vom Marktplatz in Lütteby noch über viele, viele Generationen hinweg Nachfahren bekommen und der Stadt Gutes tun würden. Sie träumte immer noch davon, dass einst eine von ihnen den Namen Henrikje tragen würde, denn so hätte sie ihre Tochter genannt. Und sie betete tagtäglich dafür, dass es den Hansen-Frauen irgendwann gelingen würde, eine glückliche Liebe zu leben – für den Rest ihres langen Lebens …

- 32 -
Lina

Lina stand am Fenster des Zimmers, das sie gemeinsam mit Jonas bewohnte, und blickte versonnen hinaus. Am vergangenen Abend hatte sie kleine und große Sterne aus goldenem Papier ausgeschnitten, auf Karton geklebt und mit Jonas' Hilfe an Goldschnüren als glänzendes Mobile an der Gardinenstange befestigt. Dabei hatten sie Weihnachtsmusik gehört, eine Flasche Champagner geleert und Zukunftspläne geschmiedet. Beide freuten sich unbändig auf die kommenden Festtage, und Lina wünschte sich sehnlichst, dass Frau Holle erneut ihre Kissen schütteln und watteweiche Schneeflocken herabsegeln lassen würde. Schließlich stand kaum einer Stadt die weiße Schneedecke so gut zu Gesicht wie dem charmanten Städtchen mit den Treppengiebelhäusern am Rande der Nordsee.

»Kaum zu glauben, dass gestern mein letzter Arbeitstag für die Glampingreisen war und ich ab dem 1. Januar offiziell in Lütteby die neuen Tourismuskonzepte umsetzen darf«, sagte Jonas, schlang seine Arme um Lina und legte den Kopf auf ihre Schulter.

»Die Zusage dafür ist das schönste Weihnachtsgeschenk, das ich je bekommen habe«, erwiderte Lina und gab Jonas einen langen, zärtlichen Kuss. »Von nun an müssen wir nicht ständig voneinander Abschied nehmen und uns nach dem anderen sehnen, es sei denn, du besuchst Tante Maud in London oder fährst, wie heute Abend, zu Dirk nach Hamburg, so wie ich bestimmt mal wieder mit Sinje verreisen werde.«

»Ich lasse dich heute vor allem allein, damit ihr drei einen ungestörten Mädelsabend verbringen könnt und du die Möglichkeit hast, dich Stück für Stück an meine ständige Anwesenheit zu gewöhnen. Ich bin schon sehr gespannt, wie das Projekt Tannenbaumschlagen ausgeht.«

»Was soll denn das heißen?«, fragte Lina gespielt empört und stemmte die Hände in die Hüften. »Traust du uns Frauen etwa nicht zu, es mit einem drei Meter hohen Baum aufzunehmen?«

»Das wollte ich damit nicht sagen«, erwiderte Jonas schmunzelnd. »Auch als Tannenbaum hätte ich riesigen Respekt vor euch, denn Sinje, Amelie und du zusammen, das ist einfach unschlagbare Frauenpower. Also, meine Liebste, ich muss jetzt los, weil ich vor dem Treffen mit Dirk noch einen Banktermin habe. Lasst es ordentlich krachen, aber bitte nicht beim Baumfällen. Morgen früh bin ich wieder da und helfe bei den Vorbereitungen für das Fest.«

Die beiden küssten sich erneut, und Lina brachte Jonas zum Auto. Eingekuschelt in ihren dicken Daunenmantel schaute sie ihm eine Weile versonnen hinterher, als er mit dem Auto die Waldanhöhe hinunterfuhr und zum Abschied noch einmal hupte. Dann blickte sie auf die Uhr und bekam einen Schreck. Es war schon zehn, und sie hatte noch unglaublich viel zu tun, wenn an Heiligabend und den Weihnachtsfeiertagen alles so perfekt werden sollte, wie sie es sich wünschte.

Als sie in die Küche ging, um sich einen Tee zu kochen, traf sie auf Sinje, die offensichtlich gerade erst nach Hause gekommen war. Ihr Augen-Make-up war leicht verschmiert, die Haare verstrubbelt, und auf ihrem Teint lag ein wunderschöner Glow, der sie heller strahlen ließ als die dritte Kerze auf dem Adventskranz, die Lina gerade angezündet hatte.

»Kurze Nacht gehabt?«, fragte sie ihre Freundin augenzwinkernd und füllte den Einsatz des Herdkochers mit Pulver, während sie für sich selbst Teewasser kochte. »Ich freue mich so für dich, dass es mit Sven offenbar gut läuft. Zumindest sieht es so aus, denn du strahlst wie das viel zitierte Honigkuchenpferd.«

»Kann man wohl sagen, aber es war so himmlisch, dass es mir nichts ausmacht, dass ich gleich vor Müdigkeit zusammenbreche«, erwiderte Sinje gähnend und rieb sich die Augen. »Kann es sein, dass du gerade einen Wachmacher für mich kochst?« Als Lina nickte, setzte Sinje sich und streckte die Beine durch. »Du bist ein Engel«, sagte sie so leise, dass ihre Worte beinahe im Geräusch der blubbernden Kanne untergingen. »Wenn ich den Kaffee getrunken habe, erledige ich das Notwendigste im Pastorat und lege mich dann zwei Stündchen aufs Ohr, damit ich später fit für unser Baumabenteuer bin. Hast du die Säge und alles andere?«

Lina erwiderte, dass sie sich von Fiete Ingwersen alles Nötige hatte geben und erklären lassen, dennoch wollte sie sicherheitshalber noch ein Tutorial zum Thema Baumfällen schauen, damit sie sich auch wirklich ausreichend informiert fühlte. Schließlich war es nicht ungefährlich, eine drei Meter hohe Tanne zu fällen, zumal, wenn man keine Erfahrung mit so etwas hatte. Doch die drei Freundinnen hatten vehement jegliche Unterstützung von Jonas, Kai oder Sven abgelehnt, denn sie wollten sich selbst und der Welt beweisen, dass sie durchaus imstande waren, diese Herausforderung mit Bravour zu meistern.

»Hat Sven mittlerweile mit Carla gesprochen?«, wollte Lina wissen und stellte die Kaffeetasse vor Sinje.

»Leider noch nicht«, erwiderte diese und knibbelte am Wachs, das von der ersten Adventskerze auf das Tannengrün getropft war. »Carla hängt zurzeit ständig mit Sören zusammen, offenbar verstehen die zwei sich bestens, wenngleich ich eher vermute, dass sie verknallt sind. Außerdem war gerade Yvonne-Woche, und da hat Sven sie praktisch gar nicht zu Gesicht bekommen. Doch Carla ist megagut drauf und scheint mich tatsächlich zu mögen. Die Frage ist nur, ob das auch so bleibt, wenn sie weiß, dass ich ihren Vater date.«

»Das wird schon«, versuchte Lina sie zu ermutigen. »Sorry, dass ich unser Gespräch unterbreche, aber ich muss noch jede Menge einkaufen und für morgen vorbereiten. Wir treffen uns dann wie vereinbart am Nachmittag um fünf Uhr mit Amelie im Wald. Danach gibt es übrigens unser aller Lieblingsgericht, nämlich Inselkartoffeln.«

»Echt jetzt?« Sinje wurde schlagartig munter, sprang vom Stuhl auf und umarmte Lina. »Bei dieser Aussicht fällt es mir doppelt so leicht, die Predigt für morgen zu schreiben. Also, bis nachher.«

Dunkelheit lag über dem Wald von Lütteby, als die Freundinnen, bewaffnet mit Laternen, zwei Thermoskannen mit Heißgetränken, Weihnachtsplätzchen und einer Kettensäge sowie einem dicken Seil und einer Axt, zu dem Baum stapften, den sie sich einige Tage zuvor als Weihnachtsbaum für die Villa ausgesucht hatten.

Sie hatten genauestens die Wuchs- und Fallrichtung ausgelotet und auch bedacht, dass es genug Platz geben musste, auf den die Tanne fallen konnte, ohne einen anderen Baum zu beschädigen.

»Ich bin ganz schön aufgeregt«, sagte Amelie, als sie sich auf die Lichtung stellten, den Weihnachtsbaum fest im Blick.

»Och, das musst du nicht«, wiegelte Sinje ab und schwang einen Teil des Seils spielerisch wie ein Lasso um den Kopf.

Amelie und Lina gingen in Deckung und bekamen einen Lachanfall.

»Was glaubt ihr, wie stolz wir sein werden, wenn morgen diese Schönheit das Wohnzimmer der Villa schmückt, behängt mit dem Familienweihnachtsschmuck der Hansens und Meyers.«

Obwohl Lina sich das auch vorstellen konnte, verspürte sie auf einmal ein ungutes Gefühl in der Magengegend, welches sie nicht recht zu deuten wusste.

»Ich habe einige Dekostücke aus Frankreich, die ich auch gern an den Baum hängen würde, um mich meiner Familie nahe zu fühlen«, sagte Amelie, und nun wurde Lina richtig flau im Bauch.

»Je mehr, desto besser, denn ihr wisst ja: Früher war mehr Lametta«, erwiderte Sinje vergnügt und wedelte mit der Axt herum. »Wieso fühle ich mich gerade wie ein cooles Cowgirl?«, rief sie aus und näherte sich der Tanne.

Aus dem Tutorial wusste Lina, dass es ratsam war, eine sogenannte Fallkerbe einzuschneiden, was man sowohl mit einer Axt als auch mit einer Säge tun konnte. Gerade als Sinje ansetzen wollte, hielt diese plötzlich in der Bewegung inne, noch bevor Lina »Halt!« schreien konnte.

»Was ist los?«, fragte Amelie und riss erschrocken die Augen auf.

»Es … es fühlt sich irgendwie nicht richtig an«, murmelte Lina.

»Das ist eindeutig zu martialisch«, stimmte Sinje zu und ließ die Axt zu Boden fallen.

»Wenn ihr mich fragt, ich habe kein gutes Gefühl bei unserem Vorhaben.« Amelie sah aus, als würde sie gleich in Tränen ausbrechen.

»Haben wir alle drei dieselben Bedenken?«, wollte Sinje wissen und schaute ihre Freundinnen fragend an.

»Mir tut es in der Seele weh, einen Baum zu fällen, nur damit er ein, zwei Wochen bei uns im Wohnzimmer steht und wir ihn dann zerhacken, um Kleinholz aus ihm zu machen. Ich weiß, dass das unlogisch ist, weil wir uns häufig am Kamin aufwärmen und es alle lieben, dem knisternden Feuer zuzuschauen. Doch es ist das eine, gehacktes Holz zu verfeuern, aber das andere, extra für diesen Zweck einen Baum zu … töten.«

So, jetzt war es raus! Lina spürte, wie sich ihr Magen wieder entkrampfte und ihr Herzschlag sich ein wenig beruhigte.

»Du sprichst mir aus der Seele«, pflichtete Amelie ihr bei. »Ich habe mich bislang nicht getraut, etwas zu sagen, weil ich euch die vermeintliche Freude nicht verderben wollte.«

»Meinetwegen können wir gern einen Baum im Topf kaufen und ihn dann anschließend im Wald einpflanzen«, meldete sich nun auch Sinje zu Wort. »Wir müssen nur darauf achten, dass er auch wirklich Wurzeln hat und nicht nur als Fake in den Topf gesteckt wurde.«

»Ich bin ja so froh, dass ihr das auch so seht«, stieß Lina überglücklich aus. »Lasst uns jetzt was Heißes trinken, Kekse essen und danach zurück in die Villa gehen. Wir finden morgen sicher etwas Schönes in Grotersum, und es ist auch überhaupt kein Problem, wenn der Baum klein und krumm ist. Hauptsache, wir sind morgen alle zusammen und verbringen eine schöne Zeit miteinander. Weiß eine von euch, wie das Wetter an Heiligabend wird? Wenn es trocken ist, radle ich mit dem Anhänger zum Tannenbaumverkauf, denn Jonas ist mit dem Auto nach Hamburg gefahren.«

Sinje zückte das Handy, um die Wetter-App zu checken, und runzelte die Stirn, wie Lina im Schein der Laterne erkennen konnte.

»Alles okay?«, fragte sie, weil sie davon ausging, dass Sinje eine Nachricht gelesen hatte.

»Nicht ganz«, erwiderte Sinje und schaute ihre Freundinnen betreten an. »Für morgen sind schwere Unwetter und eine starke Sturmflut angekündigt.«

In diesem Moment gaben die Warn-Apps der Freundinnen zeitgleich ein durchdringendes Signal.

»Oh, mein Gott«, hauchte Lina und überlegte fieberhaft, ob Jonas unter diesen Umständen nicht besser in Hamburg bei Dirk bleiben sollte. Sie versuchte den Gedanken an den Fluch, der über den Hansen-Frauen und der Liebe lag, abzuschütteln, doch es gelang ihr nicht. Erst letztes Jahr hatte Jonas den Kite-Unfall gehabt, der ihn um ein Haar das Leben gekostet hätte.

»Hier steht, dass es ab morgen Nachmittag richtig heftig wird, also werde ich am besten eine Rundmail an die Gemeindemitglieder schicken und nur für morgen Vormittag einen Gottesdienst ansetzen. Danach sollten sich alle zu Hause einigeln, dafür beten, dass der Sturm nicht so schlimm wird wie angekündigt, und auch dafür, dass die Deiche halten.«

»Ja, lasst uns los, wir haben jetzt alle eine Menge zu bedenken und zu erledigen«, stimmte Amelie zu, und Lina versuchte mit aller Macht, die Dämonen in ihrem Kopf zum Schweigen zu bringen, die ihr Teuflisches zuflüsterten.

»Ich spreche mit meinem Vater«, sagte Lina. »Ich denke, es ist das Beste, wenn ich gleich zu ihm gehe, um zu klären, was wir organisieren müssen, vom bestehenden Notfallplan für solche Fälle abgesehen. Wir können uns aber gern alle drei später wieder in der Villa treffen und zusammen essen, damit keine von uns allein mit ihren Sorgen ist.«

Plötzlich begann Amelie, die erneut auf das Handy schaute, schallend zu lachen, was Lina zutiefst irritierte, sie aber für eine Sekunde aus ihren düsteren Gedanken riss.

»Was ist so komisch?«, fragte Sinje, während die drei im Eiltempo in Richtung Lütteby gingen.

»Mein Bruder hat sich einen kleinen Scherz erlaubt und mir ein Foto aus der Pension *Nordseeglück* geschickt. Keine Ahnung, wie er da rangekommen ist und was das soll, aber ich finde das alles gerade etwas skurril.«

»Ein Foto aus der Pension?«, fragte Sinje und blieb stehen. »Zeig doch mal.« Nachdem sie die Nachricht von Victor eingehend betrachtet hatte, machte sie Amelie auf den Koffer aufmerksam, der im hinteren Winkel des Fotos zu sehen war. »Kann es sein, dass dein Bruder in Lütteby ist?«, fragte sie, und Amelie stieß einen kleinen Schrei aus.

Denn nun folgte der Text zum Foto und darin stand, dass fast die komplette Familie Bernard angereist war, um gemeinsam mit Amelie Weihnachten zu verbringen …

- 33 -

Lina

»Unter diesen Umständen fahre ich natürlich keinesfalls weg«, sagte Falk van Hove, während Vater und Tochter im Rathaus an einer Rundmail für die Bewohner von Lütteby und Grotersum feilten, die zum einen vor den Gefahren warnte, zum anderen aber auch praktische Tipps enthielt und vor allem Mut machen sollte.

Dampfend heißer Tee stand in einer Kanne aus weißem Porzellan mit friesischem Muster auf dem Stövchen, eine Schale mit Kokosmakronen, Zimtsternen und Vanillekipferln lud zum Naschen ein. Die Fenster des Rathauses waren mit Kränzen aus Tannengrün und rot glänzenden Kugeln geschmückt. Alles hätte wunderbar heimelig und friedlich sein können, wenn nicht die Flut drohend bevorgestanden hätte. Zum Glück war Jonas bereits auf dem Weg zurück nach Lütteby, denn er wollte bei Lina sein, bevor der große Sturm aufkam.

»Gut zu wissen, dass du in Lütteby bleibst, etwas anderes hätte ich auch nicht von dir erwartet«, erwiderte Lina, die froh war, dass ihr Vater so viel Ruhe und Zuversicht ausstrahlte, während sie selbst wie gelähmt war vor Angst. Sie hoffte inständig, dass Jonas ohne Probleme zu ihr zurückkehren konnte, denn es fegten bereits starke Böen über Nordfriesland hinweg, und es war eisig kalt geworden.

Florence war mittlerweile bei Henrikje eingetroffen, einige

Bewohner Lüttebys waren früher zum Besuch bei ihren Familien aufgebrochen als ursprünglich geplant. Doch jeder hatte vor seiner Abreise dafür gesorgt, sein Hab und Gut bestmöglich gegen das Unwetter zu schützen und die notwendigsten Dinge bei sich zu tragen. Darin waren die Nordfriesen seit jeher geübt.

»Ich finde es schön, dass wir uns morgen früh alle um zehn in der Kirche versammeln, Sinje wird bestimmt die richtigen Worte finden«, sagte Falk und klappte den Laptop zu, nachdem er auf *Senden* gedrückt und die Rundmail in Umlauf gebracht hatte. »Aber jetzt fahre ich dich zurück in die Villa.«

Diesmal nahm Lina das Angebot dankbar an, und so verabschiedete sie sich zwanzig Minuten später von ihrem Vater und war froh, das Auto von Jonas in der Einfahrt zu sehen.

»Bis morgen«, sagte Falk zum Abschied, und Lina winkte ihm noch einen Moment hinterher, bis eine starke Böe sie erfasste und sie beinahe mit sich riss.

»Komm rein, bevor du vom Winde verweht wirst«, rief Jonas, der bereits die Tür geöffnet hatte und Lina erwartete. »Sinje ist auch schon da und hat mit der Zubereitung der Inselkartoffeln begonnen.«

»Ich bin so froh, dass du heil daheim angekommen bist«, rief Lina und fiel Jonas um den Hals.

»Das bin ich auch«, erwiderte er. »Der Wind hat die Fahrt ganz schön erschwert, und ich musste aufpassen, nicht von der Straße abzukommen. Der Zugverkehr in Schleswig-Holstein und Hamburg ist eingestellt, und alle verkriechen sich in ihren Häusern. So ein Weihnachten habe ich noch nie erlebt.«

»Ich auch nicht«, murmelte Lina und folgte Jonas in die Küche.

»Ist für den morgigen Gottesdienst alles klar?«, fragte Lina Sinje, die gerade einen Salat zubereitete.

»An sich schon, vorausgesetzt, wir können ihn überhaupt abhalten. Zur Sicherheit habe ich Vorkehrungen für eine Onlineversion getroffen, es soll sich ja schließlich keiner in Gefahr bringen.«

Beim Wort Gefahr durchzuckte es Lina erneut. Wieso nur hatte sie in den vergangenen Nächten immer wieder Albträume gehabt, in denen der Fluch, der auf dem Glück der Hansen-Frauen lastete, eine große Rolle spielte, genau wie das defekte Glockenspiel?

Als Lina gerade den Tisch deckte, um sich ein wenig von ihren sorgenvollen Gedanken abzulenken, rief Amelie an.

»Alles gut bei dir?«, wollte Lina wissen, die sich schon gefragt hatte, wie Amelie den Abend gemeinsam mit dem Überraschungsbesuch aus Frankreich verbringen würde. Wie reizend von den Bernards, ihre Tochter über die Feiertage zu besuchen, schließlich war Frankreich nicht gerade um die Ecke.

»Alles bestens, es ist so schön, meine Lieben um mich zu haben, ich kann es immer noch nicht fassen, dass sie meinetwegen diese weite Reise auf sich genommen haben«, erwiderte Amelie hörbar gut gelaunt. »Wir sind gerade bei den Lorussos, Ahmet ist ebenfalls da, Fiete auch, und wenn du magst, kann ich dich kurz mit Henrikje verbinden. Oder mit Thorsten, denn ich habe das Handy extra auf Lautsprecher gestellt. Zudem wollte ich dir einen schönen Abend wünschen, aber auch fragen, ob es vielleicht in Ordnung wäre, wenn morgen auch meine Familie …«

»Aber natürlich sind sie alle herzlich in der Villa willkommen«, erwiderte Lina sofort. »Allerdings kann ich nicht garantieren, dass wir morgen einen Weihnachtsbaum haben. Und das alles setzt natürlich voraus, dass nichts schiefgeht.« In diesem Moment stockte Linas Stimme. »Ich fühle mich furchtbar, weil es mir nicht gelungen ist, genug Geld für die Reparatur des

Glockenspiels aufzutreiben. Wenn jetzt etwas passiert, ist das meine Schuld«, brach es aus ihr heraus.

»Jetzt vergiss doch bitte mal diesen dummen Aberglauben«, hörte sie ihre Großmutter am anderen Ende der Leitung sagen. »Was auch immer mit uns geschieht, hat ganz sicher nichts mit einem Fluch, Prophezeiungen oder sonst irgendetwas zu tun, sondern es ist reines Schicksal. Ich verspreche dir, dass gar nichts geschehen wird, du weißt doch, wie sehr die Medien daran interessiert sind, einem Angst und Schrecken einzujagen. Warn-Apps schön und gut, aber die sollen ja auch nur warnen und sind keine Hellseher. Aber jetzt übergebe ich an Thorsten, der will dir nämlich auch was sagen, genau wie deine Mutter.«

»Mien Seuten, vertrau drauf, wir sind Nordfriesen. Bei uns ist erst Sturm, wenn die Schafe keine Locken mehr haben, vergiss das nicht. Und vorhin hatten sie noch ganz viele, als ich nachgeschaut habe«, vernahm Lina die leicht knarzende Stimme des Mannes, der wie ein Großvater für sie war, erst recht, seit Henrikje und er endlich ganz offiziell ein Paar waren.

»Mach dir keine Sorgen, mein Schatz, es wird nichts Schlimmes passieren«, versuchte nun auch Florence Lina zu beschwichtigen.

»Also gut, dann will ich euch mal glauben und euch mit meinen Sorgen nicht den Abend verderben. Grüß mir bitte alle, und lasst es euch gut gehen. Wir sehen uns dann morgen in der Kirche.«

Nachdem sie aufgelegt hatte, klingelte Sinjes Handy, und Sven erzählte, dass Carlas Mutter Yvonne spontan beschlossen hatte, mit ihrem neuen Freund zu verreisen.

»Kein Problem, dann feiern die beiden eben auch mit uns«, sagte Lina, die das Gespräch mit anhörte, und freute sich über das glückliche Lächeln ihrer Freundin, als diese Sven und dessen

Tochter eine Einladung zum Weihnachtsfest in der Villa ausgesprochen hatte. Denn es vertrieb mit seinem Leuchten Linas Angstgespenster.

* * *

In der Nacht hatten starke Orkanböen Lütteby und die gesamte Region Nordfrieslands heimgesucht. Bäume waren umgekippt, Äste blockierten Zuggleise, viele Reetdächer hatten erheblichen Schaden erlitten, Strommasten waren zerstört, und in einigen Haushalten gab es deshalb keinen Strom. Doch bislang hatten die Deiche dem Hochwasser standgehalten, Nachbarn halfen einander fürsorglich aus, und Lina betete dafür, dass dies auch so blieb. Für den heutigen Weihnachtstag war eine leichte Wetterberuhigung angekündigt, doch am Nachmittag würde der Orkan wieder Fahrt aufnehmen. Kurze Zeit, um ein wenig aufzuatmen und Hoffnung zu schöpfen.

Lina war schon früh wach, denn sie hatte erneut wirre Träume gehabt, in denen ihr die Vorfahrinnen erschienen waren, die sie aus den Familienchroniken kannte. Maren Hansen hatte die größte Ähnlichkeit mit Henrikje, Florence und ihr selbst und hatte ihr im Schlaf einen Gruß geschickt. Unruhig ging sie im Wohnzimmer auf und ab und überlegte, ob sie genug Tannenzweige hatte, um daraus so etwas wie einen Weihnachtsbaum zu zaubern, denn ohne einen solchen würde es ein noch trostloseres Fest werden. Und sie brauchten doch einen schönen Ort, wo sie die selbst gebaute Weihnachtskrippe aufstellen und die Geschenke hinlegen wollte. Irgendwann wurde sie so müde vom Grübeln, dass sie sich, in eine Wolldecke gewickelt, auf das Sofa legte und erst wieder wach wurde, als Jonas ihr einen Kuss gab und eine Tasse Tee in die Hand drückte. »Guten Morgen, meine Liebste, bereit für den Gottesdienst?«

Kurze Zeit später fuhren Lina, Jonas und Sinje gemeinsam zum Marktplatz. Sinje musste als Pastorin früher dort sein, aber das war kein Problem für Lina, denn so konnten sie einem Ritual frönen, das sie beide liebten und das ihnen stets guttat: Sie bestiegen den Turm des Apostelkirchleins und blickten von oben auf das weihnachtlich erleuchtete Lütteby. In diesem Augenblick war es windstill und damit beinahe ein wenig unheimlich. *Die Ruhe vor dem Sturm*, dachte Lina betreten und sah, dass sich nach und nach viele Menschen auf dem Marktplatz versammelten. Sie erkannte Violetta und Matti, Ahmet, die Familie von Apotheker Kai Petersen, ihre Mutter und deren Freundin Michaela aus dem *Modestübchen*. Und auch die Mitarbeiter der Touristeninformation, Lars und Brigitte und sogar Rantje, die im vergangenen Jahr ihr Volontariat im Gästeservice von Lütteby absolviert hatte.

»Was ist da los?«, fragte sie und blickte erstaunt Sinje an, die mit den Schultern zuckte. Nun kamen auch die Wirtin der Pension *Nordseeglück*, Nicola Bartelsen, Amelie, ihre Familie, Pascal und der Mann, der sicher Kai Brodersen war, aber auch Sven und seine Tochter Carla.

»Da stimmt doch etwas nicht«, sagte Lina und plinkerte ein paarmal mit den Augen, weil sie glaubte, einem Trugbild aufzusitzen. Und dann sah sie Fiete Ingwersen, der sich auf ein kleines Podest stellte und den Taktstock schwang. Nun ertönten, untermalt vom Krächzen des weißen Raben Abraxas, die Klänge des französischen Kanons *Frère Jacques*. Lina bekam augenblicklich Gänsehaut, denn nun stimmten auch ihr Vater, Jonas, die Lorussos, Henrikje und Thorsten in die Liedzeilen ein.

Gerade als Lina begriff, dass ganz Lütteby und offensichtlich auch einige Bewohner aus Grotersum den weltberühmten Glockenkanon sangen, änderte der Chor den Text. Der lautete nun:

Liebe Lina, liebe Lina,
schläfst du noch? Schläfst du noch?
Hörst du nicht die Glocken, hörst du nicht die Glocken?
Ding – dang – dong. Ding – dang – dong.

»Wessen Idee war das?«, flüsterte Lina zutiefst gerührt.

»Die von Amelie«, erwiderte Sinje lächelnd. »Sie hat den vergangenen Abend genutzt, um alle zusammenzutrommeln, damit sie dir deine Sorge wegen des kaputten Glockenspiels nehmen. Außerdem wollen wir doch alle gern an Weihnachten auf diese Weise zur Messe eingeladen werden. Also los, ab mit uns nach unten, damit wir mitsingen und anschließend in die Kirche gehen können. Ehrlich gesagt ist das heute eine Rekordbesetzung, die noch in die Geschichte der Gemeindebücher eingehen wird.«

Lina folgte Sinje wie in Trance und stellte sich kurz darauf neben ihre Freundin, die nun ebenfalls in den Kanon einstimmte. Dann fiel auch Lina mit ein, obwohl es sich merkwürdig anfühlte, sich selbst zu besingen. Doch irgendwie tat es auch gut, denn das war einfach Balsam für die Seele, und wenn man es zudem gemeinsam mit vielen anderen tat, erst recht. Glück war nun mal das Einzige, das sich vervielfachte, wenn man es teilte. Es war tröstlich, einander bei den Händen zu fassen, sich gegenseitig in die Augen zu schauen, zuzulächeln und damit zu zeigen: »Du bist nicht allein.«

Genau das waren Sinjes Worte, als sie wenig später auf der Kanzel stand, nachdem sie die Weihnachtsgeschichte beendet hatte. Die Messe und der anschließende Segen fielen an diesem Tag etwas kürzer aus also sonst, dennoch marschierten die Kinder von Lütteby wie gewohnt auf, sangen *O du Fröhliche* und sammelten anschließend Spenden, allen voran die kleine Matti, die alle mit ihrem Lächeln verzauberte und deutlich verlauten ließ: »Die Spende muss knistern und nicht klimpern.«

An diesem Tag quoll der Klingelbeutel beinahe über, so sehr war den Besuchern des Gottesdienstes daran gelegen, Geld für die Reparatur des Glockenspiels zu sammeln, auch wenn man prinzipiell bereit war, auch im nächsten Jahr wieder selbst zu singen, sollte es nottun.

Nach der Messe umarmten sich alle, wünschten einander Glück und Zuversicht für den kommenden Sturm und gingen heim in ihre Wohnungen, Reetdachkaten oder Giebelhäuser.

Falk van Hove stand als Einziger unschlüssig vor der Kirche, was Lina in der Seele wehtat. In diesem Moment beschloss sie, sich über den Willen ihrer Mutter hinwegzusetzen. Sie war die Gastgeberin der Weihnachtsfeier in der Villa, also konnte sie auch die Regeln bestimmen. Daher hakte sie sich bei ihrem Vater unter und sagte entschlossen: »Du feierst selbstverständlich mit uns. Los, komm mit, das wird schön.«

Ihre Gäste verteilten sich auf mehrere Autos, und so machte sich eine ganze Karawane auf den Weg zur Villa, die majestätisch über Lütteby thronte. Nacheinander strömten die Bernards, Henrikje, Thorsten, Kai Brodersen, Pascal, Jonas, Sinje und auch Sven und Carla in den Eingang des festlich geschmückten Hauses. Sinje und Jonas hatten in der Nacht ganze Arbeit geleistet und überall Girlanden und Lichterketten aufgehängt, und nachdem Jonas die Musik angemacht hatte, erfüllten Weihnachtsmusikklassiker die Räumlichkeiten und verbreiteten heitere Fröhlichkeit. Thorsten war zum ersten Mal in der Villa und betrachtete jedes Detail so aufmerksam, dass Henrikje ungeduldig wurde und zu den Bernards ging, die gemeinsam mit Amelie alles für ein Käsefondue vorbereiteten, das sie als Dankeschön für die Einladung zum Festessen beisteuern wollten. Carla fand die *Schlossführung* hingegen sehr, sehr spannend, fotografierte viel mit dem Handy und schickte haufenweise Fotos an Sören.

»Vorhin war ich noch traurig, dass ich heute nicht mit meiner Mam feiern kann, aber jetzt finde ich es supercool, hier zu sein«, verkündete sie irgendwann, sodass Lina und Sinje sich gegenseitig zuzwinkerten. »Erzählen wir uns heute Abend Gespenstergeschichten am Kamin?«

Bis zu diesem Moment hatte Lina kurz ihre Sorgen vergessen und war so beschäftigt mit den Gästen und all dem Trubel gewesen, dass sie gar nicht mehr aus dem Fenster geschaut oder die Wetterlage auf dem Handy gecheckt hatte.

»Mal schauen, ob das passt«, erwiderte Sven an Linas Stelle. »Aber es freut mich, dass du dich hier wohlfühlst.« Er drückte die Hand seiner Tochter, und dann war die Führung beendet. Florence und Falk taten alles, um einander aus dem Weg zu gehen, was zum Glück gut funktionierte, da Pascal und Amelies Familie so viel Lebendigkeit und gute Laune verbreiteten, dass alle mitgerissen wurden. Florence und Henrikje kramten ihre alten Französischkenntnisse hervor, Pascal bewachte streng die Zusammensetzung der Käsesorten für die Soße und lobte die Auswahl, welche Amelies Mutter aus der Heimat mitgebracht hatte, in höchsten Tönen.

»Endlich wieder guter Käse«, schwärmte er verzückt, während Kai und Amelie fleißig rieben, bis sie sich von anderen ablösen ließen, denn auf Dauer war diese Tätigkeit etwas anstrengend für das Handgelenk.

Victor verstand sich auf Anhieb bestens mit Kai, offensichtlich störte es ihn überhaupt nicht, dass Amelie seinem besten Freund den Laufpass gegeben hatte, und Carla plauderte mit Ninette, nachdem die beiden Mädchen sich auf Englisch als gemeinsame Sprache verständigt hatten. Amelies Vater war mit Jonas und Falk in ein Gespräch über den Tourismus in Frankreich vertieft und Lina immer noch damit beschäftigt, etwas zu finden, das einem Tannenbaum gleichkam.

»Wieso nimmst du nicht diesen hier?«, fragte Henrikje und holte einen Jutesack, von dem Lina geglaubt hatte, dass sich darin die Geschenke verbargen. Als sie ihn öffnete, begann Lina zu strahlen.

»Was wäre Weihnachten ohne unseren Jöölboom?«, sagte ihre Großmutter und freute sich über Linas überraschten Gesichtsausdruck.

»Den hatte ich ja völlig vergessen«, rief diese aus und stellte den Baum aus Holz auf einen Tisch zwischen den beiden Sofas, die im Wohnzimmer über Eck standen. Dort kam er wunderbar zur Geltung, und darunter gab es genug Platz für die Geschenke, die alle nach und nach auf die Decke aus weinrotem Samt legten.

Für ihre Mutter hatte sie sich etwas ganz Besonderes einfallen lassen, und sie war schon gespannt, wie Florence darauf reagieren würde.

Nachdem es dunkel geworden war, begannen in der Ferne die Glocken der umliegenden Kirchen zu läuten, offenbar stand der Wind nun so, dass er den Klang in Richtung Villa trug.

»Der Orkan scheint auf sich warten zu lassen«, flüsterte Jonas, der sich neben Lina stellte, als diese aus dem Fenster schaute, das sie kurz zum Lüften geöffnet hatte. »Aber vielleicht hat ihn ja auch der Glockenkanon vertrieben.«

Tatsächlich zeichnete sich am Horizont ein purpurfarbener Streifen ab, der nach und nach größer wurde.

»Man sollte meinen, die Engel im Himmel hätten allmählich Feierabend und müssten nicht mehr backen«, kommentierte Henrikje das Farbspektakel, das Lina im wahrsten Sinne des Wortes wie ein Hoffnungsschimmer vorkam. »Aber wie auch immer, das sieht wunderschön und sehr verheißungsvoll aus.«

Mit einem Mal versammelten sich alle an den Fenstern, und es wurde einen Moment sehr ruhig in der Villa, auch die Musik war verstummt.

Dann sagte Carla, die gerade ihr Handy checkte, in die Stille hinein: »Die Wetter-App hat die Sturmwarnung aufgehoben, Papa, darf ich nach der Bescherung mit Sören und den anderen los? Wir wollen eine kleine Nachtwanderung machen.«

»Das muss ich mir erst noch überlegen«, erwiderte dieser. »Außerdem würde ich gern mit dir über etwas reden, das mir am Herzen liegt. Magst du kurz mitkommen?«

Die beiden verschwanden, und nun kam auch wieder Leben in alle anderen.

Lina vergewisserte sich, dass Carlas Nachricht wirklich stimmte, und schickte dann ein stummes Stoßgebet zum lieben Gott als Dankeschön dafür, dass allen ein ruhiges Fest bevorstand und die Schäden des vergangenen Tages sich weitgehend in Grenzen hielten und weder Mensch noch Tier zu Schaden gekommen waren. Dann wandte sie sich an Florence, die erneut ein wenig abseitsstand, als fürchtete sie, mit Falk zusammenzutreffen.

»Ich habe ein Geschenk für dich, das ich nicht einpacken konnte und das ich dir auch nicht vor allen anderen geben wollte, denn ich weiß nicht, ob du es annehmen möchtest, auch wenn ich mich sehr darüber freuen würde, wenn du es tust.«

Florence hob verwundert die Augenbraue, folgte ihrer Tochter aber sofort in den zweiten Stock der Villa.

»Wie du weißt, halten Sinje und ich seit unserem Einzug insgesamt drei Zimmer für diejenigen frei, die auf der Suche nach Ruhe, Erholung oder einer Auszeit sind«, hob Lina an und öffnete nacheinander alle drei Türen. »Hier hat schon Amelie geschlafen, als sie nicht allein zu Hause sein wollte, hier haben Freunde aus Hamburg übernachtet, wenn sie uns besucht haben, aber noch nie hat jemand aus Lütteby Gebrauch von unserem Angebot gemacht. Daher wollte ich dich fragen, ob du dir vorstellen könntest, hier mit uns gemeinsam zu wohnen, denn du willst ja in unsere Nähe ziehen.«

Florence schien zunächst gar nicht zu begreifen, was Lina ihr vorschlug, und stand stumm, aber mit weit aufgerissenen Augen neben ihrer Tochter.

»Wir gestalten alles nach deinen Wünschen um, und du kannst dich in den drei Räumen nach Herzenslust ausbreiten, schließlich brauchst du Platz für deine Yogaübungen, deine Bilder und vielleicht sogar ein Zimmer für deine Coaching-Aufträge. Die gesamte zweite Etage gehört also komplett dir, wenn du magst. Jonas, Sinje und ich würden uns sehr freuen, wenn du Ja sagst.«

»Ist das wirklich dein Ernst?«, fragte Florence, in deren Augen Tränen schimmerten.

»Mein voller«, erwiderte Lina und zog ihre Mutter fest an sich. »Du hast selbst gesagt, dass du gern Zeit mit mir verbringen möchtest, und das wäre eine wirklich tolle Möglichkeit.«

»Das … das wäre, also … ja, das würde ich wirklich sehr gern«, erwiderte sie leise.

»Wie schön, dann sind wir uns ja alle einig«, sagte Henrikje, die unbemerkt zu Mutter und Tochter getreten war, und dann umarmten sich alle drei. Lina schloss die Augen und erinnerte sich an ihren Traum von vergangener Nacht. Maren Hansen war ihr erschienen und hatte gesagt, dass mit der Geburt von Henrikje der Fluch der Hansen-Frauen endete und dass Lina selbst bald Mutter werden würde. Damit war die Ära der düsteren Legenden und Prophezeiungen vorüber, und es begann eine strahlende Zukunft für alle, die einander liebten und gemeinsam unbeirrt und unverbrüchlich durch stürmische Zeiten gingen. Heute Morgen hatte Lina diesem Traum nicht getraut, doch nachdem der Sturm abgeflaut war, schöpfte sie wieder Hoffnung und Zuversicht.

»Ich schaue mal eben nach Jonas. Und auch nach dem Stand der Dinge in Sachen Käsefondue«, sagte sie und überließ es

Henrikje und Florence, die Räumlichkeiten zu bestaunen und im Geiste einzurichten.

Auf dem Weg nach unten hörte sie Sven und Carla in einer Ecke miteinander reden, und Carla sagte gerade: »Ich wusste, dass irgendwann eine kommen würde, die sich dich schnappt. Dann doch besser eine coole Frau wie Sinje als eine andere.«

Lina schmunzelte zufrieden in sich hinein und ging in die Küche, wo Falk gerade mit Pascal über die richtige Dosis Kirschwasser für die Käsesoße fachsimpelte.

Dann winkte sie Jonas hinaus, denn sie hatte noch ein weiteres Weihnachtsgeschenk zu machen, das nicht für die Augen und Ohren anderer bestimmt war. »Hast du Lust auf einen kleinen Spaziergang zum Leuchtturm?«, fragte sie, und Jonas nickte erfreut. Nachdem beide sich warm eingemummelt und Bescheid gegeben hatten, dass sie für eine Weile am Meer spazieren gehen würden, marschierten sie los.

Am Strand angekommen, sah Lina im Licht des Mondscheins Eiskristalle zwischen den wellenförmigen Rippelmarken des Sandes glitzern und spürte, wie tiefes Glück sie durchströmte. Jonas hielt ihre Hand, er trug die Fäustlinge, die sie ihm zum Nikolaus gestrickt hatte, und sie die Mütze, die er ihr aus London mitgebracht hatte, sowie den funkelnden Ring mit einem Stern als Ornament neben dem Ehering.

Ihr Herz pochte so laut, dass es sicher am anderen Ufer des Nordmeeres zu hören war, denn Lina konnte es kaum erwarten zu erfahren, welchen Namen Jonas für das Mädchen wählen würde, das sie unter ihrem Herzen trug. Ein kleiner, neuer Lebensstern, auf den sie sich unbändig freute.

Ja, der Winter zauberte wirklich Träume am Meer und ließ sie in Erfüllung gehen, wenn man nur fest genug daran glaubte …

Nachwort

Rezepte, Danksagung und eine kleine Überraschung

Ich danke den Mitarbeitern des Stadtarchivs von Friedrichstadt für die nachfolgenden Rezepte, die ich folgendem Buch entnommen habe: *Essen und Trinken in Stapelholm, Rezepte aus Friedrichstadt und Umgebung. 80. Mitteilungsblatt der Gesellschaft für Friedrichstädter Stadtgeschichte, ISSN-Nr. 1617–4127.*

Bitte beachten Sie bei der Zubereitung, dass es sich hier um teils sehr alte, traditionelle Gerichte handelt und ich diese originalgetreu übernommen habe. Lassen Sie sich also einfach von den Rezeptideen inspirieren und vergleichen Sie die Anleitungen gegebenenfalls mit aktuellen, dann klappt's auf alle Fälle.

Viel Freude beim Genießen und Schwelgen – und eine besinnliche Weihnachtszeit.

Süßes

Früchtekuchen (Dreckskuchen)

Zutaten

- 500 g Mehl
- 250 g Kuchensirup
- 250 g Zucker
- 65 g Korinthen
- 65 g Rosinen
- 1 EL Kakao
- 125 g gehackte Mandeln
- 1–2 EL Öl
- ¼ l schwarzer Kaffee
- 1 Ei
- 2 TL gemahlener Anis
- 1 Päckchen Backpulver
- 1 Päckchen Orangeat
- 1 Päckchen Sukkade

Zubereitung

Alle Zutaten vermengen. Den Den Teig in eine Kastenform füllen und bei 180–200° C ca. 1 Stunde backen.

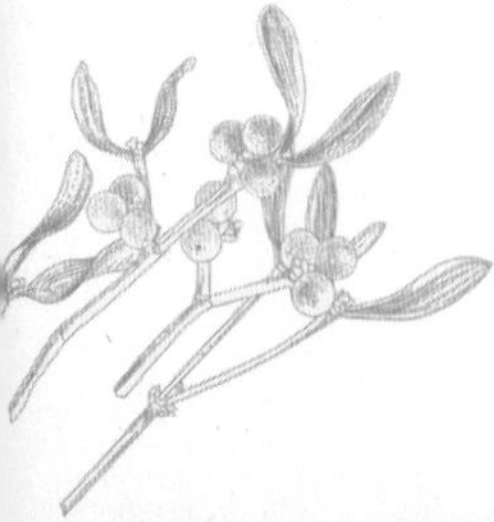

Klöben

Zutaten

- 5 Pfund Mehl
- ½ l Milch
- ½ Pfund Butter und ½ Pfund Schmalz
- 50 g Hefe mit Zucker anrühren
- 125 g Zucker
- 500 g Rosinen
- 125 g Sukkade
- Kardamom
- 3–4 Eier
- 1 Zitrone und ein bisschen Salz

Zubereitung

Alle Zutaten gründlich vermengen und zu einem Laib, dem Klöben, formen. Diesen mit Butter und Zucker bestreichen. 2 Stunden vor dem Backen aufgehen lassen.

Honigkuchen

Zutaten

- 250 g Honig oder Sirup
- 1 Pfund Mehl
- 2 Eier (gut geschlagen)
- 1 TL Natron
- 200 g Zucker
- ⅛ l Milch
- ½ TL Zimt
- Ingwer

Zubereitung

Milch, Honig und Zucker zusammen aufkochen, Gewürze hinzufügen. Wenn es abgekühlt ist, die Eier dazutun und dann nach und nach das mit Natron vermischte Mehl hinzugeben. Sofort in eine Kastenform füllen. Anfänglich in Mittelhitze, dann wärmer eine Stunde backen.

Futjes (Käthe)

Zubereitung

½ l Milch mit ¼ Pfund Butter aufkochen und mit 250 g Mehl abbacken. 1 Prise Salz hinzufügen. Wenn es etwas abgekühlt ist, die Schale von 1 Zitrone, Kardamom, 10 Eier und ½ Pfund Mehl einrühren. Hefe mit 1 TL Zucker verrühren, dann eine halbe Stunde gehen lassen. In 5 Paketen Biskin ausbacken. Kokosfett eignet sich auch sehr gut.

Schnee-Omelett

Zubereitung

6 Eiweiß schlägt man zu steifem Schnee, gibt 6 Eigelb, 2 EL Mehl und 3 EL Zucker hinzu, backt dann Omelette, füllt sie mit Fruchtgelee oder Marmelade und klappt sie zusammen.

Storm'sche Reisspeise (von Lucie Storm, geb. Woldsen)

Zubereitung

½ Pfund Reis mit einer Stange Vanille in reichlich 1 l Milch langsam kochen. 6 Eidotter mit ¼ Pfund Zucker und etwas Vanillezucker tüchtig verrühren, dann unter den Reis rühren und kurz durchkochen lassen. Reis in eine flache Schüssel geben. Wenn er abgekühlt ist, mit geschlagener Sahne bedecken und mit Johannisbeergelee verzieren.

Rumpudding

Zutaten

- 6 Eigelb
- ½ l Rahm
- 6 gestrichene EL Zucker
- 15 g Gelatine
- 1 Tasse Rum

Zubereitung

Rahm und Vanille kochen, Eigelb mit Zucker kräftig rühren, langsam hinzufügen. Dann Rum und die aufgelöste Gelatine dazugeben.

Deftiges

Grünkohlsuppe

Zubereitung

1 ½ Pfund gemahlener Grünkohl wird mit ¼ Pfund Hafergrütze vermengt. Pökelfleisch und Fleischklöße hinzufügen.

Fischfrikadellen (sehr gut mit Kapernsoße)

Zutaten

- 200 g fetter Speck
- 150 g Zwiebeln
- 750 g Fischfilet
- 3 Eier
- Zwieback
- Rahm
- Butter
- Salz
- Pfeffer
- 100 g Semmelmehl

Zubereitung

Man kann Dorsch oder Hecht dafür nehmen, die gut geschabt werden, dann kommen fetter Speck, Eier, Zwieback, Rahm,

Butter, Muskat und Salz daran. Man rollt sie aus, wendet sie in Ei und Zwiebackbröseln und backt sie in Butter.

Kapernsoße

Zubereitung

½ Pfund Butter und ⅛ Pfund Mehl anbräunen, dann so viel Bouillon hinzufügen, dass es cremig wird, und den Saft einer Zitrone und 2 TL Kapern dazugeben. (Sehr schön zu gekochtem Rindfleisch.)

Frische Suppe mit Fleisch- und Mehlklößchen, dazu Reis und Rosinen

Zubereitung

2 Pfund Suppenfleisch und 2 Markknochen in 3 l kaltem Salzwasser mit Suppengemüse und Suppenkraut aufsetzen und 1½ bis 2 Stunden schwach brodelnd kochen. Die Suppe durch ein feines Sieb geben, klein geschnittenes Gemüse (Sellerie, Möhren, Porree, Petersilienwurzeln, Erbsen) und Fleischklößchen (500 g Hackfleisch, 1 Ei, Semmelmehl, Salz, Pfeffer, Muskatnuss) in der Brühe gar kochen.

Für Schwemmklößchen ¼ l Milch, 30 g Butter aufkochen, 125 g Mehl und Salz hineinschütten, rühren, bis sich ein Kloß gebildet hat. 1 Ei in die heiße Masse geben, 1 Ei in die abgekühlte Masse rühren. Mit 2 TL kleine Klößchen abstechen und 10 Minuten in Salzwasser ziehen lassen. Dann die Schwemmklößchen in die Suppe geben, die mit Salz und Pfeffer abgeschmeckt und mit Reis, der mit Rosinen gekocht wurde, sowie dem geschnittenen Suppenfleisch serviert wird. Petersilie darüberstreuen.

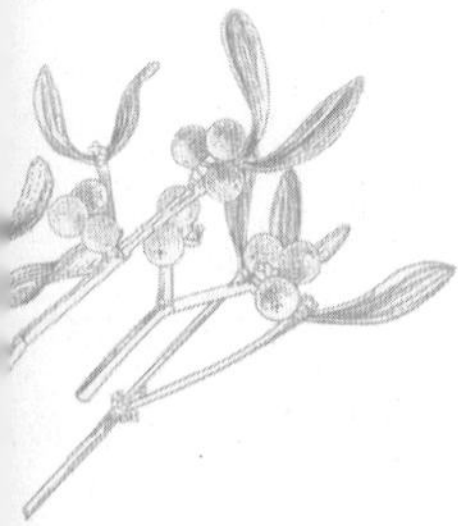

Weitere

Rezepte für die Vorweihnachtszeit

von den zauberhaften

Lüttebyer Freundinnen

Lüttebyer Punschtee

Zutaten

- 4–5 gehäufte TL Früchteteemischung – je nach Geschmack
- 60 ml Apfelsaft
- 1 Apfel oder getrocknete Apfelringe
- 1 Handvoll Cranberrys
- 3 getrocknete Feigen
- 3 getrocknete Datteln
- 1 Handvoll gehackte Haselnüsse
- Zimtstangen

Zubereitung

Die Früchteteemischung mit 1 l kochendem Wasser aufgießen und ca. 12 Minuten ziehen lassen. Währenddessen die Früchte in kleine Würfel schneiden und zusammen mit dem Apfelsaft und den Nüssen zum Tee geben. Umrühren und mit einer Zimtstange pro Becher oder Tasse dekorieren.

Alternative mit Alkohol: 100 ml Amaretto hinzufügen.

Linas Apfel-Zimt-Muffins

Zutaten für 12 Stück

- 2 Äpfel (geschält und in Spalten geschnitten)
- 1 Päckchen Vanillezucker
- 1 TL Zimt

Für den Teig

- 125 g weiche Butter
- 80 g Zucker
- 2 Eier
- 1 Päckchen Vanillezucker
- 1 Prise Salz
- 1 TL Zimt
- 150 g Mehl
- 2 TL Backpulver
- 3 EL Sahne
- Puderzucker zum Bestäuben

Zubereitung

Backofen auf 180° C vorheizen. Apfelspalten mit Vanillezucker und Zimt mischen und beiseitestellen.

Butter, Zucker und Eier schaumig rühren. Restliche Zutaten (außer die Apfelspalten) dazugeben und verrühren. Eine Muffinform mit Papierförmchen auslegen und den Teig hineinfüllen. Danach die Apfelspalten darüber verteilen und leicht eindrücken. Im vorgeheizten Backofen auf der mittleren Schiene ca. 20 Minuten backen. Abkühlen lassen und mit Puderzucker bestäuben.

Sinjes Apple Pie mit Sternen

Zutaten für eine Springform
(ca. 24 cm Durchmesser)

- 170 g Butter
- 100 g Zucker
- 1 Ei
- 250 g Mehl
- ½ Päckchen Backpulver
- 500 g Apfelmus
- 1 Ei (verquirlt)
- Puderzucker zum Bestäuben
- Ausstechform Stern-Motiv

Zubereitung

Backofen auf 180° C vorheizen. Aus Butter, Zucker, Ei, Mehl und Backpulver einen Teig herstellen. (Bei Bedarf etwas Milch dazugeben.)

Zwei Drittel des Teigs in die Springform geben. Einen Rand hochdrücken. Das Apfelmus auf den Teig geben. Den restlichen Teig in der Größe des Kuchens ausrollen, Sterne ausstechen und diese mit etwas verquirltem Ei bestreichen. Die Sterne als Decke darauflegen und leicht andrücken. Kuchen im unteren Drittel des vorgeheizten Backofens ca. 30 Minuten goldbraun backen. Anschließend herausnehmen und in der Form abkühlen lassen. Mit Puderzucker bestäubt servieren.

Amelies geeiste Bratäpfel mit Walnuss-Marzipan-Füllung

Zutaten für 4 Personen

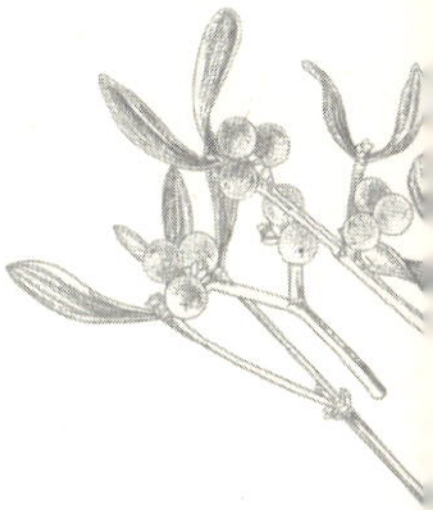

- 4 Äpfel
- 2 EL Zitronensaft
- 60 g Zucker
- 30 g Butter
- 80 g Marzipanrohmasse
- 2 EL Mandellikör/Amaretto
- Zimtpulver
- 100 g Mascarpone
- 50 g Walnüsse
- 100 g Sahne
- 4 TL Preiselbeeren (eingelegt, aus dem Glas)
- Back-/Auflaufform
- Backpapier

Zubereitung

Backofen auf 180° C vorheizen. Äpfel waschen, jeweils einen Deckel abschneiden. Das Fruchtfleisch aushöhlen und dabei einen Rand von ca. 1 cm stehen lassen.

In eine Backform stellen, mit Zitronensaft beträufeln, mit 2 EL Zucker bestreuen, mit Butterflöckchen belegen. Mit Backpapier bedecken, im Ofen ca. 20 Minuten nicht zu weich garen. Offen abkühlen lassen, danach mindestens 3 Stunden einfrieren.

Für die Creme das Marzipan fein reiben, mit dem Likör, dem restlichen Zucker, 1 Msp. Zimt und dem Mascarpone cremig rühren. 30 g Walnüsse klein hacken. Sahne steif schlagen, mit den Nüssen unterheben. Die Creme z. B. mithilfe eines Spritzbeutels in die Bratäpfel füllen. Mit den übrigen Walnüssen belegen und mit etwas Zimt bestäuben. Mit den Preiselbeeren garniert servieren.

Danksagung

Nun ist mein Traum in Erfüllung gegangen, ich konnte die Geschichte von Lütteby zu Ende erzählen und damit auch Lieblingsfiguren wie Sinje und Amelie in den Vordergrund rücken. Die Zeit, die ich mit dem Schreiben der drei Bände *Die Liebe tanzt barfuß am Strand*, *Das Glück kommt in Wellen* und *Das Wunder küsst uns bei Nacht* verbracht habe, gehört zu den aufregendsten, aber auch schönsten in meinem Autorinnenleben. Ich hoffe, Sie spüren in jeder Zeile meine tief empfundene Liebe zur Region Nordfriesland, die so viele Geschichten zu erzählen hat, wenn man genau hinhört.

Es wäre mir eine große Freude zu wissen, dass die Kleinstadt Lütteby und ihre liebenswerten Bewohner und Bewohnerinnen einen Platz in Ihrem Herzen gefunden haben und Sie, wann immer Ihnen danach ist, wieder an diesen Seelenort zurückkehren.

Danke, dass Sie mit Ihrer Begeisterung diesen vierten Band möglich gemacht haben.

Dieser Dank gilt auch dem Verlag Droemer Knaur, der von Anfang an an das zauberhafte Lütteby geglaubt und mich nach Kräften unterstützt hat.

Ebenso Vanessa Banafsche vom Buchblog Buchtempel, die mir als Testleserin wertvolle Hinweise gegeben hat und von der ersten Seite an Lütteby-verliebt war.

Die Liebe in all ihren Facetten spielt in dieser Reihe eine zentrale Rolle, und natürlich ist es mir als Autorin eine Herzensangelegenheit, meine Figuren am Ende glücklich zu sehen. Und weil das so ist, rate ich allen, noch ein Stück weiterzulesen …

Epilog
Januar

Nymphen, Kobolde und Puke vergnügten sich in jener hellen Vollmondnacht auf dem zugefrorenen Waldsee von Lütteby und tanzten gemeinsam auf dem bläulich schimmernden Eis. Für gewöhnlich versuchten die Unterirdischen einander zu meiden, sich gar zu verstecken. Doch diesmal war es anders. Sie wollten einmal einen gemeinsamen Reigen wagen, bevor sie sich wieder in alle Winde zerstreuten, zurück in ihre Erdhöhlen krochen, auf Baumwipfeln saßen oder sich in den Heuschobern der Gehöfte wärmten. Als sie jedoch menschliche Stimmen vernahmen, stoben die Wesen auseinander und überließen die Bühne des Sees einem Paar, das auf Schlittschuhen das Eis betrat.

»Weißt du noch, als wir uns gegenseitig Ronja Räubertochter und Birk Borkasohn genannt haben?«, fragte eine weibliche Stimme.

»Wie könnte ich das je vergessen?«, erwiderte eine männliche.

Der Tonfall der Frau klang melancholisch, als sie nach einer Weile des Schweigens sagte: »Hier haben wir einander zum ersten Mal gesehen, und du hast mich vor dem Ertrinken gerettet, als ich ins Eis eingebrochen war und geglaubt habe, sterben zu müssen.«

»Das würde ich jederzeit und immer wieder tun, meine Liebste, egal, was auch geschieht«, erwiderte der Mann mit rauer Stimme.

Die Frau fuhr dicht an den Mann heran, drehte dann einige Pirouetten um ihn herum und gab ihm schließlich einen langen Kuss. Als er den Arm um sie schlang und fragte: »Hast du es dir etwa anders mit uns überlegt?«, erwiderte sie, vielsagend lächelnd: »Eine Welle aus Liebe hat mehr Kraft als ein Meer aus Verstand.«

Und so wurden die Waldgeister Zeugen einer Liebe, die unendlich war und allen Widrigkeiten des Lebens trotzen würde. Egal, was auch geschah …